다시 야생으로

시튼의 야생동물 이야기 ⑥

다시 야생으로

어니스트 톰슨 시튼 / 장석봉 옮김

Ernest Thompson Seton

지호

시튼의 야생동물 이야기 ⑥

다시 야생으로

어니스트 톰슨 시튼 지음 | 장석봉 옮김

Wild Animal Ways by Ernest Thompson Seton

이 책은 Hodder & Stoughton에서 나온 1916년 초판본을
저본으로 완역하였음을 밝힙니다.

초판 1쇄 인쇄일 · 2004년 2월 23일
초판 1쇄 발행일 · 2004년 2월 27일

발행처 · 출판사 지호 | 발행인 · 장인용 | 출판등록 · 1995년 1월 4일
등록번호 · 제10-1087호 | 주소 · 서울시 마포구 신수동 181-2(2층) 121-110
전화 · 02) 713-5170 | 팩시밀리 · 02) 713-5172
이메일 · chihopub@yahoo.co.kr | 편집 · 오지연, 천승희
영업 · 윤규성 | 종이 · 대림지업 | 인쇄 · 대원인쇄 | 제본 · 경문제책

ISBN 89-86270-92-7, 89-86270-75-7 (세트)

힘이 아닌 지혜가 이들을 이끈다.

E. S.

차례

독자들에게

이 책에 실린 동물들의 이름을 볼 때면, 나는 마치 화가가 자신이 직접 그린 친구들의 초상화를 바라볼 때와 같은 느낌이 든다.

이들 중에는 내가 개인적으로 알고 있던 것들도 있다. 어떤 것은 여러 동물들의 이야기를 취합해서 만들었고, 이야기의 형식을 취한 단순한 생태 기록도 있다. 웨이앗차, 아탈라파, 거푸미는 후자에 속한다.

거푸미 이야기는 병이 들었을 때 야생동물들이 어떻게 본능적으로 병을 치료하는지를 다루고 있다. 야생동물들에게는 약초, 설사제, 발한제, 온욕이나 냉욕, 진흙 목욕, 단식, 흐르는 물에 들어가기, 마사지, 안정 요법, 일광 치료 등 자기들 나름의 치료법이 있다.

야생 멧돼지인 거푸미가 곰을 무참하게 해치운 마지막 장면은 실제로 있었던 일인데, 그 이야기를 나는 미시간 주의

벌목꾼에게 들었다. 너무 오래 전 일이라서 그의 이름은 기억이 나지 않지만 말이다. 그리고 이 이야기에 나오는 소소한 사건들은 미국의 여러 지역에 사는 멧돼지들을 내가 직접 관찰해서 얻은 것들이다. 내게 바람이 있다면 멧돼지의 저 게슴츠레한 눈 뒤에 작지만 굳세고 지혜로운 영혼이 자리하고 있다는 것을 사람들이 알게 되어, 더 이상 멧돼지들을 천대하지 않고 좀더 따뜻하게 대해 주었으면 하는 것이다.

캐나다기러기 이야기는 이미 잘 알려져 있는 사실들을 이야기로 풀어 쓴 것인데, 그 중에는 내가 살던 집 근처의 기러기들을 관찰해서 얻은 것도 있다.

못된 원숭이 지니는 실제로는 한 번도 직접 보지 못했다. 하지만 지니에 관한 이야기는 캘리포니아 주 샌프란시스코에 있는 우드워드 동물원의 원장이었던 내 오랜 친구 루이스 오니머스에게서 들은 것이다.

빌리와 콜리베이 이야기는 대부분 사실이다. 그리고 최근에 나는 서부에 사는 어떤 사람이 보낸 편지를 보고 이 야생말에 대해 새로운 사실을 알게 되었다. 그 이야기는 「콜리어스 매거진」에 실렸다.

편지의 내용은 다음과 같다.

10

1916년 1월 26일.

나도 콜리베이를 알고 있답니다. 그 멋진 동물을요. 그 말은 아이다호 주의 비터루트 산맥에서 힘겨운 삶을 시작했습니다. 인간에게 예속된 굴욕적인 삶을 거부하고 샐먼 강 지역을 떠나 마침내 남부의 평원으로 당당하게 탈출했습니다. 그것은 지금으로부터 6년 전, 그러니까 내가 열여섯 살 때의 일입니다.

하지만 당신이 미처 쓰지 못한 이야기도 있습니다. 그것은 이런 이야기입니다. 박차와 채찍의 세계, 속박의 세계, 말 자신의 목표를 인정하지 않는 세계를 탈출하기 전, 그 시절에 녀석은 한 인간을 사랑하게 되었답니다. 바로 나였지요. 나는 녀석의 몸에 안장을 얹는 대신 꼭 껴안아 주었고, 박차를 가하는 대신 친절한 말을 건넸으며, 자신의 가치를 지키려고 하는 녀석의 정신을 칭찬해 주었답니다. 사실 저 역시 집단에 잘 적응하는 사람이 아니었거든요.

플로렌스 분지가 온통 푸른 빛으로 물들 무렵의 어느 날, 나는 미로와 같은 대자연 속을 마치 산토끼나 여우라도 되는 듯, 대지의 습한 봄 내음을 맡으며 마음 내키는 대로 걸어다니고 있었습니다. 그러다 바위투성이의 협곡 사이에 난 좁은 길을 따라 내려갔습니다. 앞에는 야생 난초들이 자라고 있었죠. 그런데 바로 그때 콜리베이도 그곳으로 오고 있었던 거예요. 나는 녀석의 등에 올라타지도, 쫓아 버리지도 않았습니다. 콜리베이는 마치 개처럼 종종걸음을 치며 내 옆에서 걸었습니다. 우리는 서로 대등한 관계의 친구였습니다. 둘 다 일종의 반역자였던 셈이죠. 나는 녀석이 최고의 목초지를 발견할 때까지 쫓아갔습니다. 녀석도 최고의 야생 딸기가 있는 데까지 내 옆을 지켜 주었습니다. 우리는 함께 저 멀리 녹색 리본처럼 펼쳐진 샐먼 강을 바라보기도 하고, 거무스름한 모양이 어쩐지 불길해 보이는 저 먼 버펄로 산꼭대기에 눈이 쌓여 있는 모습을 지켜보기도 했답니다. 그러면서 우리는 부에 집착하고, 누군가를 지배하려 하고 그로 인해 서로간의 증오와 악의를 낳은 인간 세상의 어리석음에 경멸을 보냈답니다.

사랑의 힘이 얼마나 경이로운지 단 한 번도 생각해 본 적이 없는 사람들로 가득 찬 인간 세상의 어리석음에도요!

하지만 바로 그런 인간들이 우리 사이에 끼어 들었답니다. 그리고 콜리베이가 그들 중 한 사람의 발을 부러뜨렸을 때 나는 웃음을 터뜨렸습니다. 어느 날 그들이 총알로 녀석의 정신을 으스러뜨리려고 할 때 그들을 증오했답니다! 그리고 녀석이 끝없이 이어지는 미로 속으로, 우리가 자주 헤쳐 나갔던 그 길로 도망쳤을 때 내가 얼마나 기뻐했는지 아십니까? 하지만 나중에는 눈물을 쏟고 말았답니다. 녀석이 나를 홀로 남겨 놓고 떠나가 버렸기 때문이지요.

그래요. 나는 콜리베이와 함께 했던 추억을 절대로 잊지 못할 겁니다. 녀석은 압제에 끊임없이 저항하는 정신의 상징이었답니다. 콜리베이가 그랬던 것처럼 나도 그런 정신을 충실히 지키며 살고 싶습니다. 채찍과 박차에 결연히 맞서 싸우고, 또 복종의 길을 선택하느니 차라리 피를 흘리거나 쓰러지는 쪽을 택하며 말입니다.

이 편지를 인용할 수 있게 되어 기쁘다. 이 편지가 콜리베이뿐만 아니라 내 다른 친구들에 대해서도 잘 설명해 주고 있기 때문이다.

1916년 2월 27일

뉴욕에서

길들여지지 않는 말

14

아름답지만 고집 센 말

5년 전에, 아이다호 주의 비터루트 산맥에 아름다운 망아지 한 마리가 있었다. 털은 엷은 밤색이었고, 다리와 갈기와 꼬리는 윤기가 흐르는 검정색이었다. 석탄처럼 까만 검정색과 엷은 밤색을 띤 그 망아지를 그곳 사람들은 콜리베이라고 불렀다.

"콜리베이(Coaly-bay)"는 아랍의 귀족을 뜻하는 말인 콜리베이(Koli-bey)처럼 들린다. 그래서 이 잘생긴 수망아지를 본 사람들은 콜리베이란 이름이 어떻게 해서 지어졌는지는모르지만 그저 아랍 혈통을 가진 말이려니 생각했다. 물론 아득히 먼 조상까지 거슬러 올라간다면 그 추측이 맞다. 아랍계 혈통을 가진 최고의 말들이 그렇듯, 녀석에게서도 역시 좋은 체격, 강한 힘, 거칠 것 없는 방랑 기질이 엿보였다.

콜리베이는 바람처럼 달리는 것을 좋아했다. 녀석은 빠르고 지칠 줄 모르는 자신의 발에 자부심을 가지고 있었다. 다른 망아지들과 함께 달리다가 울타리나 도랑이 나오면, 콜리베이는 훌쩍 뛰어넘었다. 하지만 다른 말들은 그 앞에서 방향을 바꿨다.

콜리베이의 네 발은 튼튼하게 자랐다. 거기에 불굴의 정신도 갖게 되었으며, 자신을 속박하는 것에는 무엇이든 반항했다.

건초 저장소나 마구간처럼 그다지 심하지 않은, 아니 오히려 안락하다 할 수 있는 구속물도 싫어했다. 녀석은 자유를 무척이나 사랑했다. 그래서 폭풍우가 심한 밤에도 마구간에서 지내기보다는 아무런 구속도 없는 밖에서 밤새 서 있는 것을 좋아했다.

콜리베이는 마부가 말들을 울타리 안으로 몰아넣으려고 할 때마다 곧잘 피해 나갔다. 녀석은 마부의 모습이 보이기만 해도 달아났다. 그래서 마부들 사이에서 녀석은 "독불장군"이라고 불렸다. 그것은 마부들의 행동이 뭔가 녀석의 마음에 들지 않으면 언제든 무리에서 빠져 나가 자기 멋대로 구는 말이란 뜻이었다.

이렇게 해서, 콜리베이는 날이 갈수록 자유로운 생활을 추구하게 되었다. 녀석은 상황을 교묘하게 자기 식으로 이끄는 방법에도 익숙해져 갔다. 녀석의 저 깊숙한 곳에 냉혹한 기질이 숨어 있는 게 틀림없었다. 녀석은 자기가 하고 싶은 일은 어떤 일이 있어도 하고야 말았다.

이윽고 콜리베이가 세 살이 되었다. 말에게 세 살이란 나이는 젊음의 힘과 아름다움이 완성되는 시기이다. 그런데 바로 이 시기에 녀석에게 진짜 근심거리가 생기게 되었다. 주인이 녀석을 승마용으로 훈련시키는 일에 착수한 것이다. 녀석은 잘생기기는 했지만 꾀가 많아 다루기 힘들었다. 그래서 훈련 첫날은 조련사와 아름다운 수망아지 사이의 격렬한 전투로 마감되었다.

하지만 조련사는 경험이 많은 사람이었다. 그는 힘을 어떻게 써야 하는지 알고 있었다. 콜리베이는 뒷발을 들면서 거칠게 뛰어오르기도 하고, 앞발을 박차고 뛰어오르기도 하고, 몸을 좌우로 심하게 흔들어 보기도 했지만 아무런 소용이 없었다. 녀석이 아무리 힘껏 발버둥을 치고 난폭하게 굴어도 숙련된 조련사의 손에 걸린 이상 희망은 없었다. 결국 녀석은 솜씨가 좋은 사람이라면 등에 올라탈 수 있을 정도까지는 길들여졌다.

하지만 말안장을 얹으려면 매번 새로운 전투를 치러야만 했다. 두세 달쯤 지나자 이 녀석도 아무리 저항해 보았자 별

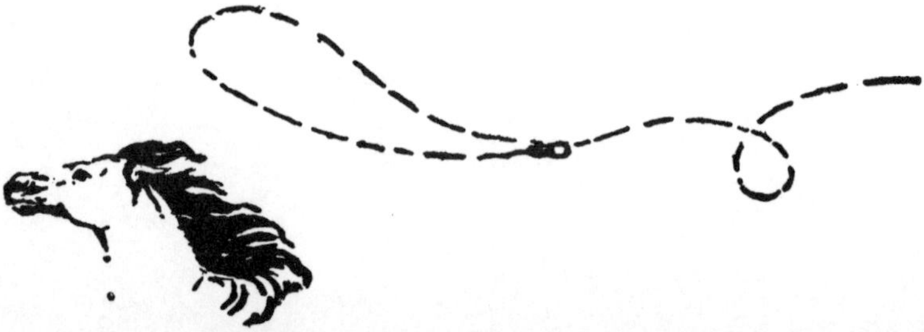

소용이 없다는 것을 깨달은 듯했다. 그래봤자 자신에게 돌아오는 것은 언제나 채찍질과 박차질뿐이었기 때문이다. 그래서 녀석은 마음을 바꾼 것처럼 행동했다. 일 주일 동안 매일 사람이 올라탔는데도 한 번도 난폭하게 굴어 사람을 떨어뜨리지 않았다. 하지만 마지막 날 녀석은 다리를 절뚝거리며 집으로 돌아왔다.

콜리베이의 주인은 녀석을 목장에 풀어놓았다. 삼 일이 지나자 다리 상태가 괜찮아 보였다. 그래서 주인은 녀석의 등에 안장을 올리고 올라탔다. 콜리베이는 주인을 떨어뜨리지 않았다. 하지만 5분도 안 되어 다시 전처럼 다리를 절기 시작했다. 주인은 말을 또 다시 풀어 줬다가 일 주일 후에 다시 타 보았지만 녀석은 이번에도 금방 다리를 절었다.

주인은 콜리베이가 진짜로 다리를 저는 건지 아니면 그런 척만 하는 건지 판단이 서지 않았다. 하지만 여하튼 녀석을 처분하기로 결정했다. 녀석은 최소한 50달러 정도는 나갔지만 주인은 겨우 25달러에 팔아 버렸다. 새 주인은 헐값에 샀다고 좋아했지만, 녀석을 타고 고작 1킬로미터도 못 갔을 때 녀석이 다리를 절기 시작했다. 주인이 다리를 살펴보려고 말에서 내린 순간 콜리베이는 맹렬한 속도로 원래 목장으로 도망가 버렸다. 하지만 곧 사람들에게 잡혀 왔다. 새 주인은 친절한 사람도, 순한 사람도 아니었다. 그는 인정사정없이 박차를 가해 두 시간도 안 걸려 30킬로미터를 갔다. 그런데도 녀석은 다리를 저는 기색을 전혀 보이지 않았다.

집에 도착한 새 주인은 콜리베이를 방목장으로 데리고 갔다. 집에서 방목장으로 가는 동안 녀석은 내내 발을 절었다. 녀석은 절뚝거리며 다른 말들 사이를 걸어다녔다. 방목장 옆에는 이웃집 채소밭이 있었다. 채소밭 주인은 자기 밭에서 나는 채소에 자부심이 대단했다. 그래서 그는 밭 둘레에 높이 1.8미터의 울타리를 쳐 두고 있었다. 하지만 콜리베이가 온 바로 그날 밤, 말들이 채소밭에 들어가 큰 피해를 입혔다. 하지만 동이 트기 전에 달아났기 때문에 목격한 사람은 아무도 없었다.

채소밭 주인은 노발대발했다. 하지만 목장 주인은 자기네 말들이 한 짓이 아니라고 강변했다. 1.8미터나 되는 울타리를 도저히 뛰어넘을 수 없다는 것이었다.

다음 날에도 똑같은 일이 벌어졌다. 목장 주인은 새벽같이 일어나 목장으로 가서 말들이 모두 그곳에 있는 것을 확인했다. 콜리베이도 말들 사이에 있었다. 녀석은 전보다 더 심하게 다리를 저는 것 같았다. 하지만 이삼 일이 지나자 제대로 걷는 모습이 보였고, 그래서 목장 주인의 아들이 콜리베이를 잡아서 올라타려고 했다. 하지만 녀석은 이것을 놓쳐서는 안 된다고 생각했다. 예전의 못된 버릇이 되살아난 것이다. 아들이 등 위에 올라타자 녀석은 몸을 흔들어 떨어뜨려 다치게 했다. 이번에는 목장 주인이 직접 말안장 위로 뛰어올랐다. 말은 십여 분 동안이나 맹렬하게 날뛰었지만 주인은 떨어뜨릴 수 없었다. 말은 주인의 다리를 기둥에 부딪히게 했지만, 주인은 자신을 잘 지켰다. 그러자 말은 뒷다리로 뛰어올라 뒤로 자기 몸을 내팽개쳤다. 하지만 주인은 안장에서 살짝 뛰어내렸고 말만 쿵소리를 내며 심하게 자빠졌다. 허둥대며 일어섰지만 그때는 이미 주인이 다시 말안장에 오른 후였다. 말은 뒷발을 들면서 거칠게 뛰어오르기도 하고 앞발을 박차고 뛰어오르기도 하고 갑자기 멈추기도 하면서 도망을 쳤지만, 주인은 꼼짝도 안 했다. 말은 힘껏 목을 돌려서 주인의 발을 물었다. 그러자 주인은 말의 콧등을 후려갈겼다. 만약 그렇게 하지 않았다면 주인의 발은 심하게 찢어졌을 것이다. 콜리베이가 "무뢰한"이라는 것은 확실했다. 녀석은 정말로 구제불능의 망나니 말이었던 것이다.

목장 주인은 안장을 떼어내고 녀석을 목장으로 몰아넣었다. 녀석은 다리를 절며 방목장으로 갔다.

이웃집 밭은 계속 피해를 당했고 결국 밭 주인과 목장 주인 사이에 싸움이 붙었다. 목장 주인은 자기네 말들이 한 짓이 아니라는 것을 입증하기 위해, 자지 말고 함께 지켜보자고 했다. 달이 환하게 비친 그날 밤, 말은 한 마리도 보이지 않았다. 그런데 콜리베이가 밭 울타리 쪽으로 곧장 걸어와 훌쩍 뛰어넘는 것이었다. 다리는 전혀 절지 않았다. 녀석은 밭에 있는 것 중에서 제일 맛있는 것을 골라 먹기 시작했다. 두 남자는 그 말이 어떤 말인지 확인하자마자 곧바로 뛰어나갔다. 그러자 콜리베이는 마치 사슴처럼 울타리를 사뿐히 뛰어넘어 방목장으로 가서 말들 사이에 섞였다. 그리고는 남자들이 다가오자 심하게 다리를 절었다. 정말로 심하게!

목장 주인이 말했다. "이제 알겠군. 녀석은 사기꾼이었어. 하지만 근사하고 멋진 말인데."

그러자 채소밭 주인이 말했다. "그래요. 하지만 내 밭을 어떤 녀석이 엉망으로 만들었는지도 밝혀진 게요."

목장 주인이 대답했다. "음. 그런 것 같소. 하지만 어떻소. 댁이 손해 본 채소는 기껏해야 10달러를 넘지 않을 것 같은

데. 이 말은 100달러는 족히 나가니 이 말을 갖고 대신 내게 25달러를 주는 것이. 그러면 피차 공평할 것 같은데."

채소밭 주인이 대답했다 "그럴 생각은 없소. 내가 손해본 채소값은 25달러어치요. 저 말은 단 1센트도 안 나갈 거요. 저 녀석을 내가 그냥 가지면 거래가 정확할 것 같은데."

그 일은 그렇게 해서 해결되었다. 목장 주인은 콜리베이가 교활한데다 성질까지 거칠다는 것은 전혀 말해 주지 않았다. 하지만 채소밭 주인은 말을 처음 탄 순간 그 사실을 알아차릴 수 있었다. 콜리베이는 근사하긴 하지만 못된 말이었다.

다음 날, 채소밭 문에는 이런 광고문이 붙었다.

팝니다
일급 말, 건강하고 유순함.
10달러

곰 사냥용 미끼

때맞춰 한 무리의 사냥꾼들이 말을 타고 그곳을 지나갔다. 산 사나이 세 명과 도시 남자 둘, 그리고 이 이야기의 필자인

나였다. 도시에서 온 두 사람은 곰 사냥을 할 예정이었다. 그들은 총을 포함해 곰 사냥에 필요한 모든 것을 다 가지고 있었지만 단 하나 미끼가 없었다. 대체로 사냥꾼들은 쓸모가 없어진 말이나 소를 산 후 곰이 있는 산으로 몰고 가 그곳에서 쏘아 죽인다. 광고를 본 사냥꾼들이 채소밭 주인에게 물었다. "좀더 싼 말은 없습니까?"

그러자 채소밭 주인이 대답했다. "한번 보세요. 멋지지 않습니까? 1000킬로미터를 돌아다녀 봐도 이보다 싼 말은 볼 수 없을 겁니다."

사냥꾼이 대답했다. "우린 곰 미끼로 쓸 늙은 말을 구하고 있는 중입니다. 5달러 이상은 쓸 수 없어요."

그 지방에는 말이 얼마든지 있었고 값도 쌌다. 하지만 사는 사람은 좀처럼 없었다.

채소밭 주인은 콜리베이가 달아날지도 몰라 염려하던 차였다. "음, 그렇담 도리가 없군요. 그렇게 합시다."

사냥꾼은 그에게 5달러를 지불하고 말했다. "자, 이제 거래는 끝났습니다. 그런데 왜 이런 멋진 말을 단돈 5달러에 파는 겁니까?"

"이유는 간단해요. 이 놈은 탈 수 없는 말이랍니다. 타고

갈 때는 지독하게 다리를 절다가도 자기가 좋아하는 걸 할라치면 언제 그랬냐는 듯 멀쩡하답니다. 여기는 녀석을 가둘 울타리가 없어요. 도저히 어쩔 도리가 없는 무뢰배죠. 악마보다 더 사악한 놈이구요."

"그렇다면, 곰 미끼로는 최고군요." 이렇게 말한 후 사냥꾼들은 각자 말을 타고 떠났다.

사냥꾼들은 콜리베이를 다른 말들과 함께 몰고 갔다. 녀석은 가는 내내 심하게 발을 절었다.

한두 번인가는 도망치려고까지 했지만 그때마다 뒤에서 사람들이 녀석을 되돌렸다. 녀석은 점점 더 심하게 다리를 절어 밤이 될 무렵에는 보고 있기가 안쓰러울 정도였다.

일행을 안내하는 사람이 말했다. "녀석이 절름발이 흉내를 내는 것 같진 않아. 뭔가 고질병이 있는 모양이야."

사냥꾼들은 매일매일 더 깊숙이 산으로 들어갔다. 낮에는 말을 몰고 가다가 밤이 되면 다리를 묶어 두었다. 콜리베이는 길고 멋진 갈기와 머리를 흔들며 절름절름 다른 말들과 함께 나아갔다. 사냥꾼 중에 한 명이 녀석을 타려고 시도했다가 거의 죽을 뻔한 일도 있었다. 등에 올라타자 녀석이 마치 악마라도 든 것처럼 난폭하게 굴었던 것이다.

올라갈수록 길은 점점 더 험해졌다. 어느 날 심하게 질척거리는 늪지대를 건너야 할 일이 생겼다. 말 몇 마리가 진창에 빠지는 바람에 남자들이 구해야만 했다. 콜리베이는 도망칠 절호의 기회라고 생각했다. 녀석은 순식간에 몸을 돌렸다. 지금까지와는 확연히 다른 모습이었다. 매가리 없는 눈을 하고 머리를 아래로 축 늘어뜨린 채 발을 절던 불쌍한 모습의 짐승이 지금은 하늘로라도 치솟을 것 같은 말로 바뀐 것이다. 이제 녀석은 머리와 꼬리를 한껏 치켜올리고 있었다. 갈기를 바람에 나부끼며 기쁜 듯이 울음소리를 내면서 전혀 다리를 저는 기색 없이 160킬로미터나 떨어진 원래 목장을 향해 바람처럼 달려갔다. 지금까지 단 한 번밖에는 가본 적이 없는 길인데도 녀석은 좁은 그 길을 한 치의 망설임도 없이 달려가 불과 몇 분 만에 연기처럼 사라졌다.

모두들 심하게 화를 냈다. 하지만 그 중 한 남자가 아무 말 없이 말에 뛰어올랐다. 도대체 뭘 하려는 것일까? 바람처럼 빠른 저 말을 따라잡기라도 하려는 것일까? 멍청한 짓이다. 오! 그런데 그게 아니었다! 그는 다른 방법을 생각하고 있었다. 그는 이곳 지리를 꿰고 있었던 것이다. 녀석이 가는 길을 따라가면 3킬로미터쯤 되었지만, 좀 거친 길이긴 해도

지름길로 가면 1킬로미터만 가도 팬서 협곡이 나왔다. 도망치려면 반드시 그 협곡을 거쳐야만 했다. 콜리베이가 그곳에 도착했을 때는 이미 남자가 기다리고 있었다. 녀석은 화가 나서 머리를 흔들며 다시 방향을 돌려 원래 온 길로 가기 시작했다. 그리고는 이삼 미터도 채 못 가서 늘 하던 대로 다리를 저는 못된 시늉을 했다. 다시 캠프로 쫓겨온 녀석은 아무 죄도 없는 짐말의 옆구리를 걷어차면서 분풀이를 해댔다.

예정된 최후

드디어 곰이 있는 지역으로 들어섰다. 사냥꾼들은 이제 콜리베이가 더 이상 위험한 장난을 치지 못하도록 녀석을 사냥 미끼로 쓰기로 결정했다. 하지만 녀석을 잡으려고 나서는 사람이 아무도 없었다. 녀석 가까이 가는 것은 정말로 위험한 일이었기 때문이다. 하지만 안내인 두 사람이 녀석을 곰이 많이 출몰하는 숲 속의 빈터로 몰았다. 길들여지지 않은 그 아름다운 말이 절름발이 흉내를 내며 쫓겨 가는 모습을 지켜보노라니 갑자기 뭐라 말할 수 없는 동정심이 생겨났다.

안내인이 말했다. "함께 가지 않을래요?" 나는 거절했다.

"아니오. 녀석이 죽는 모습을 보고 싶지 않소." 그러나 나는 녀석이 머리를 곤두세우며 사라져 갈 때쯤 큰소리로 외쳤다.

"이봐요. 올 때 녀석의 갈기랑 꼬리 좀 가져다 줘요!"

그리고 15분쯤 후, 멀리서 총 소리가 들려 왔고, 그 순간 내 마음속에는 당당하게 머리를 곧추세운 그 멋진 말이 맥없이 쓰러지는 모습이 떠올랐다. 불굴의 정신이 단 한 발의 총에 약탈당해 그 활력 넘치던 생명체가 예기치 못하게 비참한 최후를 맞이하는 모습이 떠오른 것이다. 가엾은 콜리베이! 녀석은 굴종을 거부했다. 끝까지 반항하고 자기와 같은 말들이 가진 운명과 싸웠다. 내게는 반짝이는 녀석의 눈 저 뒤에 독수리나 늑대가 가진 것과 같은 불굴의 정신이 자리하고 있는 것처럼 보였다. 녀석의 고집스러운 삶을 지배해 온 것이 바로 그것이었을 것이다.

나는 그 비극적인 최후를 되도록 빨리 마음속에서 지우려고 애썼지만 사실 그렇게 오래 걸리지는 않았다. 반 시간도 되지 않아 안내인들이 돌아온 것이다.

그들은 좁은 산길을 따라 서쪽으로 멀리 말을 몰고 갔다. 녀석은 옆으로 달아날 수가 없었다. 좁은 외길이라서 앞으로 똑바로 갈 수밖에 없었기 때문이다. 덕분에 남자들은 안심하고 좇아갈 수 있었다.

지금, 콜리베이는 비터루트 강가에 있는 예전의 목장에서 가장 멀리 떨어져 있는 것이다. 녀석은 자신의 최후를 알기라도 하듯 슬픈 모습으로 다리를 절며 높은 분수령을 넘고 곰 골짜기와 연어 강을 거쳐 황량한 컬럼비아 대평원으로 이어지는 협곡을 지났다. 녀석의 털빛은 태양 빛에 반사되어 석양보다 더 아름다운 색으로 빛났다. 녀석의 뒤를 좇는 남자들은 마치 죽음의 열차를 탄 귀족의 뒤를 따라가는 사형집행인처럼 보였다. 좁은 산길을 따라 내려가자 그다지 크지 않은 비버 벌판이 나왔다. 그곳은 풀이 무성하고 맑은 계곡물이 흐르고 물가를 따라 곰이 다니는 길이 굽이굽이 나 있는 곳이었다.

나이가 좀더 든 남자가 말했다. "여기가 좋을 것 같군." 다른 한 남자가 "음. 여기라면 한방에 보내거나 아님 완전히 놓치거나죠"라고 자신있게 말하고는 녀석이 다리를 절면서 풀밭 한가운데로 갈 때까지 기다렸다가 짧고 날카롭게 휘파람을 불었다. 녀석은 순간적으로 경계 태세에 돌입했다. 녀석은 몸을 돌려 두 남자들 쪽을 향해 서서 머리를 들어올린 채 콧김을 뿜어댔다. 한 폭의 그림 같은 모습이었다. 그랬다.

세상에서 가장 완벽한 말의 모습이었다.

총이 겨누어졌다. 목표는 녀석의 머리, 두 눈과 두 귀를 연결하는 선이 교차하는 바로 그곳이었다. 그렇다. 고통 없이 단 한 방에 죽일 수 있는 곳.

총성이 울렸다. 녀석은 몸을 돌려 맹렬한 속도로 뛰기 시작했다. 즉사 아니면 실패, 결정적인 순간이었다. 그리고 결과는 완벽한 실패였다.

그 거친 말은 명성에 걸맞게 빠르게 달려나갔다. 하지만 동쪽에 있는 자신의 고향 쪽이 아니라 서쪽으로 난 미지의 산길 쪽이었다. 녀석은 계속해서 멀리 달아나 소나무 숲으로 모습을 감추었다. 녀석의 뒤쪽에서 빈 탄창을 뽑아내는 한 남자의 모습이 보일 뿐이었다.

녀석은 타고난 직감에 의지해 계속해서 산길을 따라 달렸다. 소나무 숲을 지나고 커다란 늪을 뛰어넘었다. 한 시간 후 녀석은 물보라를 날리며 클리어워터를 건넜다. 저 멀리 서쪽 어디선가 녀석에게 외치는 무언가가 있었다. 녀석은 그 알 수 없는 소리에 대답이라도 하듯이, 계속해서 서쪽으로 서쪽으로 달려나갔다. 머지않아 소나무 대신 작은 개잎갈나무들이 나타났고 이어서 산쑥 덤불도 보였다. 녀석은 멀리멀리 계속해서 달렸다. 녀석의 앞으로 연어 강의 평원이 펼쳐졌다. 그곳은 아직까지 단 한 번도 사람들이 철조망을 쳐 본 적이 없는 땅이었다. 녀석의 눈에 지평선 저 멀리 뭔가 움직이는 것들이 보였다. 마치 점처럼 보이는 그것들이 점점 더 가까이 다가왔다. 이윽고 그것들이 방향을 틀어 일제히 콜리베이 쪽으로 달려왔다. 녀석은 소리 높여 그들에게 외쳤다. 그 소리는 칼데아 평원에서 야생마들이 길고 날카롭게 울어서 다른 말들에게 도움을 요청할 때 내는 소리였다. 곧 응답이 왔다. 그 말들이 이리저리 어지럽게 움직이기 시작했다. 콜리베이는 더 가까이 가서 자신의 동료들이 알아들을 수 있는 암호를 불렀다. 이제 그 말들도 콜리베이가 자신들과 같은 동지라는 것을 알게 되었다. 절대로 인간에게 길들여지지 않는 자유로운 야성의 피가 흐르는 말이라는 것을. 자줏빛으로 물든 평원에 밤이 찾아왔을 때 녀석은 야생마 무리 속에 섞여 있었다. 어둠 속에서 길고 힘든 여행을 한 끝에 드디어 고향을 찾은 것이다.

그 평원에서는 지금도 콜리베이의 모습을 볼 수 있다. 녀석의 아름다움과 활력은 조금도 줄어들지 않았다. 말을 타고 가다가 세드라 근처에서 녀석을 보았다는 말을 여러 사람

길들여지지 않는 자유로운 야성의 피

에게 들었다. 녀석의 발은 빠른 발을 가진 야생마들의 무리 속에서도 돋보인다. 하지만 그 말이 콜리베이라는 것을 멀리서도 알아볼 수 있게 해 주는 것은 바람에 나부끼는 갈기와 꼬리이다. 산쑥 덤불이 무성한 평원, 녀석은 바로 그곳에 산다.

밤이면 녀석의 윤기 나는 털 위로 폭풍우가 몰아치기도 하고, 때로는 차가운 겨울 눈이 세차게 녀석의 몸을 때리기도 한다. 늑대가 무리의 뒤를 밟아 약한 말들을 공격하기도 한다. 그리고 봄이 되면 힘센 회색곰이 똑같이 자기 몫을 요구한다. 그곳에는 인간이 마련해 주는 맛있는 목초도 없고 곡물도 없다. 있는 것이라고는 야생의 질긴 풀과 드넓은 평원, 그리고 그곳으로 불어오는 바람뿐이다. 그러나 콜리베이는 이곳에서 자신이 그토록 갈망하는 것을 얻었다. 그것은 그 무엇과도 바꿀 수 없는 것이다. 콜리베이가 앞으로도 계속 마음껏 평원을 뛰어다니는 것, 그것이 바로 나의 바람이다. 바람에 검은 갈기를 나부끼며 전속력으로 달리는 녀석의 멋진 모습을 다시 한 번 보고 싶다. 박차 때문에 생긴 옆구리의 상처도 사라지고 타는 듯이 이글거리는 눈으로 달리는 모습을. 일찍이 빠른 발을 뽐내는 가젤 같은 짐승들을 가볍게 따돌리고 아랍의 평원을 내달리던 저 먼 조상의 눈빛을 하고 달리는 그 모습을. 그렇다. 모래 폭풍이 그 모든 것을 뒤덮을지라도, 사막에서 가장 고귀한 존재인 녀석의 조상이 모래 위에 남기는 흔적만큼은 지울 수 없는 법이니.

구두 신은 야생 멧돼지

어미 멧돼지

그 암컷 멧돼지는 남부 버지니아 숲에서 흔히 볼 수 있는 야생 잡종 멧돼지였다. 긴 다리에 코는 길쭉하고, 어깨가 강했으며, 옆구리도 단단했다. 날카롭고 흰 송곳니는 짧기는 하지만 그래도 녀석의 성미를 시험해 보려는 개에게 공포심을 심어 주기에는 충분했다. 녀석은 여름에는 프룬티 씨 집 옆에 있는 숲의 빈터를 돌아다니며 지냈다. 그러다 겨울이 되어 먹이가 부족해지면 마지못해 프룬티네 헛간 뜰에 빌붙어 살았다. 저장되어 있거나 버려진 음식들을 얻기 위해 여러 종류의 동물이 그곳으로 모여들었다. 말하자면 동물들의 시장 같은 곳이었다.

봄이 지나고 태양이 찬란하게 빛나는 여름이 시작되었다. 홍관조나 울새 소리가 그것을 분명하게 알려 주었다. 낮은 비탈에서는 나비풀과 메이플라워가 꽃을 피워 그 사실을 전해 주었다. 멧돼지는 속눈썹이 듬성듬성 난 눈을 껌뻑이며 헛간 아래쪽에서 나와 어슬렁거렸다. 녀석은 땅에 코를 대고 킁킁거리며 돌아다니다 옥수수 냄새를 맡고 그곳으로 왔다.

하루 전만 하더라도 녀석은 게걸스럽게 그 옥수수를 먹어치웠을 것이다. 하지만 지금은 안절부절 못하고 계속 킁킁거리기만 했다. 그러다 시내로 가서 실컷 물을 마셨다. 그러고 나서 천천히 몸을 움직여 시냇물을 건너 숲으로 들어갔다. 녀석은 귀를 쫑긋 세우고 뒤를 한두 차례 돌아본 후 방향을 바꾸어 계속 가다가 또 시내가 나오면 건너기를 두어 번 했다. 그랬다. 그것은 적의 추적을 따돌릴 때 하는 행동이었다. 녀석은 더욱 더 숲 깊숙이 들어갔다. 그리고 깊은 숲 그늘진 곳에 뒤집혀 있는 나무뿌리로 다가갔다. 녀석은 전에도 여기 온 적이 있었다. 풀이나 나뭇잎이 층층이 깔려 있는 것이 만들다 만 잠자리인 듯했다. 냄새를 맡아 보더니 녀석은 풀을 더 모았다. 그러다 바람에 이상한 소리가 실려오기라도 할치면 조각상처럼 꼼짝도 하지 않았다. 한두 번 자리를 뜨기도 했지만 다시 돌아와서 자신이 만들어 놓은 보금자리에 불안한 자세로 누웠다.

오, 이 세상 모든 생명의 어머니이신 대자연은 임신이라는 무거운 짐을 안겨 주셨다. 도시에서라면 가까운 데서 도움을 얻을 수 있다. 하지만 그런 고난에 혼자서 맞서야 하는 야생의 동물들에게는 어떤 자비를 내려 주시는 것일까! 어머니

대자연은 그들에게 두 배의 은혜를 베푸신다. 튼튼한 몸과 짧은 출산 시간이다! 아침 해가 떠올라 한동안 장밋빛 햇살이 옹이투성이의 나무뿌리 아래를 비추었다. 그곳에 마치 바깥 세계를 막아주는 살아 있는 울타리라도 되는 양 누워 있는 어미 옆으로 분홍색 코를 가진 새끼 돼지들이 웅크리고 있었다.

새끼는 언제 봐도 귀여운 법이다. 돼지를 살만 뒤룩뒤룩 찐 욕정의 화신이고 더러운 것이라고 여기는 사람이라도 어미 돼지의 사랑의 결정체인 이 귀여운 새끼 돼지들을 본다면 놀라서 눈이 휘둥그래질 것이다. 어미 멧돼지는 통통한 갓난 아기들의 귀여운 모습이나 밝고 예쁜 빛깔을 들여다볼 힘이 없었다. 하지만 몸이 회복되자 극진한 애정을 쏟아부었다. 새끼들이 차츰 힘이 붙어감에 따라 뭔가 먹을 것이 필요했다. 녀석들은 어미 배에 두 줄로 나 있는 젖꼭지에 코를 대고 냄새를 맡다가 입으로 툭툭 건드린 후 빨기 시작했다. 어미는 즐거움과 만족감이 곱절로 커지는 것을 느꼈다. 새끼들은 아직 어미와 함께 돌아다닐 수 없었다. 어미는 먹이나 물이 꼭 필요할 때에만 슬며시 자리를 떴는데 그것도 새끼들이 부르면 언제라도 되돌아올 수 있는 곳까지였고, 멀리 가지는 않았다.

겨울 내내 어미는 헛간 주변에서 보냈다. 하지만 새끼들이 뛰어다닐 수 있게 되자 어미는 녀석들을 데리고 숲 속 깊숙이 들어갔다. 새끼들이 다른 짐승들 눈에 띄지 않도록 하기 위해서였다. 녀석들은 까불거리며 뛰노는 것을 좋아했다. 새끼들은 주위에 뭔가 부드러운 것이 눈에 띄면 작고 뻬죽한 코를 들이대고 냄새를 맡았다. 새끼들은 조금씩 힘이 세지고 숲에서 나는 이런저런 냄새도 몸에 익혀 갔다. 5월의 숲은 먹을 게 풍족하다. 일찍 피는 작은 꽃들에는 대개 양분의 저장소인 구근이 있다. 꽃이 없어지면 그 다음에는 딸기가 식량이 되었다. 하지만 독이 있는 것들도 있었다. 그러나 자비로운 만물의 어머니는 그런 식물은 아주 고약한 냄새나, 얼얼한 맛이 나거나 아니면 따끔따끔하게 만들어 놓아서 숲에 사는 현명한 돼지들에게 경고를 보냈다. 그런 식물은 마치 손가락 끝처럼 부드러운 코를 벌름벌름거리며 부산하게 뭐든지 냄새를 맡아 보려고 하는 새끼 멧돼지들에게 불쾌한 느낌을 준다. 어미는 독이 있는 식물에 대해 잘 알고 있었다. 그리고 새끼들은 어미를 따라 눈으로 보고 코로 냄새를 맡아 보면서 그런 식물을 대해 알아갔다. 새끼들 중에 털이 붉고

활달한 녀석이 하나 있었는데, 녀석은 어느 날 특이한 경험을 했다. 새끼들은 아직 젖을 떼지 못했다. 하지만 어미는 매일 풀뿌리를 캐서 먹었다. 그러면 새끼들은 어미가 파헤쳐 놓은 곳으로 달려가 킁킁거리며 냄새를 맡았다. 어미는 땅벌레를 풀뿌리만큼이나 좋아했는데, 어미가 땅벌레를 먹을 때면 새끼들도 그 냄새를 맡아 보곤 했다. 어느 날, 붉은 새끼 돼지의 코 앞에 있는 이파리 위로 노란 줄이 있는 묘한 놈이 윙 하는 소리를 내며 날아와 앉았다. 새끼 돼지는 손가락 끝처럼 부드러운 코로 그 놈을 콕 찔러 보았다. 그러자 어떤 일인가가 벌어졌다. 이해할 수 없는 일이었다. 아, 얼마나 아프던지! 새끼 돼지는 "우욱" 하고 작은 신음 소리를 내고 어미를 향해 달려갔다. 녀석은 털을 곤두세우고 여우처럼 생긴 작은 턱을 덜덜 떨었다. 침이 어찌나 많이 나오던지 빰이 온통 흰 거품투성이가 되었다. 녀석은 그날 내내 턱을 덜덜거렸다. 하지만 그리 심한 상처는 아니었다. 녀석은 그 일을 잘 기억해 두었다. 어쨌든 그 이후로 녀석은 "거푸미"라고 불리게 되었다.

새끼들이 숲에서 뛰어다니기 시작한 지 한 주가 지났을 무렵, 가족이 생기고 나서 어미의 마음가짐이 얼마나 변했는지

를 알 수 있는 일이 생겼다. 어느 날 그리 멀지 않은 곳에서 뭔가가 저벅저벅 다가오는 소리가 들렸다. 소리는 점점 더 가까워졌다. 어미는 그 소리가 무슨 소리인지 아주 잘 알고 있었다. 인간이 다가오는 소리였다. 헛간 옆에서 살 때만 해도 어미는 그 소리를 들으면 먹을 것이 생기겠거니 했다. 하지만 지금은 먹을 것보다는 새끼들 생각이 먼저였다. 이 소리는 새끼들에게는 위험한 소리였다. 어미는 몸을 돌려 "우프" 하고 낮게 끙끙거렸고, 그 소리는 새끼들에게 두려움을 불러일으켰다. 새끼들은 어미가 그런 소리를 내는 것을 한 번도 본 적이 없었다. 어미가 몸을 돌려 급히 도망가자 새끼들도 어미 뒤를 따라갔다. 그리고 거푸미를 맨 앞으로 해서 일렬로 허둥지둥 도망갔다. 하지만 아무도 소리를 내지는 않았다.

이것은 그리 대단한 사건은 아니었다. 하지만 커다란 전환점이 되었다. 이 사건 이후 어미와 새끼들이 헛간 뜰과 그곳에 사는 사람들과 결별했기 때문이다.

어미에게 냄새 맡는 걸 배우는 새끼 멧돼지들

리젯과 곰

리젯 프룬티는 제법 어른 티가 나는 소녀였다. 열세 살이지만 산 속 깊이 혼자 가는 것도 무서워하지 않았다. 6월이 되어 숲에 맛있는 산딸기가 열리자 리젯은 딸기를 따러 멀리까지 갔다. 가까운 곳보다 먼 곳으로 갈수록 더 크고 잘 익은 딸기를 딸 수 있었다. 게다가 양도 훨씬 더 많았다. 그래서 리젯은 자꾸자꾸 멀리 갔다. 지금까지 집에서 그렇게 멀리까지 간 적은 한 번도 없었다! 딱따구리가 속이 빈 나무줄기를 쪼아대고 있었다. 오! 그 소리가 얼마나 크던지 리젯은 입을 다물지 못한 채 우두커니 서 있었다. 그 소리에 귀를 기울이고 있을 때 이번에는 다른 소리가 들려왔다. "쿵 쿵" 하는 커다란 소리였다. 덤불이 흔들리면서 커다란 흑곰 한 마리가 나타났다.

리젯이 놀라서 "아!" 하고 신음 소리를 내자, 곰이 벌떡 일어서서 잠시 리젯을 바라보더니 "우우프!" 하고 커다란 소리를 냈다. 불쌍한 리젯은 공포에 떨었다. 도망갈 수도, 소리를 지를 수도 없었다. 그냥 그대로 서서 쳐다볼 뿐이었다.

그것은 곰도 마찬가지였다.

그때 또 다른 소리가 들려왔다. 굵게 그르렁거리는 소리가 한 차례 들리더니 이어서 작은 소리가 연달아 들렸다. 불쌍한 리젯은 "곰 무리야" 하고 생각했지만 이번에도 움직일 수가 없었다. 그저 새로운 소리가 들리는 쪽을 쳐다볼 뿐이었다. 그것은 곰도 마찬가지였다.

그 순간 키가 큰 풀들이 갈라지면서 소리의 주인공이 나타났다. 곰 무리가 아니었다. 야생 멧돼지였다. 오랫동안 헛간 뜰에서 모습을 감추었던 야생 멧돼지와 그 새끼들이 꿀꿀거리고 있었던 것이다.

곰이 사람의 아이를 습격하는 일은 좀처럼 없는 일이다. 그런데 돼지고기를 먹을 수 있는 기회를 곰이 그냥 넘겨 버리는 일 또한 좀처럼 없는 일이다. 검은 괴물은 네 다리를 모두 땅에 대더니 갑자기 어미 멧돼지와 새끼들을 향해 달려들었다.

어미 멧돼지가 사납게 응전의 소리를 냈다. 다른 동물들이라면 무서워서 부들부들 떨었을 테지만 이 커다란 흑곰은 달랐다. 어쨌든 어미 멧돼지에게는 날카로운 송곳니와 강력한 턱, 그리고 튼튼한 네 다리가 있었고, 옆구리 살은 갑옷처럼 두꺼운데다 빳빳한 털로 덮여 있었다. 게다가 지금은 모성이 라는 강력한 정신력으로 무장되어 있었다.

어미 멧돼지는 다리로 버티고 서서 적과 마주했고, 새끼들은 무서워서 낑낑 소리를 내며 어미 옆으로 몰려들거나 그 뒤로 숨었다. 그런데 단 한 녀석, 거푸미만은 머리를 높이 쳐들고 무시무시한 적을 노려보고 있었다.

야생 멧돼지가 자기 새끼들을 지키려는 전의에 불타 있을 때는 곰일지라도 함부로 어쩔 수 없는 법이다. 흑곰은 멧돼지들 주위를 빙빙 돌았다. 어미 멧돼지도 곰이 움직이는 방향으로 몸을 돌렸다. 어미 멧돼지의 뒤쪽으로 덤불이 있어서 곰은 앞쪽에서 공격할 수밖에 없었다. 곰은 이쪽 저쪽으로 몸을 움직이면서 기회를 노렸지만 좀처럼 거리를 좁힐 수 없었다. 어미 멧돼지가 계속 녀석을 마주보고 있었기 때문이다. 날카로운 송곳니로 무장한 어미 멧돼지의 턱은 만만하게 볼 게 아니라는 것을 곰은 알고 있었다.

곰이 조금 달려들다가 멈칫했다. 계속 적을 향해 서 있던 어미 멧돼지는 녀석이 멈칫하는 것을 보자 공격을 했다. 어미 멧돼지는 곰의 앙팔을 물어뜯었다. 하지만 곰도 호락호락 당하지만은 않았다. 곰은 멧돼지의 공격을 다부지게 막아냈다. 이제 곰이 유리해졌다. 곰은 일격을 가해 멧돼지를 쓰러뜨린 후 옆구리를 할퀴어 찢은 후 발을 힘껏 물었다. 곰은 멧돼지를 꽉 움켜잡아 움직이지 못하게 한 다음, 배를 뒷발톱으로 잡아뜯었다. 곰과 어미 멧돼지가 그렇게 최후의 전투를 벌이고 있는 사이, 리젯은 겨우 정신을 차리고 몸을 돌려 집으로 쏜살같이 도망쳤다.

고아

"아빠, 너무 너무 무서웠어요! 코가 천 바로 아래쪽이에요. 30분이면 아빠랑 거기에 갈 수 있을 거예요."

그래서 아버지는 개를 데리고 그곳으로 갔다. 총도 들었다. 리젯이 앞장을 섰다. 얼마 후, 코가 천 옆 산딸기가 많이 열린 곳이 나왔다. 더 가까이 가자 쇠콘도르들이 유유히 나는 모습이 보였다. 현장을 제대로 찾은 것이다. 어미 멧돼지가 그곳에 쓰러져 있었다. 온몸이 찢겨져 있었고 몸의 일부는 뜯어 먹힌 상태였다. 게다가 어미 아래쪽에는 어린 새끼들의 시체가 반쯤 드러난 채로 있었다. 모두 곰의 엄청난 발에 밟혀 으깨진 것이었다.

뭔가 새로운 것이 발견될 때마다 프룬티의 입에서는 한숨과 함께 욕설이 튀어나왔다. 딸은 울고 있었다. 그때 개가 저 멀리 덤불 속에서 뭔가를 찾아 맹렬하게 짖기 시작했다. 곧이어 붉은 머리의 작은 새끼 멧돼지가 개를 향해 용감하게 달려들었다. 작은 턱을 어찌나 움직여댔던지 입 주위가 거품투성이가 된 녀석은 새로운 적을 향해 그르렁거리며 싸움을 걸어왔다.

"아이구, 여기 살아 남은 게 한 마리 있군!" 아버지가 말했다. "꽤 발칙해 보이는 걸!" 아기 거푸미가 마치 영웅처럼 개와 마주 서 있는 동안 아버지는 덤불 뒤쪽으로 갔다. 그리고는 멧돼지의 뒷다리를 꽉 잡았다. 녀석은 꺅꺅거리며 몸부림을 쳤다. 하지만 아버지는 녀석을 들어올려서 사냥 배낭 속에 집어넣었다.

"불쌍한 것 같으니라고. 코가 까진 것 좀 보게나. 배가 많이 고팠던 모양이구나. 너무 어려서 제대로 살 수 있을지 모르겠다."

"아빠, 저한테 주세요. 제가 길러 볼게요." 리젯은 거푸미를 길러도 된다는 허락을 그 자리에서 얻어냈다.

아버지는 가지고 온 대형 곰덫을 어미 멧돼지 시체 옆

놓았다. 하지만 잡힌 것이라고는 운 나쁜 쇠콘도르 한 마리가 다였다. 코가 천의 곰은 이런 방법으로 잡기에는 너무 영리했다. 그리고 머지않아 쇠콘도르, 벌레, 예쁜 꽃들이 그곳에서 벌어졌던 비극의 흔적을 완전히 씻어내 버렸다.

돼지, 오리 그리고 새끼 양

아기 거푸미는 정말로 가련했다. 녀석은 지독하게 굶주린데다가 고아 신세였다. 게다가 곰이 할퀸 코의 상처도 무척이나 아팠다. 리젯은 녀석을 바깥에 두기 싫어서 대신 커다란 상자 안에 넣어 주려고 했다. 그러자 리젯이 자신의 친구라는 사실도 모른 채 녀석은 리젯을 물려고 했다. 하지만 녀석의 턱은 아직 너무 작아서 아무에게도 위협이 되지 못했다. 리젯은 녀석의 코에 난 상처 부위를 씻어 주었다. 리젯이 접시에 따뜻한 우유를 따라 주었지만, 녀석은 그걸 어떻게 마셔야 할지 몰랐다. 몇 시간이 흘렀는데도 녀석은 체념한 듯이 멍하니 꼼짝도 하지 않고 웅크려 있었다. 그러자 리젯의 유모가 젖병을 가지고 왔다. 거푸미는 깩깩거리며 발로 차고 턱을 놀려댔다. 하지만 유모의 억센 팔이 녀석의 몸을 헝

겊으로 감쌌다. 그리고 녀석의 입을 벌려 젖병을 물려 주었다. 우유는 따뜻하고 달콤했다. 오! 녀석은 너무 배가 고팠다. 녀석에게는 이제 더 이상 도움이 필요없었다. 아기라면 누구나 우유를 빨아 먹을 수 있는 법이다. 젖병이 비자 녀석은 오랫동안 달콤한 잠에 빠져들었다. 잠이 정말로 필요했던 것이다.

자기가 누군가에게 도움이 된다고 느끼면, 그 상대를 진심으로 사랑하게 된다. 리젯도 이 어린 거푸미에게 헌신적이 되었다. 그런데도 녀석은 리젯을 그저 덩치 큰 위험한 상대라고만 생각하고 싫어했다. 하지만 그것도 잠깐이었다. 녀석은 영리한 야생 멧돼지 새끼였다. 그래서 꼬리가 말려 올라갈 때쯤 되자 녀석은 "리젯"의 모습이 보이면 "먹을 것"이 생긴다는 것을 배웠다. 그후로 녀석은 리젯의 모습이 보일 때마다 일어나서 마중을 나가게 되었다. 녀석이 그 다음으로 배운 것은 꿀꿀 하고 울면 리젯이 먹을 것을 가지고 온다는 사실이었다. 그래서 매일매일 꿀꿀 소리를 연습한 덕에 녀석의 소리에도 이제 제법 힘이 들어갔다.

일 주일도 못 되어 거푸미의 낯가림이 사라졌다. 녀석은 이제 외양간 한켠으로 옮겨졌다. 그리고 한 달쯤 지나자 녀석은 마치 고양이처럼 길들여졌다. 녀석은 리젯이 등을 긁어 주는 것을 아주 좋아했고 코에 났던 커다란 상처도 다 나았다. 하지만 상처 자국은 보기 흉하게 그대로 남았다.

그 무렵 거푸미에게 새 친구 둘이 생겼다. 오리와 새끼 양이었다. 거푸미는 눈을 동그랗게 뜨고 이 낯선 녀석들을 자세히 조사했다. 약간의 불신과 질시가 섞인 표정이었다. 하지만 곧 새 친구들이 함께 자도 좋을 만큼 괜찮은 상대라는 것을 알게 되었다. 친구들과 함께 자면 아주 따뜻했다. 게다가 놀이 상대로도 아주 딱이었다. 새끼 양의 꼬리는 길어서 잡아당기며 놀 수 있었고, 오리 등을 툭 건드리고 내빼는 것도 꽤 재미난 일이었기 때문이다.

이제 거푸미와 친구들이 함께 사는 외양간이 비좁아졌다. 하지만 울타리 구멍을 통해 정원으로 가면 마음껏 뛰놀 수 있었다. 정원에는 키가 큰 잡초들이 무성해서 녀석은 그곳에서 풀뿌리를 파헤치거나 친구들과 뛰어놀기도 하고 장난질도 쳤다. 게다가 양엄마인 리젯의 눈을 피해 숨을 수도 있었다. 그랬다. 리젯이 소리쳐 불러도 대답도 하지 않은 적이 많았다. 걱정이 되어 여기저기 찾아보면 잡초 뒤에 이 작은 개구쟁이가 숨어 있는 것이 보이곤 했다. 리젯에게 발견된 것을 알면, 녀석은 그제야 기쁜 듯이 꿀꿀거리며 튀어나와 마치 강아지처럼 리젯 주위를 맴돌았다. 그러다가 리젯이 녀석을 잡으려고 할라치면 잽싸게 도망쳤다. 이런 장난질에 싫증이 나면 등을 긁어 주는 조건으로 항복을 하고 리젯에게로 돌아왔다.

머리가 아주 좋은 돼지들이 서커스에 출연하는 경우가 많다. 한편 우리는 좀 멍청한 사람들을 보면 "돼지처럼 아둔하다"라는 말을 쓰기도 한다. 그걸 보면 우리는 돼지에도 여러 종류가 있다는 사실을 알 수 있다. 분명 대부분의 돼지는 머리가 나쁘다. 하지만 돼지 중에도 커다란 가능성이 있는 녀석이 있게 마련이다. 그리고 지능이 아주 높은 돼지도 있는 법이다. 가장 머리가 떨어지는 돼지는 농장에서 기르는 살찐 순종 집돼지이고, 가장 머리가 좋은 돼지는 자신의 지혜에 의지해 살아가는 야생 멧돼지이다. 그리고 그 중에서도 특히 머리가 좋은 부류에 속하는 것이 바로 이 거푸미였음이 얼마 안 있어 확실해졌다. 녀석은 아주 총명한 새끼 멧돼지였다. 게다가 유머 감각도 뛰어났고 리젯에게 진심으로 애정을 가지고 있었다.

리젯은 아버지에게 이 사이에 손가락을 넣어 날카롭게 휘

파람을 부는 법을 배웠다. 그녀가 그렇게 휘파람을 불면 거푸미는 정원을 가로질러 달려왔다. 대개는 그랬지만 가끔씩은 그렇지 않을 때도 있었다. 그것은 녀석이 장난을 치고 싶을 때였다. 그럴 때면 녀석은 리젯이 자기를 찾는 모습을 숨어서 지켜보는 변덕을 부렸다.

어느 날 리젯이 프랑스제 구두약으로 구두에 윤을 내고 있었다. 그날따라 거푸미도 뭔가 색다른 일을 찾고 있던 중이었다. 녀석은 새끼 양을 오리 위로 넘어뜨리고 리젯 주위로 달려오는 일을 세 번이나 반복했다. 그리고 리젯 옆으로 와서 뒷다리로 일어선 채 앞다리를 의자 위에 올려놓았다. 그리고는 짧게 낑낑거렸다. 그것은 "뭐 좀 주세요" 하는 소리였다. 그런데 리젯이 전혀 예상치 못한 방식으로 녀석의 요구를 들어 주었다. 프랑스제 구두약을 녀석의 앞발에 칠해 준 것이다. 곧 녀석의 분홍색 발굽이 까만 색으로 번쩍번쩍 윤이 나기 시작했다. 참 재미있는 일이었다. 그래서 녀석은 그 일이 다 끝날 때까지 눈을 떼지 못하고 가만히 있었다. 녀석은 오른쪽 발과 왼쪽 발을 번갈아 가며 신중하게 냄새를 맡아 보았다. 완전히 새로운 일이었다. 녀석은 어떻게 된 일인지는 알 수 없었지만 아무튼 그냥 그대로 두기로 했다. 녀

석은 한시도 가만 있지 못하는 버릇이 있기 때문에 프랑스제 구두약의 효과는 그다지 오래 가지 못했다. 리젯이 다음 번에 구두를 닦고 있을 때도 녀석은 옆에 와서 그 이상한 냄새를 맡고는 또 발라 달라고 양쪽 발을 내밀었다. 구두약을 다 바를 때까지 조금도 움직이지 않은 걸 보면, 아마도 기분이 좋은 모양이었다. 그 뒤로 녀석은 리젯이 구두를 닦을 때마다 옆에 와서 발을 내밀고 아침 단장을 받았다.

오리를 지켜주다

돼지에게도 양심이라는 것이 있을까? 그런데 양심이란 게 도대체 뭘까? 그것은 법을 어기면 벌을 받게 되고 그래도 계속 법을 어기면 더욱 더 엄한 벌을 받게 된다는 사실을 자각하는 것이다. 거푸미는 선천적으로 우수한 지능을 타고났기 때문에 마음속에 재판관과 배심원, 고소인과 증인이 있어 자기가 나쁜 짓을 했을 때 스스로를 꾸짖을 수 있었다.

새끼 양은 아무에게도 해를 주지 않는 털북숭이 멍청이였고, 또 오리는 그보다도 더 멍청한 짐승이었다. 그래서 녀석들을 괴롭히는 것은 금지되어 있었다. 꾸중이나 매질이 무슨 뜻인지를 거푸미는 잘 알고 있었다. 친구들을 괴롭히면 늘 꾸중이나 매질이 돌아온 덕에 녀석은 그 재미난 일이 잘못된 행동이라는 것을 배울 수 있었다. 그래도 녀석은 새끼 양을 심하게 쫓거나 오리를 탈지유 속에 빠뜨리곤 했다. 그럴 때면 리젯이 아무런 말도 없이 단지 짧게 휘파람만 불어도 죄지은 모습으로 덤불 속으로 숨었다. 리젯의 모습이 보이지 않는데도 말이다. 확실히 녀석은 양심의 가책을 느끼는 것 같았다.

어느 날 아침, 리젯이 창을 통해 정원을 바라보고 있는데, 거푸미가 가만히 서 있는 모습이 보였다. 머리를 수그리고 고개를 갸웃한 채 눈을 깜빡이며 꼬리를 실룩거리고 있었다. 뭔가 나쁜 짓을 하려고 할 때의 자세였다. 리젯은 휘파람을 불려다가 거푸미가 진짜로 뭘 하는지 보려고 잠시 기다려 보기로 했다. 새끼 양이 작은 차양 아래 졸린 듯이 옆으로 누워 있었다. 갑자기 풀밭에서 오리가 "꽥" 하는 소리를 내며 새끼 양 옆으로 달려와 웅크렸다. 새끼 양은 움찔해서 코를 킁킁거렸다. 그때 키가 큰 풀들 사이에서 늑대처럼 생긴 강아지 한 마리가 사납게 "멍멍" 짖어대며 우당탕 달려왔다. 힘없는 집오리를 공격할 모양이었다. 얼마나 재미있는 장난이란 말인가! 제법 덩치가 있는 새끼 양까지도 너무 놀라 부들부들 떠는 것을 보고 강아지는 겁도 없이 돌진해 왔다.

"멍, 멍, 멍!" 상대가 약하거나 그냥 꽁무니를 빼면 개는 더욱 더 용감해지는 법이다! 오리는 연신 꽥꽥거렸고 새끼 양은 겁에 질려 매매 울어댔다. 개는 자기 뜻대로 되자 더욱 우쭐해져서 개들의 명예를 얻기라도 하려는 듯이 오리에게 달려들어 등 쪽의 깃털을 한입 가득 물어뜯었다. 그런데 바로 그 때 또 다른 소리가 들려왔다. "구룩 구룩 구룩" 하는 짧은 소리였다. 그것은 돼지가 싸움을 걸 때 내는 소리였다. 구룩 구룩이라고 했지만 사실 그것은 돼지였기 때문이다. 만약 똑같은 소리를 표범이 냈다면 "으르렁 으르렁"이라고 했을 것이다. 아무튼 그것은 거푸미가 적을 향해 달려들 때 자연스럽게 나오는 소리였다. 등에 난 털이 일제히 곤두섰고 작은 눈은 푸른빛으로 이글거렸다. 녀석의 턱은 아직 작긴 하지만 그래도 꽤 날카로운 송곳니로 무장을 하고 있었다. 녀석의 턱이 덜거덕거리면서 얼굴에 거품이 생겼다. 전쟁이 선포된 것이다. 영리한 상대라면 녀석 안에서 잠자고 있던 야수성이 지금 밖으로 분출되어 나오고 있다는 것을 알아차렸을 것이다. 녀석을 그렇게 만든 것은 오리에 대한 애정이 아니었다. 그것은 늑대에 대한 아주 오래된 증오심이었다. "늑대가 집에 침입"한 것이다. 멧돼지 족의 용감한 전투심이 거푸미의 눈에서 불타오르고 있었다. 조상들의 전투 기억이 녀석의 피를 끓게 했다. 거푸미는 개를 향해 돌진했다.

어떤 불량배가 이보다 더 혼비백산할 수 있을까? 강아지는 오리의 날개를 물어 잡아끌면서 의기양양했다. 그때 이 작은 멧돼지가 분노에 차서 녀석을 덮친 것이다. 멧돼지는 송곳니로 녀석의 늑골을 찔렀다. 강아지는 거꾸로 곤두박질 쳐졌다. 상처에서는 피가 나기 시작했다. 의기양양하게 짖어대던 녀석의 소리는 이제 무시무시한 패배의 비명으로 변했다. 거푸미가 다시 녀석에게 달려들었다. 그러자 개는 꽁무니를 뺐다. 녀석은 입에 오리 깃털을 한 움큼 문 채 절뚝거리는 다리로 낑낑거리며 헛간 쪽으로 달아났다. 그 뒤를 거푸미가 뒤쫓았다. 강아지는 겨우 출구를 발견하고는 수풀 속으로 달아났다. 꼬리에 양철 깡통을 매단 개라도 그렇게 요란하게 맹렬한 속도로 달릴 수는 없을 것이다. 그 강아지가 어디서 어떻게 울타리를 빠져나갔는지는 알 수 없었다. 또 녀석이 어디에서 와서 어디로 갔는지도 확실치 않았다. 다만 이것만은 확실했다. 녀석이 짖는 소리가 숲 쪽으로 사라져

두 번 다시 모습을 나타나지 않았다는 것이다.

리젯과 아버지는 이 광경을 두 눈으로 직접 목격했다. 두 사람은 아기 거푸미가 보여준 생각지도 못한 용기에 무척 놀랐다. 하지만 거푸미가 그 똥개의 비열한 싸움에 분노해 놈을 공격을 해 승리를 거두는 것을 보고 신이 났다.

리젯이 아버지와 함께 정원으로 나가자 거푸미가 그들을 향해 달려왔다. 리젯은 처음에는 왠지 조금 겁이 났다. 하지만 거푸미는 더 이상 무시무시한 악마가 아니라 그저 장난스러운 새끼 멧돼지로 돌아와 있었다. 리젯은 거푸미가 어떤 행동을 할지 또 정작 자기는 어떻게 해야 할지 몰라서 머뭇거리고 있었다. 그러자 녀석이 발을 의자 위에 올려놓았다. 예의 그 아침 단장을 해 달라는 것이었다. 녀석이 콧등을 양쪽 앞발 사이로 들이밀자, 리젯은 콧등에도 구두약 단장을 해 주었다.

리젯의 말에 따르면 그날 이후로 거푸미는 새끼 양과 오리를 더 이상 괴롭히지 않았다고 한다. 거푸미가 그 이후로 그런 짓을 하지 않은 것은 분명하다. 왜냐하면 다 자란 오리가 동료들과 함께 살기 위해 뒤뚱거리며 못으로 가 버렸고, 새끼 양과도 뜻밖의 다른 사건으로 이별하게 되었기 때문이다.

성질 나쁜 늙은 곰

코끼리 중에도 건달이 있는 것처럼, 비버 중에도 게으름뱅이가 있는 것처럼, 그리고 호랑이 중에도 비열한 식인 호랑이가 있는 것처럼, 곰 중에도 불량배가 있는 법이다. 그런 곰은 세상의 모든 것에 싸움을 건다. 그런 타락한 곰은 파괴하는 일에서 무한한 기쁨을 느끼고 못된 짓만을 골라함으로써 유명해진다. 그러다 적의 반감을 사서 마침내는 더 강한 상대에게 목숨을 잃는 최후를 맞이한다. 코가 천에 사는 곰이 바로 그런 못된 동물 중에 하나였다. 우리가 알고 있는 한, 녀석은 가족도 없이, 코가 천 인근의 숲을 어슬렁거렸다. 아마도 산에 사는 자기 동료들에게 쫓겨난 모양이었다. 그래서 녀석은 메이오 계곡까지 흘러든 것이다. 그곳에는 곰이 거의 없었다. 녀석은 그곳을 떠돌면서 온갖 나쁜 짓이란 나쁜 짓은 다했다. 울타리나 작은 헛간을 망가뜨리기도 하고, 자기가 먹지 못하는 농작물까지 단지 재미 삼아 망쳐 놓았다. 곰은 주로 채식을 하는데, 그 중에서도 특히 딸기나 풀뿌리를 좋아한다. 작은 벌레나 짐승을 먹는 곰도 없는 것은 아니지만, 코가 천의 곰은 식성이 아주 특이해서 짐승의 고기는 가리지 않고 무엇이든 다 먹었다. 그 중에서도 녀석이 가장 좋아하는 것은 송아지 고기였다. 하지만 황소는 물론 덩치 큰 암소에게조차 대들지 못했다. 녀석은 새들이 사는 둥지를 엉망으로 만들기를 좋아했다. 너무 쉬운 일이었기 때문이다. 날다람쥐 가족을 잡기 위해 반나절 동안이나 나무 구멍을 휘젓는 일도 있었다. 처음에는 어떤 고기나 다 즐겨 먹었다. 어미를 잃고 혼자 헤매는 새끼 돼지를 우연히 잡아먹은 적도 한두 번 있었다. 하지만 녀석이 가장 좋아하는 먹이는 집에서 기르는 사육 돼지였다. 녀석은 집돼지를 찾아 멀리까지 가곤 했다. 일단 돼지를 잡으면 녀석은 가능한 한 오래 살려 두었다. 돼지가 괴로워하며 낑낑거리는 소리를 즐기기 위해서였다.

물론 그 곰은 자기 몸을 지킬 힘이 없는 어린 새끼만 골라서 공격했다. 그날 거푸미의 어미에게 그렇게 맹렬한 반격을 받았을 때 그렇게 놀란 것도 바로 그 때문이었다. 그 정도 크기의 돼지를 잡는 것은 아주 쉬운 일이라고 생각했던 것이다. 녀석은 새끼들에게 복수를 했다. 하지만 그 후로도 오랫동안 끙끙거리며 절름거려야만 했다. 그래서 그 뒤부터는 야생 멧돼지를 꺼리게 되었고, 보금자리에 있는 새끼 토끼처럼

자기 몸을 제대로 지킬 수 없는 작은 짐승들만을 노리게 되었다. 하지만 상처가 다 낫자 놈은 그 날의 교훈을 잊어버리고 돼지고기를 먹고 싶어 죽을 지경이었다.

그 곰은 코가 매우 예민했다. 바람은 곰에게 온갖 소식을 실어다 주는 무선전신 같았다. 그래서 특별한 소식이 있다 싶으면 녀석은 뭔가 건질 게 없나 하고 냄새를 쫓아갔다.

어느 날 그 곰은 프룬티네 집에서 그리 멀지 않은 곳까지 왔다. 산들바람이 새벽 숲에서 맛있는 돼지 냄새를 실어온 것이었다. 녀석은 커다란 머리를 흔들흔들하면서 그 냄새를 쫓아갔다. 그러다 바람에 뭔가 다른 냄새가 섞여 오면 방향을 바꾸었다. 바람은 눈에 보이지 않는 길이나 마찬가지였다.

곰은 놀라울 정도로 소리 없이 숲을 지나간다. 덩치가 아주 큰 곰이라도 마치 그림자처럼 조용히 움직인다. 코가 천의 이 곰도 소리 없이 빠르게 프룬티네 농장에 도착했다. 냄새를 계속 따라간 녀석은 곧 울타리가 처진 작은 방목지에 이르렀다. 그곳에는 냄새의 주인공인 거푸미가 새끼 양의 포근한 몸을 베고 잠들어 있었다.

곰은 잠시 울타리를 조사해 보았지만 구멍을 찾을 수가 없었다. 할 수 없이 놈은 울타리를 타고 넘기 시작했다. 하지만 울타리는 그런 덩치를 감당할 만큼 튼튼하지 못했다. 위태롭게 흔들리던 울타리가 곰의 무게를 감당하지 못하고 결국 쓰러졌고 그와 동시에 곰도 울타리 안으로 굴러 떨어졌다.

만약 거푸미의 동작이 조금만 느렸거나, 새끼 양의 동작이 조금만 빨랐어도 상황은 완전히 달라졌을 것이다! 곰이 앞으로 돌진하자, 거푸미는 날쌔게 옆으로 피했지만, 새끼 양은 그렇지 못했다. 새끼 양은 도망갈 기회조차 잡지 못하고 곰의 일격에 목숨을 잃었다. 한편 거푸미는 그 틈을 이용해 울타리에 난 구멍으로 빠져나가 울창한 숲으로 모습을 감추었다.

정말로 곰은 아무런 소리도 내지 않고 다가왔다. 하지만 울타리가 부서지는 소리, 새끼 양이 우는 소리, 곰이 우당탕 돌진하는 소리, 겁이 나서 도망치면서도 도전적으로 씩씩거리는 거푸미의 콧김 소리만으로도 농장 사람들을 깨우기에는 충분했다. 이미 사람들이 일어날 시간이기도 했기 때문이다. 프룬티는 커다란 흑곰이 새끼 양을 입에 물고 울타리를 기어올라가는 모습을 보았다.

집에서는 대소동이 벌어졌다. 개와 사람을 부르는 소리가 쩌렁쩌렁 울리더니 이어서 총을 챙긴 프룬티가 곰을 쫓아 숲

으로 달려나갔다.

우리 안을 느릿느릿 어슬렁대는 곰만 보아온 사람은 야생 곰이 험한 산길을 바람처럼 달리는 모습을 상상할 수 없을 것이다. 가시덤불, 바위, 기복이 심한 땅은 개에게는 장애물일지 몰라도 곰은 아무렇지도 않게 지나갈 수 있다. 곰은 곧 코가 천에 도착했다. 폭이 넓었지만 그래도 녀석은 그 속으로 풍덩 뛰어들어 헤엄쳐 건너기 시작했다. 거센 물살이 녀석을 순식간에 멀리 하류로 실어 날랐다. 녀석은 물살에 몸을 맡긴 채 흘러 내려가면서 사냥개들의 소리가 점점 더 희미해져 가는 것을 즐기다가 반대쪽 물가로 올라갔다. 물가까지 쫓아온 개들은 당황했다. 발자국이 하나도 남아 있지 않았기 때문이다. 그래서 반대쪽도 살펴보았지만 그곳에도 역시 아무런 흔적이 없었다. 신기한 일이었다. 길을 되돌아오던 중에 새끼 양의 시체가 발견되었을 뿐이었다.

늪

곰 사냥은 남자들에게는 스포츠이고 개들에게는 아주 재미난 오락거리이다. 하지만 리젯은 심하게 겁을 먹은 것처럼 보였다. 헛간 뜰 안을 구석구석 찾아보고 휘파람을 몇 번이고 불러 보았지만 헛일이었다.

리젯은 사냥꾼들의 뒤를 쫓아 자꾸자꾸 숲 속으로 들어갔다. 하지만 곧 깊은 늪이 나오는 바람에 멈춰 섰다. 그녀는 완전히 혼자였다. 늪은 물과 진흙이 섞여 있었다. 계속해서 가는 것은 어리석어 보였다. 그래서 그녀는 혹시 무슨 소리가 나지나 않는지 잠시 귀를 기울이고 있다가 두세 차례 날카롭게 휘파람을 불어 보았다. 그러자 작은 소리가 들려왔다. 물이 튀는 소리였다. 순간 리젯은 등줄기가 오싹해졌다. 곰이 접근해 오는 소리처럼 들렸기 때문이다. 곧이어 진흙투성이가 된 짐승이 모습을 드러냈다. 흙투성이라서 형체를 제대로 알아볼 수는 없었지만 한쪽 끝에 작은 눈 두 개가 보였고 왠지 친밀감이 깃든 꿀꿀 소리가 들렸다. 그랬다. 확실히 그랬다. 그녀는 그 소리가 뭔지 대번에 알았다. 진흙투성이의 그 짐승이 몸을 힘차게 흔들어 진흙을 턴 후, 앞발을 통나무에 올려놓고는 닦아 달라고 하는 것이었다. 그 짐승의 발은 그 어느 때보다도 단장이 필요했다. 게다가 그 짐승은 리젯이 등도 긁어 주길 바랐다. 리젯은 즉시 나뭇가지를 주워서 진흙투성이가 된 거푸미의 등을 북북 긁어 주었다.

등 좀 긁어 주세요

냄새의 힘

동물만큼 코가 예민한 사람만이 냄새가 얼마나 중요한지 제대로 이해할 수 있다. 냄새는 기억이라는 형태로 뇌를 지배한다. 냄새가 사라지면 기억도 함께 사라진다. 즐거웠던 기억도, 고통스러웠던 기억도, 무서웠던 기억도 모두 함께. 거푸미는 어렸을 적 일과 어미의 죽음을 거의 잊어버리고 있었다. 하지만 코는 그렇지 않았다. 곰 냄새를 맡는 순간 기억이 되살아난 것이다. 겁에 질려 그렇게 허겁지겁 달아난 것도 그 때문이었다.

리젯의 친숙한 휘파람 소리를 듣고도 그다지 주의를 기울이지 않은 것도 그 때문이었다.

하지만 이제 두려움은 사라졌다. 대신 용기가 생겼다. 겁이 전혀 나지 않는다고는 할 수 없지만 그래도 이제는 그것을 극복할 수 있었다. 거푸미는 리젯 주위의 덤불을 부산하게 뛰어다녔다. 그러다가 도중에 갑자기 멈춰 서서 꼼짝 않고 머리를 숙인 채 눈만 껌벅거렸다. 그러다 리젯이 막대기로 쿡 찌르면 다시 달리기 시작했다. 녀석은 전속력으로 달리다가 빙그르르 한 바퀴 돌고는 기쁜 듯이 코를 벌렁벌렁 거렸는데, 그것은 돼지 말로 "하! 하! 하!"를 뜻한다.

거푸미와 리젯은 즐거워하며 집으로 돌아왔다. 그런데 거푸미의 쾌활함이 갑자기 종적을 감추었다. 녀석은 마치 포인터 사냥개처럼 한곳을 가리키며 멈춰 섰다. 털은 곤두섰고, 눈은 푸른빛으로 이글거렸고, 송곳니를 드러낸 턱에서는 거품이 흘러나왔다. 리젯이 곁에 와서 녀석의 몸을 어루만져 주려고 했다. 하지만 녀석은 옆으로 피했다. 턱은 여전히 바삐 움직이고 있다. 땅을 보고서야 리젯도 녀석이 왜 그러는지 알 수 있었다. 그들은 곰이 방금 발자국을 남긴 곳을 지나고 있었던 것이다. 발자국에서 무시무시한 냄새가 나고 있었다.

리젯은 그다지 신경을 쓰지 않았다. 하지만 거푸미가 보여 준 행동은 더 이상 겁에 질린 모습이 아니었다. 녀석은 이미 두려움을 극복한 상태였다. 그 자세로 녀석은 "우프" 하고 굵직한 소리를 냈다. 아직 완전히 어른이 된 것은 아니었지만 눈을 푸른빛으로 이글거리며 송곳니를 위협적으로 드러낸 모습은 어른 멧돼지가 싸울 준비를 할 때의 모습 그대로였다. 그때만 해도 리젯은 녀석의 이런 정신이 나중에 자신에게 얼마나 큰 의미를 갖게 될지 전혀 알 수 없었다. 그랬다. 두 달 후쯤 리젯은 생명을 잃을 수도 있는 위험에 처했다. 게다가 누구의 도움도 받을 수 없는 처지였다. 그녀를 지켜준 것은 용감한 작은 짐승 하나뿐이었다. 고작 두 개의 상아빛 송곳니와 두려움을 모르는 용기가 그녀의 목숨을 구한 것이다.

방울뱀

남부 버지니아에서 10월은 아직 여름이다. 잎이 살짝 붉게 물들어 그나마 가을의 기분을 느낄 수 있을 뿐이다. 그래도 리젯은 낭만적인 꿈에 부풀었고, 뭔가 모험을 해 보고 싶다는 생각도 들었다. 그녀는 코가 천으로 가서 물살이 완만하고 한적한 곳에서 혼자 수영을 하고 싶어졌다. 누군가 올지도 모른다는 걱정 따위는 없었다. 그래서 그녀는 아무런 거리낌없이 옷을 벗고 물 속으로 뛰어들어 시원한 물을 즐겼다. 이런 일은 건강한 젊은이만이 그것도 몸 상태가 아주 좋을 때만 할 수 있는 일이다. 그녀는 가운데 있는 모래톱으로 헤엄쳐 가서 모래 위에 엎드려 등에 햇볕을 쪼이며 분홍빛 발끝을 모래 속에 푹 찔러 넣었다.

일광욕을 마음껏 즐긴 후, 리젯은 다시 물에 뛰어들어 하류 쪽으로 헤엄쳐 갔다. 그곳은 물가로 올라갈 수 있는 유일한 장소이자 탈의장이기도 했다. 그런데 헤엄쳐 가는 도중에 온몸의 피가 얼어붙을 것 같은 광경이 눈에 들어왔다. 그녀가 벗어놓은 옷 위에, 목재방울뱀 한 마리가 머리를 쳐든 채 낫 모양으로 또아리를 틀고 있는 것이었다. 뇸은 산에서도 집에서도 숲에서도 심지어는 물에서도 공포의 대상 그 자체였다.

심장이 덜컥 내려앉고 온몸이 떨려 왔지만 그래도 리젯은 다시 헤엄쳐 돌아와 모래톱 위로 올라갔다.

이제 어떻게 해야 하지? 사내아이라면 돌을 찾아서 던져 뱀을 쫓아 버렸을 것이다. 하지만 근처에는 돌이 없었다. 그리고 설령 있었다고 해도 리젯은 사내아이처럼 멀리 돌을 던지지 못했다.

소리쳐 도움을 청할 수도 없었다. 누가 올지 알 수 없기 때문이었다. 리젯은 어찌할 바를 모른 채 그저 두려움에 떨며 한숨만 내쉬면서 그대로 앉아 있었다. 한 시간이 느릿느릿 지나갔다. 뱀은 아직도 그대로 있었다. 그녀의 몸은 햇볕에 시뻘겋게 익어갔고 햇볕에 탄 살갗이 아파 오기 시작했다.

어쨌든 뭔가를 해야만 했다. 아빠만 오신다면! 그녀의 휘파람 소리를 듣고 아버지가 오는 것 말고는 달리 희망이 없었다. 리젯은 이 사이에 손가락을 넣어 바람을 내뿜었다. 남부 여자라면 누구나 휘파람을 불 수 있었다. 처음에는 아주 약한 소리밖에는 나오지 않았다. 하지만 계속해서 불자 점점 더 큰 소리가 나면서 숲 저 멀리까지 울려 퍼졌다. 그녀는 공포와 희망이 교차하는 가운데 귀를 기울였다. 아빠가 휘파람 소리를 듣는다면 와 주실 텐데. 그녀는 귀를 모아 뭔가 대답 소리가 들리는지 유심히 들어 보았다.

뱀은 꿈쩍도 하지 않았다. 다시 30분이 지나갔다. 햇살은 더욱 따가워졌다. 그녀는 멀리까지 울리도록 휘파람을 다시 한 번 불었다. 그리고 다시 귀를 기울이자 이번에는 무슨 소리가 들렸다. 뭔가 쿵쿵거리면서 날렵하게 다가오는 소리였다. 그런데 갑자기 걱정이 되었다. 누군가가 오고 있어. 그런데 누구지? 아빠라면 큰 소리로 부르실 텐데. 하지만 지금은 발소리만 들리는 걸. 만에 하나 다른 사람이 오는 거라면 어떻게 하지! "아빠, 도와 주세요!" 그녀는 소리가 점점 가까이 다가오자 모래 속에 몸을 숨기려 했다.

뱀은 여전히 전혀 움직이지 않았다.

가파른 둔덕 위에 있는 덤불이 흔들렸다. 그랬다. 뭔가 검은 것이 움직이는 모습이 언뜻 보였다. 맨 처음에 든 생각은 혹시 "곰"이 아닌가 하는 생각이었다. 덤불이 양쪽으로 갈라지면서 거푸미가 앞으로 나왔다. 제법 자라긴 했지만 아직은 어린 거푸미였다. 리젯은 실망했다. "오! 거푸미구나. 거푸미야, 네가 날 도울 수만 있다면!" 리젯은 그렇게 말하며 힘없이 휘파람을 불었다. 아버지를 부르기 위해서였다. 하지만 휘파람에 화답한 것은 이 야생 멧돼지였다.

거푸미가 둔덕을 재빨리 지나서 다가왔다. 거기는 외길이었다. 그 길은 작은 모래땅으로 통했는데 그곳은 리젯이 벗어놓은 옷과 무시무시한 적이 있는 곳이었다.

거푸미는 통나무와 낮은 덤불을 뛰어넘어서 빠르게 달려왔다. 모래땅에 다 왔을 때 갑자기 뱀이 방울소리를 내며 꼬리를 들어올렸다.

둘 다 놀라서 몸을 뒤로 빼면서 바로 공격 자세를 취했다. 리젯은 가슴을 졸이면서 소꿉친구가 운명에 맞서고 있는 모습을 지켜보았다. 멧돼지의 등줄기에 난 털이 곤두섰다. 눈은 전의에 불타올랐고 녀석의 무기는 "딱, 딱" 하는 소리를 내기 시작했다. 뱀에 대한 아주 오래된 그리고 본능적인 증

오가 녀석의 작은 영혼 속에서 분출되었다. 전의가 불타오르며 결코 사그라지지 않는 용기가 솟구쳤다.

야생 멧돼지가 전의에 불타 가슴속 깊은 곳에서 으르렁 소리를 내는 것을 들어 본 적이 있는가? 그것은 적의 마음에 공포심을 불러일으켜 전의를 상실케 하는 소리이다. 그렇다. 아직 어려서 완전히 자라지 않은 목구멍에서 나오는 소리일 뿐이고 게다가 송곳니 역시 아직은 가시 정도에 불과할지라도 말이다.

멧돼지는 싸움을 시작할 때 내는 그르렁 소리를 짧게 서너 번 내더니 뱀에게 다가섰다. 황금빛 갈기가 곤두서면서 몸이 두 배로 커졌다. 녀석의 두 눈은 마치 오팔처럼 빛을 내며 적과의 거리를 쟀다. 흰옷이 조금 성가셨다. 하지만 녀석은 좀 더 유리한 지점을 찾아 뱀 주위를 돌았다. 그리고 마침내 녀석은 뱀과 하천 사이로 갔다. 의도한 것은 아니지만 그곳은 모든 도주로를 차단할 수 있는 장소였다.

그런 동작은 어미에게 배운 것이 아니라 만물의 어머니인 자연에게 배운 것이었다. 자연은 최고의 스승이었다. 한편 그 어떤 것도 방울뱀의 공격을 제대로 피할 순 없는 법이다. 방울뱀은 적의 눈을 현혹시킨다. 번개도 그보다는 빠르지 않다. 놈에게 물리면 작은 동물은 금방 독이 퍼져 죽고 만다. 독이 몸 전체로 퍼져 나가는 것이다. 하지만 멧돼지의 뺨과 어깨는 예외다. 거푸미가 뱀에게 다가갔다. 방울뱀의 꼬리는 마치 물레가 돌아갈 때 나는 것 같은 소리를 냈고, 혀는 마치 상대를 농락하듯 춤을 추었다. 거푸미는 상아로 만든 칼처럼 생긴 송곳니를 딱딱거린 후, 몇 차례 짧게 기침 비슷한 소리를 내는 것으로 뱀에 맞섰다. 거푸미는 조심스럽게 한발 한발 다가갔다. 뱀이 되도록 불리한 먼 곳에서 공격하게 할 참이었다. 양쪽 모두 이것이 첫 대면이었음에도 둘 다 상대와 어떻게 싸워야 하는지를 잘 알고 있는 것처럼 보였다. 뱀은 자신의 목숨이 위험하다는 것을 직감했는지 더 단단하게 또아리를 틀었다. 그러면서도 매서운 눈초리로 계속해서 적과 자신 사이의 거리를 재고 있었다. 한쪽이 속임수 동작을 쓰면 이어서 다른 한쪽도 속임수 동작을 썼다. 그러다 순식간에 독화살이 날아들었다. 피할 수 있었을까? 아니다. 세상의 어떤 동물도 그 독화살만큼은 피할 수 없다. 거푸미는 뺨에 따끔한 통증을 느꼈다. 그와 동시에 무시무시한 노란 독액이 상처 부위로 튀었다. 하지만 거푸미의 동작이 약간 더 빨랐다. 그리고 순식간에 작은 송곳니로 뱀의 목을

물어 내던졌다. 예전에 오리를 물어 내던질 때와 비슷한 동작이었다. 그리고는 뱀이 충격에서 벗어나 다시 또아리를 틀기 전에 달려들어 무시무시한 소리를 내며 짓밟았다. 거푸미는 뱀의 머리를 으깨고 배를 찢었다. 공격은 거푸미의 얼굴과 털이 온통 거품투성이가 될 때까지 계속되었다. 녀석은 쉬지 않고 그르렁거리며 계속 뱀을 짓밟았다. 마침내 뱀이 고약한 냄새를 풍기는 고깃덩어리가 되어 먼지투성이 바닥에 내동댕이쳐졌다.

"오, 거푸미야, 오, 거푸미야, 정말 고맙다." 리젯이 할 수 있는 말은 그것뿐이었다. 리젯은 긴장이 풀려 당장이라도 정신을 잃을 것만 같았다. 하지만 이제는 무엇을 해야 할지 확실히 알 수 있었다. 리젯은 팔을 열 번쯤 휘저어 헤엄쳐 거푸미 옆에 왔다. 사자처럼 용감한 기사를 다시 만난 것이다.

리젯은 거푸미가 걱정되었다. 하지만 녀석은 그녀 주위의 모래 위를 뛰어다니고 있었다. 리젯은 거푸미가 너무 아파 쓰러져 있을 것이라고 생각했다. 너무도 기쁘고 감사했다. 그러다 전에 아버지가 뱀에 물리는 것이 얼마나 무시무시한 일인지 말해 준 것이 생각났다. 아버지는 그때 멧돼지는 뱀독에 면역력이 있다고도 했다.

"너한테 어떻게 보답해야 할지 모르겠구나." 리젯은 진심으로 그렇게 말했다. 거푸미는 그 말을 알아듣고, 곧 그녀가 무엇을 해 주어야 할지 알려 주었다. 녀석이 보답으로 원하는 것은 이것이 다였다. "등 좀 긁어 주세요."

숲 속의 의사

야생동물들은 병이 나지 않는 걸까? 그들은 병이란 걸 모르고 살까? 터무니없는 생각이다! 야생동물들 역시 우리 인간만큼이나 병 때문에 고통스러워한다는 것을 우리도 잘 알고 있다. 기운이 있는 야생동물들에게는 잘 듣는 치료법이 몇 가지 있다. 하지만 쇠약한 동물은 금방 죽을 수밖에 없다.

그렇다면 야생동물들이 사용하는 치료법에는 어떤 것이 있을까? 숲에서 생활하는 사람이라면 모두 잘 알고 있는 것들이다! 일광욕, 냉수욕, 따뜻한 진흙욕, 단식, 물 치료, 구토, 설사약, 먹이나 사는 장소를 바꾸는 것, 휴식, 그리고 다친 부위를 혀로 핥는 것들이다.

그러면 치료법을 처방하고 치료 시간을 정해 주는 의사는 누구일까? 단 하나, 그것은 "몸의 갈망"이라는 의사이다. 그저 몸이 원하는 대로 따르기면 하면 된다. 만일 처방을 계속 하는 것이 고통스럽거나 귀찮아지면, 그것은 몸이 "이제 충분해"라고 말하는 것이다.

이것이 동물들의 치료법이다. 그리고 그것은 숲에서 생활하는 사람이라면 누구나 안다. 이런 치료법은 뛰어난 사람들에 의해 이미 여러 세대에 걸쳐 발견되어 사용해 오고 있는 것들이다. 그런데 만약 그것을 발견한 사람이 거기다 아주 간단한 이름을 붙이면 비웃음을 사지만, 라틴어로 이름을 붙여 주면 세상 사람들로부터 훌륭한 과학자 대접을 받게 된다.

메이오 계곡에 가을이 찾아왔다. 수천 척의 작고 노란 배들이 코가 천을 따라 남쪽으로 항해해 갔다. 그리고 숲에서는 "투둑 투득 투두둑" 하고 나무 열매가 떨어지는 소리가 끊임없이 들려왔다. 거푸미는 코를 킁킁거리며 매일매일 맛있는 나무 열매를 찾아 바쁘게 돌아다녔다. 녀석은 마치 나비처럼 내달리며 커다란 나무 밑을 헤집기도 하고, 다리를 굽히고 머리를 흔들기도 했다. 그리고 송곳니를 풀밭 속으로 찔러 대기도 하고 다리를 움츠렸다가 이삼 미터씩 뛰어오르기도 했다. 그러다가 순간적으로 조각상처럼 동작을 멈추기도 했다. 자신의 힘에 기쁨을 느끼며, 녀석은 점점 더 강해졌다. 마지막 잎이 떨어질 무렵이 되자 정강이와 턱도 많이 자랐다. 아직은 몸집이 작고 빈약했지만 그래도 골격만큼은 제법 힘센 야생 멧돼지의 모습을 갖추었다. 울타리가 무너져 내렸던 날의 그 비극적인 사건 이후 녀석에게는 좀더 큰 삶이 펼쳐졌다. 전과는 처지가 완전히 달라진 것이다. 울타리에 갇힌 신세가 아니라 버지니아 주의 어엿한 정식 주민이 된 것이다.

저지대에 있는 검은 진흙 늪지대에서 야생 땅콩 덩굴을 찾아내 뿌리를 파헤치자 녀석의 코가 "먹을 수 있는 거야"라고 말해 주었다. 그렇다. 어미가 그런 냄새가 나는 것을 먹곤 했던 게 어렴풋이 떠올랐다. 그 동안 나무 열매만 먹다가 요즘엔 땅콩에 반해 버렸다. 거푸미는 그것을 먹고 무럭무럭 살이 쪘다. 머지않아 녀석은 또 다른 뿌리를 파기 시작했다. 그 뿌리는 타는 듯이 얼얼했다. 녀석은 조금만 맛을 보고도 그것이 그다지 먹을 만한 것이 못 된다는 것을 알아차리고 옆으로 치워 버렸다. 크고 토실토실해서 겉으로 보기에는 맛있어 보였다. 하지만 거푸미에게는 좀더 안전한 지침이 있었다.

거푸미는 배를 가득 채운 후 양지 바른 비탈로 나가 만족스러운 소리를 내면서 게을러터진 돼지처럼 낙엽 위로 털썩 몸을 던졌다.

그 위로 푸른어치가 날아가며 소리쳤다. "이 돼지 녀석아, 이 돼지 녀석아!" 녀석의 귀 위에서 숲딱새가 파리를 덥석 물었다. 그리고 늪에 사는 쥐가 낙엽에 반쯤 파묻혀 있는 거푸미의 다리 위로 기어올랐다. 그런데도 녀석은 아무것도 모른 채 잠에 빠져 있었다.

그때 저 멀리서 이상한 소리가 정적을 깨뜨렸다. "와-와-와-와-우-우" 깊고 왠지 구슬피 우는 소리 같았다. 그러다가 흐느껴 우는 소리가 들리기도 하고 콧김을 내뿜는 소리가 들리기도 했다. 그 소리는 이내 잦아들었다가 다시 가까이서 분명하게 들리기도 했다. 아무튼 정말 이상하고 기묘한 소리였다. 그 소리는 꽤 커서 숲에 사는 짐승 중에서도 상당히 큰 짐승이 내는 소리가 분명했다.

거푸미는 가슴을 두근거리며 일어섰다. 그리고 그 자리에 꼼짝 않고 10분쯤 서 있었다. 그리고 나서 귀를 쫑긋 세우고 온 신경을 곤두세운 채 사냥개처럼 킁킁거리기 시작했다. 녀석은 마법에라도 걸린 것처럼 앞으로 기어갔다.

거푸미는 그 기묘한 소리가 이끄는 대로 풀이 무성한 저지대로 천천히 되돌아왔다. 그러자 우산잔디 사이로 예전의 그 원수 같은 곰의 모습이 보였다. 놈은 그 얼얼하기 그지없는 뿌리를 파내 계속해서 아작아작 먹고 있었다. 그 희고 둥근 뿌리를 먹으면 톡 쏘는 것이 마치 목구멍이 찢어지는 것 같은 느낌이 들고 또 창자를 쥐어뜯는 듯한 통증이 생긴다. 그것만이 아니다. 양쪽 뺨은 여름 날 연기에 그을린 낙인으로 고문이라도 받는 것처럼 아파온다.

그런데도 그 곰은 계속해서 그것을 파내 먹고 있었다. 게다가 눈물까지 뚝뚝 흘리고 있었다. 놈의 턱은 불이 붙는 듯한 아픔 때문에 침으로 범벅이 되어 있었다. 그런데도 그 커다란 흑곰은 계속해서 먹어댔다. 뿌리를 파서 먹고, 그러다 또 흐느껴 울고, 또 파서 먹다 울기를 반복하는 것이었다. 목으로 흐느끼며 놈은 입안 가득 뿌리를 채워넣었다.

미친 것일까? 아니 절대로 그렇지 않다. 배가 너무 고파서 그런 걸까? 그것도 아니다. 땅에는 나무 열매가 얼마든지 떨어져 있었다. 그런데 왜 그렇게 스스로를 고통스럽게 하는 걸까? 무엇이 곰에게 그런 일을 시킨 걸까? 거푸미는 그 이유를 알 수 없었다. 곰 자신조차 왜 그러는지 설명할 수 없을 것이다. 곰은 다만 자기 내면의 요구에 충실히 따르고 있을

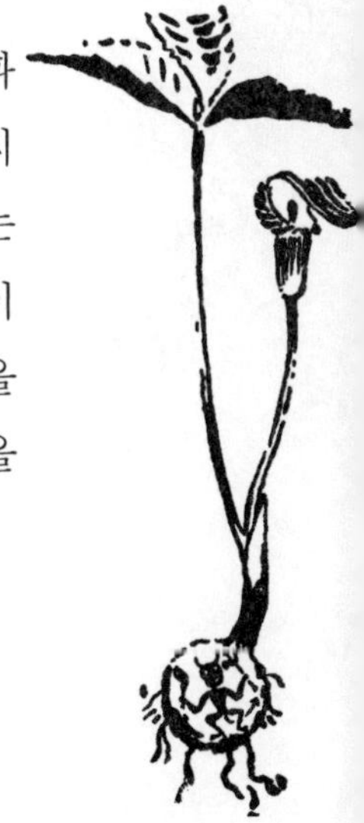

뿐이었다. 우리는 이런 해석을 해 볼 수도 있지만 그것도 확실한 것은 아니다. 육식만 하는 곰은 무시무시한 피부병에 자주 걸린다. 돼지고기를 좋아하는 곰은 더욱 심하다.

그 병은 피부가 타는 것처럼 아파 오는 병이다. 좀더 정확히 말하자면 몸 전체에 작은 불이 무수히 붙은 것처럼 아픈 병이다. 이것이 우리가 생각해 볼 수 있는 전부이다. 아무튼 불붙은 것처럼 따가운 저 뿌리는 증세를 완화시킨다. 느리지만 확실하게 병을 고쳐 주는 것이다.

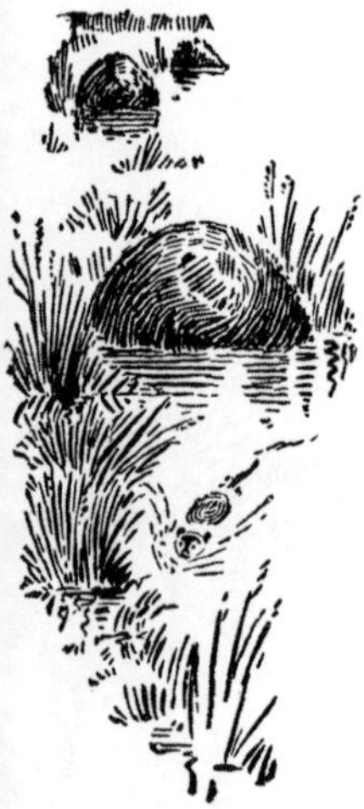

아직 어린 거푸미는 겁이 났다. 물론 전처럼 무섭지는 않았지만 어리둥절해하며 들판에서 천천히 물러났다. 아는 것이라고는 곰이 여전히 뿌리를 먹으면서 큰 소리를 지르고 있다는 것뿐이었다. 어찌나 큰지 꽤 멀리 떨어진 곳까지 왔는데도 소리가 계속 들려왔다.

봄

그해에는 숲에 먹을 것이 많았다. 나무가 벌거벗을 무렵, 다람쥐는 속이 텅 빈 나무 일곱 그루에 호두와 도토리를 가득 채우고, 그 옆에 편안한 둥지를 마련했다.

사향뒤쥐는 늪에 건초로 커다란 산을 만들었다. 우드척다람쥐는 놀랍도록 살이 쪘고 나무쥐는 삼 년을 먹어도 남을 만큼 먹이를 모아 두었다. 머지않아 혹독한 겨울이 올 조짐이었다. 과연 그해 겨울은 엄청나게 추웠고 눈도 많이 왔다.

어린 거푸미에게 숲은 지금까지 아주 즐거운 곳이었다. 하지만 지금은 지루하고 쓸쓸했다. 날씨가 추워지면서 녀석의 뻣뻣한 털도 길고 두꺼워졌지만 충분하지는 않았다. 좀더 차가운 눈보라가 불기 시작하자, 녀석도 결국 추위를 피하기 위해 헛간으로 갈 수밖에 없었다. 그곳에는 다른 돼지들도 있었다. 뒤룩뒤룩 살찐 그곳의 돼지들 대부분은 머지않아 식탁에 오를 운명인 집돼지들이었지만, 그 중에는 진짜 야생 멧돼지의 피를 받은 귀족 같은 돼지도 한두 마리 있었다. 그들은 처음에는 거푸미를 그저 그런 혈통의 돼지로 치부하고 옆으로 밀쳐대며 따돌렸다. 하지만 튼튼한 다리와 날카로운 송곳니가 있는 거푸미는 딱 버티고 서서 조금도 밀리지 않았다. 거푸미는 밤이 되면 헛간 아래서 서로 몸을 바싹 붙이고 자고 있는 그들 사이로 파고들어 몸을 녹일 정도로 조금씩 조금씩 그들과 친해졌다. 친척인 그들은 결국 서로에게 너그러워졌다.

겨울이 가고 새싹이 움트는 따뜻한 4월이 가까워 왔다. 언덕에도 숲에도 봄기운이 완연해졌다. 봄기운은 헛간에 사는 돼지들 사이에도 찾아왔다. 그들 역시 각기 특유의 생명력을 발산하기 시작한 것이다. 살찐 돼지들이 우리 밖으로 천천히 나와서 햇볕을 쬐며 꿀꿀거렸다. 그들은 시력이 나빴다. 그나마 자신들이 볼 수 있는 범위 안에 뭔가 재미있는 것이 다가오는 일이 있어도 그저 무덤덤했다.

하지만 거푸미는 어린 망아지처럼 종종걸음으로 뛰어나왔다. 다리는 또 얼마나 길어졌는지! 몸집은 또 어떻고! 어깨와 목의 힘은! 녀석은 마당에 있는 짐승들 중에서 키가 제일 컸다. 몸은 황금빛과 붉은 빛이 섞인 털로 뒤덮였고 목과 등에 난 갈기는 마치 하이에나 같았다. 녀석은 발에 용수철이라도 단 듯 경쾌하게 걸어다녔다. 동작도 민첩했다. 녀석이 지나갈 때마다 느릿느릿 길을 피해 주는 굼뜬 집돼지들의 모습은 자존심마저 버린 것이 아닌가 하는 생각이 들 정도였다. 거푸미는 생의 활기로 가득 차 있었다. 녀석은 무거운 여물통을 공중으로 차 올리기도 하고 종마처럼 힘차게 뛰어오르기도 했다. 그러다 멀리서 어떤 소리가 들려오자 몸을 홱 돌려 야생마처럼 달려나갔다. 리젯이 부는 휘파람 소리였다. 거푸미와 리젯은 그해 겨울 사이에 아주 친해졌다. 녀석은 낮은 울타리를 마치 사슴처럼 뛰어넘어 문 쪽으로 가 자기가 좋아하는 멋진 식사를 대접받고, 리젯에게 등을 긁어 달라고 한다. 그리고 마지막으로 앞발을 들어올려 구두약을 칠해 달라고 한다. 구두약 칠은 매번 받을 수는 없었지만 대신 털 손질은 매일같이 받았다.

리젯의 아버지는 이렇게 말하곤 했다. "리젯, 저 녀석은 네가 부르면 돼지가 아니라 개처럼 구는구나." 매일 무럭무럭 자라고 있는 멧돼지가 리젯을 따라다니거나 주위에서 노는 모습을 보면 정말 영락없이 강아지 같았다. 몸무게가 70킬로그램이나 나가는 강아지처럼. 그것도 이제 겨우 봄을 두 번 맞은 녀석인데 말이다. 하지만 거푸미의 삶 역시 자기 조상들이 살던 것과 그리 다르지 않았다. 감옥 같은 울타리 안에서 생활하느라 아주 오래 전에 무기력해져 버린.

행운을 찾아 나선 회색이

댄 강의 다리에서 메이오 계곡까지 이어지는 긴 먼지투성이 길을 털에 윤기가 반지르하게 나는 젊은 야생 멧돼지 한 마리가 종종걸음으로 달려가고 있었다. 이제 막 어른이 된 그 암컷 멧돼지의 몸과 네 다리는 마치 사슴 같았다. 멧돼지의 잿빛 털은 햇빛을 받아 반짝였다. 날씨는 화창했지만 오래된 버지니아 도로 위로는 붉은 먼지가 자욱하게 날리고 있었다.

암컷 멧돼지는 도로를 따라 계속 뛰어갔다. 예민한 코를 흔들고 여기저기서 들려오는 소리에 귀를 기울이며 마치 여우처럼 다른 동물들의 흔적을 쫓아 달렸다. 그러다 기둥이 나오면 세심하게 냄새를 맡기도 하고 길이 갈라지는 곳이 나오면 자신의 흔적을 남기기도 했다.

한 시간, 또 한 시간을 계속해서 달렸는데도 멧돼지는 지친 기색이 없었다. 그것은 야생 멧돼지가 뭔가를 찾고 있을 때의 발걸음이었다. 녀석은 자신의 감각기관이 말해 주는 것은 하나도 빼놓지 않고 조사하면서 앞으로 나갔다.

길은 끝없이 이어졌고 멧돼지는 이제 메이오 계곡에 와 있었다. 하지만 계속해서 달려갔다. 그때 몸을 비비기에 적당한 나무가 눈에 띄었다. 왠지 모르지만 마음에 드는 나무였기 때문에 마음껏 몸을 비볐다. 하지만 곧 갈 길을 재촉했다.

암컷 멧돼지는 무엇을 하고 있는 것일까?

동물의 행동은 많은 경우 우리 자신에 비추어보면 제대로

설명할 수 있다. 남자든 여자든 모두 넓은 세계로 나가서 자신의 행운을 찾아보고 싶어질 때가 있기 마련이다. 그럴 때, 현명한 사람들은 "떠나게 내버려 둬!"라고 말한다. 이것과 똑같은 충동이 야생동물에게도 생겨난다. 그리고 현명한 동물은 그 충동에 따라 길을 나선다. 암컷 멧돼지 회색이도 그렇게 하고 있는 중이었다. 자신의 행운을 찾아 나선 것이다.

회색이는 길이 갈라지는 곳이 나올 때마다 멈춰 서서 산들바람이 전해 주는 희미한 단서들을 조사했다. 그러다가 녀석은 계속해서 빠른 걸음으로 달려나갔다. 저녁 무렵이 되자, 코가 천 다리 너머에 펼쳐져 있는 숲이 보이기 시작했다.

소식을 전하는 기둥

프룬티네 농장에 있는 기둥 중에서 몸을 비비기에 가장 좋은 기둥은 저습지와 붙어 있는 방목지의 가장 끝에 있는 울타리 기둥이다. 개잎갈나무로 만들어진 그 기둥은 표면이 울퉁불퉁했다. 그 기둥에 나 있는 많은 작은 옹이들은 그 개잎갈나무가 살아있을 때의 흔적이다. 그 옹이들은 딱 좋은 높이에 나 있어서 아주 좋은 빗 역할을 한다.

목장의 돼지들 모두 그 기둥을 알고 있었다. 돼지들은 그곳을 지날 때마다 늘 그 기둥의 신세를 졌다. 어느 날 프룬티네 돼지들이 그 근처에서 빈둥거리며 시간을 때우고 있었다. 그때 엄청나게 살찐 할머니 돼지가 와서 기둥에 몸을 문지르기 위해 다른 돼지들을 밀쳐냈다. 그곳에 거푸미가 성큼성큼 다가왔다. 몇 주 사이에 힘이 부쩍 세지고 송곳니도 더 날카로워진 덕분에 거푸미는 그 기둥에 대해 우선권을 가지게 되었다. 녀석이 기둥에 다가갔다. 어떻게 말해야 할까? 기둥이 큰 소리로 노래를 불렀다. 그랬다, 정말로 기둥이 큰 소리로 노래를 부른 것이다. 우리는 결코 알아듣지 못할 말로 부르는 노래였다. 우리들의 둔한 감각으로는 설령 그 노래를 들었더라도 기껏해야 이렇게 들렸을 것이다.

"클락 - 카라아, 클락 - 카라아, 고르카 - 리 - 고라아 - 와욱?"

하지만 거푸미의 온몸은 불처럼 활활 타올랐다. 녀석의 눈에 뭔가가 보인 것은 아니었다. 녀석은 자리를 피할 틈도 주지 않고 덩치 큰 할머니 돼지를 비탈로 밀어 떨어뜨렸다. 상대의 겨드랑이 사이로 머리를 집어넣고는 들어올려 내동댕이친 것이다. 그런 동작을 하면 힘이 두 배로 난다는 것을 레

슬링 선수라면 잘 알 것이다.

녀석은 등에 난 적황금색 갈기를 곤두세우고 일어서서 기둥의 냄새를 맡은 후 거기에 자신의 옆구리를 비벼댔다. 그리고서는 두 발로 우뚝 서서 또 몸을 문질렀다. 그러다 갑자기 앞으로 뛰어나갔다. 그리고 잠시 주위를 둘러보고는 다시 돌아와서 뭔가에 새롭게 흥분이라도 한 것처럼 기둥에 다시 또 몸을 비벼대고 주위를 맴돌다 더 먼 숲으로 달려갔다.

코는 눈에 보이지 않는 뭔가를 말해 주었다. 거푸미는 그것을 쫓아 전속력으로 달려갔다. 이리저리 뛰어다니는 동안 확신은 더욱 더 굳어갔다. 늪지대의 숲을 지나 양지바른 빈터에 이르자 덤불을 뛰어넘고 있는 가냘픈 잿빛 형체가 보였다. 야생 멧돼지였다. 거푸미 자신과 똑같은 혈통의 암컷 야생 멧돼지였다. 게다가 거푸미의 콧구멍은 이 멧돼지가 기둥에 메시지를 남긴 바로 그 멧돼지라는 것을 알려 주었다.

암컷 멧돼지는 전속력으로 달아났다. 거푸미도 암컷 멧돼지의 뒤를 따라 달려갔다. 빈터를 가로지를 때쯤 녀석은 암컷을 거의 따라잡았다. 눈이 아주 좋은 사람이었다면 암컷 멧돼지가 정말로 온 힘을 다해 빨리 달리는지 의심했을 것이다. 하지만 누가 알겠는가? 그래도 이것만은 분명했다. 숲의 초입에 도착하기 전에 거푸미가 상대를 따라잡았다는 것 말이다. 그러자 암컷 멧돼지가 몸을 홱 돌려 콧김을 내뿜으며 마주 섰다. 반쯤은 겁을 먹은, 그리고 반쯤은 애원하는 듯한 기색이었다. 녀석들은 얼굴을 마주하고 비탈에 잠시 동안 서 있었다. 힘센 거푸미와 가냘픈 회색이가!

세상에는 사랑을 하더라도 함께 생활을 하려면 천천히 많은 시간을 들여야 하는 사람들이 있다. 그런 사람들은 오랫동안 서로를 시험하고 또 수많은 의심을 극복하고 나서야 확신을 갖는다. 하지만 단 한 번의 만남만으로도 상대가 자신과 운명을 같이 할 유일한 사람인지 아닌지를 알 수 있는 사람들도 있다. 기둥의 노래를 듣는 순간 거푸미도 운명적인 선고를 들은 것이다. 한편 회색이도 그 기둥에 자신의 뺨을 부드럽게 비볐을 때, 그 기둥에 배인 상아빛 초승달 칼의 촉감에 푹 빠지게 되었던 것이다.

회색이는 그날 무언가를 찾아 나섰다. 하지만 무엇을 찾고 있는지는 자신도 몰랐다. 하지만 이제는 자신이 찾은 것이 무엇인지를 알게 되었다.

연인들

며칠 동안 거푸미는 헛간 뜰에서 모습을 감추었다. 새로 발견한 짝과 아주 친해져서 함께 숲 속을 기분 좋게 돌아다니고 있었기 때문이다. 붉은다람쥐가 나뭇가지 위에 앉아 마치 자기가 그곳에 있다는 것을 알리기라도 하듯 떠들며 기침을 해댔다. 하지만 그들은 그에 개의치 않고 더욱 더 숲 깊숙이 들어갔다. 그곳에는 숲에서 가장 부끄럼을 많이 타는 동물들 말고는 아무도 없었다.

어느 날 그들이 숲 속을 걷고 있을 때, 늪 쪽에서 이상한 소리가 들려왔다. 거푸미는 그곳으로 갔다. 회색이도 그 뒤에 바짝 붙어서 따라갔다. 그 길은 언덕을 따라 내려가다가 검은 진흙 늪지로 이어지는 길이었다. 얼마 안 있어 그들은 키가 큰 고사리가 무성한 장소에 도착했다. 고사리들을 헤치고 나가던 거푸미 앞에 갑자기 적이 나타났다. 코가 천의 그 거대한 흑곰이었다.

거푸미의 갈기가 곤두섰다. 눈은 푸른빛으로 이글거렸고, 턱은 "딱, 딱" 하는 깊고 기분 나쁜 소리를 냈다. 곰이 벌떡 일어나서 으르렁거렸다. 가관이었다. 곰은 목에서 꼬리 끝까지 몸이 온통 까맣고 끈적끈적하고 악취나는 진흙을 묻히고 있었다. 그곳에서 몇 시간 동안이나 뒹군 모양이었다. 그렇다. 만약 당신이 붉은다람쥐를 만난다면, 아마도 녀석은 이 일을 두고 며칠 동안이나 당신을 상대로 수다를 떨어댈 것이다. 아무튼 흑곰은 야생동물의 방식대로 치료를 하고 있는 중이었다. 설사제를 먹은 다음에 하는 두번째 단계의 치료였다.

하지만 거푸미는 거기에 대해서는 별 관심이 없었다. 자기가 증오하는 짐승이 바로 그곳에 있었던 것이다. 한때 무서워하긴 했지만 지금은 덜 무서워진 상대가 말이다. 그래도 아직은 감히 싸울 엄두가 나지 않았다. 그것은 곰도 마찬가지였다. 지금 눈앞에 있는 적보다 더 작은 녀석에게 앞발을 물어뜯기고 옆구리에 상처를 입었던 기억이 떠오른 것이다. 곰과 거푸미는 서로 으르렁거리면서 천천히 뒤로 물러나 각기 다른 방향으로 그 자리를 떠났다.

스라소니

저기 한 1킬로미터쯤 떨어진 곳에서 하늘을 날고 있는 쇠콘도르 한 마리가 보이는가? 쇠콘도르의 모습은 당신에게는 그저 작은 점으로밖에 보이지 않을 것이다. 인간의 보잘것없는 시력으로는 말이다. 하지만 쇠콘도르에게는 좋은 눈이 있다. 하늘을 날면서도 당신을 볼 수 있는 눈 말이다. 녀석은 당신의 얼굴도 볼 수 있고 또 당신이 자기를 보고 있다는 것도 알 수 있다. 녀석은 또 몇 킬로미터나 떨어진 산에 있는 사슴도 볼 수 있다.

쇠콘도르는 숲의 바닥은 볼 수 없다. 왜냐하면 그 위를 무성한 나무들이 지붕처럼 덮고 있기 때문이다. 하지만 이 지붕에는 틈이 있어, 아래에서 벌어지는 일들을 그 틈을 통해서 볼 수 있다. 그 덕분에 어느 날 쇠콘도르는 어떤 사람도 볼 수 없는 광경을 보았다.

회갈색 짐승 한 마리가 숲 속의 작은 길을 미끄러지듯이 달려오고 있었다. 녀석의 짧은 꼬리는 쉬지 않고 움직이고 있었다. 그 길은 많은 짐승이 물을 마시러 갈 때 매일같이 이용하는 길이었다. 하지만 녀석은 그 길이 아니라 쓰러져 있는 통나무 위를 달리고 있었다. 녀석이 도로처럼 이용하는 것이었다. 쓰러져 있는 나무 중에는 커다란 소나무 한 그루도 있었다. 그리고 소나무에는 위로 곧게 뻗은 큰 가지가 하나 달려 있었다. 통나무 위를 달리던 그 짐승은 이 가지 앞에서 멈춰 서서는 뒷발을 쭉 펴고 일어난 후 앞발도 힘껏 위쪽으로 뻗었다. 줄무늬가 있는 머리를 높이 쳐들자 하얀 바탕에 검은 반점이 있는 부드러운 목털이 드러났다. 그 짐승은 그 상태 그대로 높은 곳에 있는 가지에 수염을 비볐다. 그리고 등도 문질렀다. 그런 다음 파란 하늘을 바라보았다. 그러자 녀석의 정체가 드러났다. 잔인하고 무시무시한 얼굴을 한 스라소니였다.

쇠콘도르는 커다랗게 세 번 선회를 한 뒤 아래로 아래로 내려오며 지붕 틈으로 보이는 광경을 보았다. 스라소니는 나뭇가지에 턱을 비빈 후, 왼쪽 뺨과 오른쪽 뺨을 차례로 비볐다. 그리고 나서 같은 동작을 처음부터 다시 시작했다. 그때 저 멀리서 발소리와 함께 소란스러운 소리가 들려왔다. 스라소니는 미동도 하지 않고 그 소리에 귀를 기울였다. 절제되고 힘찬 동작이 정말 우아했다.

낮게 하늘을 날고 있던 쇠콘도르도 그 소리를 들었다.

소리가 점점 가까이 왔다. 스라소니는 쓰러진 소나무에서 그루터기로 사뿐히 뛰어올랐다. 스라소니는 그곳에서 꼼짝도 하지 않고 웅크렸다. 나무껍질의 옹이와 전혀 구별이 되지 않는 정말 놀라운 위장술이었다.

소리는 점점 더 커졌다. 많은 짐승이 한꺼번에 숲속의 길을 따라 내려오고 있는 것이 분명했다. 스라소니는 높은 망루에서 그쪽을 주의 깊게 살펴보았다. 곧 작은 덤불이 흔들리더니 어미 멧돼지 한 마리가 나타났다. 그리고 새끼 멧돼지들이 서로 밀치기도 하고 코를 킁킁거리기도 하고 장난을 치기도 하면서 어미 뒤를 따라오고 있었다. 새끼들은 이리저리 헤매다가도 어미를 따라잡기 위해 빨리 달리곤 했다. 정말로 부산스러워 보였다. 어미 뒤를 제대로 따라가다가도 가끔씩 제멋대로 돌아다니기도 했다. 아무튼 녀석들은 일렬로 늘어서서 어미 뒤를 졸졸 따라왔다. 한편 그루터기 위에서는 스라소니가 가만히 지켜보고 있었다. 이빨과 발톱은 언제든지 쓸 수 있도록 만반의 준비가 되어 있었다. 맛있는 먹이감이 바로 코앞으로 다가오고 있는 것이다. 스라소니가 악마 같은 눈초리로 노려보고 있는 그루터기 아래로 어미 멧돼지가 지나갔다. 장난꾸러기들이 차례로 그 뒤를 따랐다. 한 마리. 두 마리…. 그러다 행렬이 잠시 끊어졌다. 스라소니가 행렬을 향해 뛰어내릴 자세를 갖췄다. 그런데 그때 또 다른 발소리가 들려왔다. 이어서 킁킁거리는 소리도 들려왔다. 뭔가가 또 오고 있는 것이었다. 신나서 떠들며 어미 뒤를 따라가는 새끼들이 더 있었던 것이다. 또 다시 행렬에 간격이 생겼다. 그리고는 가장 마지막으로 처진 새끼가 나타났다. 새끼들 중에 가장 발육이 늦은 녀석이었다.

스라소니에게는 너무도 손쉬운 사냥감이었다. 놈은 단숨에 뛰어내려 작은 새끼 멧돼지의 목을 물었다. 고통에 찬 비명 소리가 앞서 가던 돼지들에게 위험을 알렸다. 어미가 몸을 돌려 돌격했다. 하지만 스라소니는 아주 영리했다. 놈은 이미 빈틈없는 계획을 세워놓고 있었다. 놈은 새끼 돼지를 물고 단숨에 안전한 그루터기 위로 뛰어올랐다. 그곳에서 놈은 비명을 질러대는 새끼 멧돼지를 앞발로 꽉 누르고 밑에서 벌어지는 광경을 마치 비웃기라도 하는 표정으로 내려다보았다. 어미 멧돼지가 비통해 하며 그루터기에서 부질없이 날뛰고 있는 모습을.

어미 멧돼지는 최대한 높이 몸을 뻗어 보았지만 그루터기

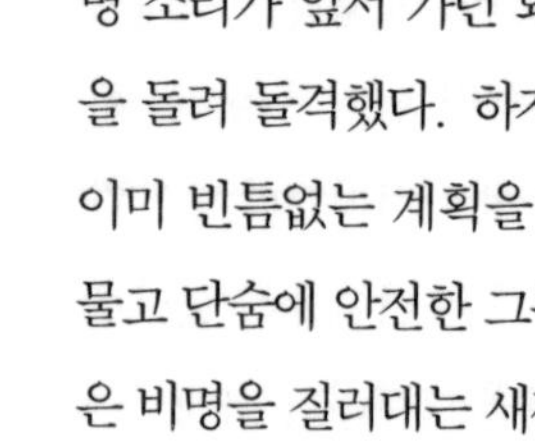

끝에 앞발이 겨우 닿을 뿐이었다. 발버둥을 쳐 보았지만 그 이상은 무리였다. 스라소니가 날카로운 발톱으로 잔인하게 어미의 얼굴을 여러 번 할퀴었다. 이제 새끼에게는 아무런 살 길도, 아무런 희망도 없어 보였다. 그런데 바로 그때 구원자가 나타났다. 행렬의 맨 앞이 아니라 맨 뒤에서였다. 스라소니가 진작부터 우려하던 일이었다.

쇠콘도르는 여전히 낮게 날고 있었다. 녀석은 그 광경을 모두 보았다. 심지어는 덤불 꼭대기가 심하게 흔들리면서 그 밑으로 커다란 야생 멧돼지가 돌진해 왔을 때 충격을 받은 스라소니의 얼굴 표정까지도 보았다.

스라소니는 어미 멧돼지가 돌진할 때는 전혀 위협감을 느끼지 않았다. 하지만 지금은 완전히 겁에 질려 있었다. 수컷 멧돼지가 그루터기에 앞발을 올려놓고 칼 같은 송곳니가 달린 턱으로 넓은 그루터기 꼭대기의 반 정도 되는 곳을 공격하자 놈은 재빨리 반대쪽으로 옮겨갔다. 그러자 수컷 멧돼지가 그쪽으로 공격을 가했고 놈은 다시 반대쪽으로 옮겨갔다. 그 와중에도 놈은 새끼 멧돼지를 떨어뜨리지 않았다. 새끼 멧돼지의 비명 소리는 점점 더 약해졌다.

쇠콘도르는 밑에서 벌어지고 있는 일을 조용히 내려다보

고 있었다. 하지만 수다쟁이 붉은다람쥐는 박수를 쳐대며 이 광경을 보았다. 그 그루터기 위에 있는 스라소니를 공격하는 것은 수컷 멧돼지에게도 역시 무리였다. 하지만 바로 그 옆에 커다란 소나무 통나무가 하나 있었다. 그리고 세 발자국 정도 떨어진 곳에 그 통나무의 굵은 가지 하나가 완만한 경사를 이루며 그루터기를 향해 뻗어 있었다. 주위를 맴돌던 어미 멧돼지가 쓰러져 있는 그 통나무로 기어오른 다음 가지를 따라 올라가다가 그루터기 위로 가볍게 뛰어올라 스라소니와 맞섰다.

스라소니는 무시무시한 소리로 으르렁거렸다. 그리고는 악마처럼 험하게 얼굴을 일그러뜨렸다. 어미 멧돼지에게 겁을 주기 위해서였다. 어미 멧돼지에게 겁을 준다고? 어린 새끼가 "엄마, 엄마, 도와줘요!" 하고 비명을 지르고 있는데도! 스라소니를 향해 어미 멧돼지가 맹렬하게 달려들었다. 스라소니는 커다란 앞발로 어미 멧돼지를 후려쳤다. 하지만 어미 멧돼지가 온 힘을 다해 찌르고 치고 들어올리는 것에 비하면 아무것도 아니었다. 스라소니는 무시무시한 신음소리를 내면서 그루터기 아래로 굴러 떨어졌다. 보통 때라면 금방 일어나서 도망갈 수 있었을지도 모른다. 하지만 가장

큰 새끼 돼지가, 이 싸움을 지켜보다가 자기도 모르게 전의에 불타오른 작은 전사가 스라소니의 커다란 앞발을 밟아 버렸다. 그 새끼 돼지가 스라소니의 앞발을 누른 시간은 지극히 짧았다. 하지만 그것으로도 충분했다. 수컷 멧돼지가 그곳에 있었던 것이다.

오! 그때의 공포란! 그때의 충격이란! 떨어진 놈은 분명 우리가 미워하는 스라소니인데도! 수컷 멧돼지가 힘차게 돌진했고 송곳니 부딪히는 소리가 들렸다. 증오에 차서 소름이 끼칠 정도로 내지르는 으르렁거림, 스라소니가 공중으로 내던져지는 소리, 할퀴고 물어뜯는 소리, 사방으로 흩날리는 털, 날렵한 공격과 절망적인 몸부림의 대 소동, 이어지는 정적, 그러나 곧 이어서 멧돼지의 송곳니가 가죽을 찢는 소리와 뼈가 부러지는 소리가 들려왔다. 스라소니의 네 다리가 여기저기로 내팽개쳐졌다. 하지만 수컷 멧돼지는 거기서 멈추지 않았다. 그것들을 앞발로 꽉 누르고 다시 송곳니로 엉망진창으로 만들어 놓은 것이다.

수컷 멧돼지는 점차 냉정을 되찾았다. 미칠 것 같았던 전투심은 사그라들었다. 새끼들이 차례로 나와 코를 킁킁거리며 냄새를 맡다가 도망가기 시작했다. 그날 이후 새끼들의

냄새 목록에는 이때의 기억이 추가되었다.

한편 스라소니에게 잡혔던 어린 새끼 돼지는 그루터기 반대쪽 덤불 깊숙한 곳에 쓰러져 있었다. 어미 멧돼지가 그곳에 와서 녀석의 냄새를 맡고 슬며시 밀쳐 보고는 물러났다가 다시 와서 또 밀쳐 보았다. 다른 형제들은 쌩쌩했지만 목이 말랐다. 어미 멧돼지는 그들을 데리고 가던 길을 계속 가야만 했다. 하지만 귀여운 자기 자식을 죽인 그 못된 놈에 대한 어미의 분노는 가라앉지 않았다. 어미는 그곳을 떠나지 못하고 머뭇머뭇하다가 나머지 새끼들을 데리고 개천으로 향했다. 얼마 안 있어 식구들 모두가 다시 그곳으로 돌아왔다. 새끼들은 또다시 쾌활하게 장난을 쳤다. 어미는 피투성이가 되어 쓰러져 있는 새끼 돼지에게 가서 다시 한 번 밀치기도 하고 달래 보기도 했다. 하지만 새끼 돼지의 눈은 빛을 잃은 지 이미 오래였다. 아빠 멧돼지는 넝마가 되어 버린 스라소니의 시체를 옆으로 내던졌다. 그리고 나서 멧돼지 가족은 갈 길을 재촉했다.

쇠콘도르가 본 것은 바로 이런 광경이었다. 내게도 녀석과 같은 눈이 있었다면 좋았을 것이다. 왜냐하면 이 사건은 거푸미와 회색이의 이야기에서 아주 중요한 대목인데도, 나는 사냥꾼의 눈으로나 보고 읽을 수 있을 정도의 조용하고 소소한 흔적들을 통해서만 겨우 알 수 있었기 때문이다.

돼지고기를 먹는 곰

돼지고기를 맛보면 왜 그렇게 그것에 광적으로 매달리게 되는 걸까? 그리고 그 결과가 대개의 경우 지독한 질병으로 나타나는 이유는 무엇일까? 우리는 모른다. 어쨌든 우리는 돼지가 아니라 다른 짐승의 고기를 먹고 그런 지독한 대가를 치렀다는 이야기를 들어 본 적이 없다. 신자들에게 돼지고기를 금했던 교회의 신부들은 분명 현명한 분들이다.

그런데 코가 천의 곰은 이제 완전히 돼지고기의 매력에 푹 빠져 있었다. 이 놈의 영토는 돼지가 있는 모든 골짜기에 걸쳐 있었다. 놈은 밤마다 살찌고 고기가 부드러운 어린 돼지들이 있는 우리로 가서 손쉽게 사냥을 했다. 집돼지는 털이 뻣뻣한 야생 멧돼지들보다 훨씬 맛도 좋고, 또 잡는 데도 위험이 덜 했다. 놈은 언제 어디로 가야 아무 문제없이 새끼 돼지를 구할 수 있는지를 알고 있는 것 같았다. 물론 놈이 진짜로 알고 있는 것은 아니었다. 사실은 한 우리를 습격하고 나면 사냥꾼이나 사냥개가 하루 혹은 그 이상 눈에 불을 켜고 감시를 하기 때문에, 그 다음에는 어쩔 수 없이 다른 농장으로 간 것뿐이다. 그럴 경우 놈의 예민한 코가 놈을 살찐 돼지가 있는 우리로 안내해 주는 역할을 맡았다. 놈을 잡으려고 사람들이 덫을 놓기도 했지만, 도움이 되지 않았다. 놈은 한 번 갔던 우리에는 두 번 다시 가는 일이 없었기 때문이다. 놈이 아주 영리해 보이는 것은 어쩌면 단지 소심함에다 예민한 후각이 더해져서 나타난 결과일지도 모른다. 하지만 우리는 그것을 함부로 무시할 수 없다. 왜냐하면 실제로 영리한 머리를 사용한 것과 결과 면에서는 별다른 차이가 없기 때문이다. 아니 어쩌면 똑같다고도 할 수 있다.

어떤 특정한 고기에 미친 동물들이 그 고기를 조금 "숙성"시켜 먹는 것을 좋아하는 것은 전혀 이상한 일이 아니다. 그들은 "숙성"시킨 고기를 좋아하는 것이 지나쳐 마침내는 완전히 썩어 문드러질 정도가 된 고기가 아니면 내켜하지 않는 지경에까지 이른다. 녀석들의 이런 기호는 동물들의 오랜 습관 즉 당장에 먹을 수 있는 것보다 많은 먹이를 손에 넣었을 때 땅 속에 묻어 두었다가 나중에 먹는 습관에서 비롯된 것이다.

죽은 새끼 멧돼지의 시체에서 풍겨 나오는 냄새에 이끌려 개울가에 있는 숲을 그림자처럼 조용히 지나고 있는 것은 얼굴에 상처가 난 바로 그 곰이었다. 어미 멧돼지는 그곳에 없었다. 다른 새끼들하고라도 살기 위해서는 어쩔 수 없이 그 자리를 떠나야 했기 때문이다.

쇠콘도르는 그 시체에 입을 대지 않았다. 시체가 덤불 밑에 있었기 때문이다. 송장벌레들도 없었다. 매장을 찾아온 손님이 아직 아무도 없었던 것이다. 곰에게는 횡재나 다름없었다.

곰은 부스럼투성이의 길쭉한 코를 덤불 속으로 들이밀고, 시체를 잡아 끌어냈다. 그리고 나서 조금 옆으로 옮긴 후 땅에 구멍을 깊게 파고 그 속에 시체를 묻었다. 숙성시킨 다음에 천천히 즐길 작정이었다.

야생동물들이 이렇게 먹이를 감춰 두는 곳을 사냥꾼들은 "은닉처"라고 부른다. 야생동물들은 자신들의 은닉처를 잘 기억한다. 그리고 그 자리를 지나갈 때마다 자기의 은닉품이 잘 있는지를 살펴본다. 코가 천의 곰도 다음 날 그곳에 왔다.

인디언들은 야생동물은 자기 가까이 있던 것이나 자기가

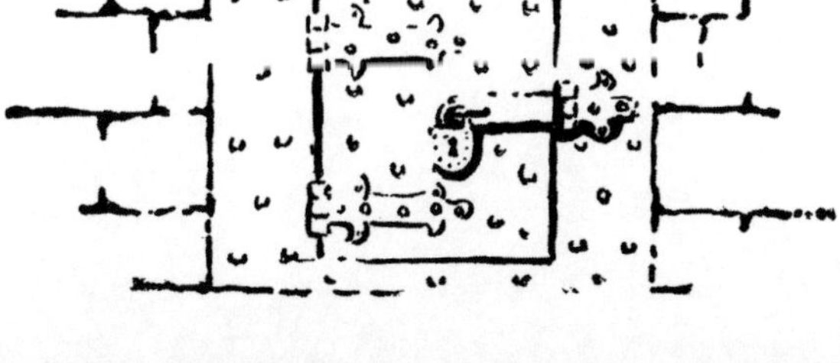

아끼던 것을 잃으면 며칠 동안 그 장소에 가서 "슬퍼"한다고 말한다. 근처를 지나게 되면 그들은 가던 길에서 벗어나 그 장소로 가서 코를 킁킁거리다가 한동안 슬픔에 가득 차 울부짖기도 하고 발로 땅바닥을 긁기도 하고 혹은 나무에 몸을 비비다가 가던 길을 계속 간다. 처음 며칠 동안 이런 구슬픈 울부짖음이 극에 달한다. 그러다가 비가 한 번 내려서 기억을 상기시키는 냄새가 지워지면 가라앉는 것이다.

새끼 돼지가 죽고 난 다음 날 회색이가 길을 가다가 그곳에 와서 슬픈 울음소리를 내기 시작했다. 그러다 그 곰과 마주치는 일이 벌어졌다.

야생 멧돼지는 무서운 적을 만나면 동료들을 향해 도와달라고 외친다. 그 소리는 아주 멀리서도 들릴 정도로 크다. 그렇지만 그다지 무서운 상대가 아니면, 송곳니를 딱딱 울리는 식으로 고함을 지르면서 적을 향해 돌진한다. 하지만 이번 일은 회색이로서는 뼈 아픈 실수였다. 회색이가 고함을 치며 앞으로 다가갔다. 그러자 곰이 뒤로 물러서면서 교묘히 피했다. 그들은 주위를 빙빙 돌면서 으르렁거렸다. 곰은 회색이보다 몸도 훨씬 크고 힘도 훨씬 셌지만, 싸움을 그만둘 수만 있다면 기꺼이 그만두었을 것이다. 하지만 회색이는 그곳에서 나는 슬픈 기억의 냄새 때문에 이미 전의에 불타 있었다. 회색이의 마음속에서 모성애가 발동한 것이다.

회색이가 곰에게 다가섰다. 곰은 계속해서 뒤로 물러났다. 얼마 안 있어 빈터가 나왔다. 빈터는 가파른 낭떠러지 위에 있었다. 그리고 뒤쪽으로는 강이 흐르고 있었다. 평지에서는 회색이가 유리했다. 회색이는 곰을 향해 돌진했다. 곰은 옆으로 몸을 피하면서 날카로운 튼튼한 앞발로 회색이를 후려쳤다. 만약 회색이의 늑골에 명중했다면 그것으로 끝났을지도 모른다. 하지만 곰의 일격을 받은 부위는 단단한 어깨였다. 회색이는 비틀거리며 뒤로 물러섰다. 그리고 구원을 요청하는 소리를 크고 날카롭게 내질렀다. 그 날카로운 외침은 동료 멧돼지의 피를 끓어오르게 하는 힘을 가지고 있었다. 마치 해양 구조대원이 구조 요청을 들었을 때처럼 말이다. 하지만 구조 요청은 곰과 마주치자마자 했어야 했다. 회색이는 다시 한 번 곰과 마주 섰다. 그들은 이리저리 천천히 주위를 돌면서 서로 기회를 노렸다. 회색이가 속임수 동작을 취하자 곰이 뒤로 물러섰다. 그러자 회색이가 달려들었다. 곰은 잠시 움찔했다가 이내 자세를 바로잡고 몸을 돌려 피하며 회색이를 힘껏 때렸다. 엄청난 충격을 받고 나가떨어진 회색이는 비틀거리며 비탈을 따라 서너 발자국쯤을 뛰어 도망치다가 낭떠러지 위에서 아래쪽 강물로 뛰어내렸다.

회색이는 헤엄을 꽤 잘 쳤지만 그다지 좋아하지는 않았다. 회색이는 물보라를 튀기며 헤엄쳐 나갔다. 하지만 소리는 지를 수 없었다. 너무 심하게 맞아 기운이 없었기 때문이다. 친절한 물살이 뭍으로 나오기 쉬운 곳으로 회색이를 빠르게 실어다 주었다.

그때 덤불에서 뭔가 움직이는 것이 보였다. 커다란 짐승 소리도 났다. 그리고 곧 붉은 기가 감도는 검은 색을 띤 커다란 짐승이 물가에 모습을 드러냈다. 회색이는 서둘러 뭍으로 기어 올라왔다. 곰과 회색이는 서로를 향해 낮고 짧게 으르렁거렸다. 하지만 거푸미가 한발 늦었다. 완전히 다 자란 야생 멧돼지를 이긴 곰이 새로운 승리감을 만끽하며 자리를 떠난 뒤였던 것이다.

힐 빌리 보그

잭 프룬티는 화가 머리끝까지 나 있었다. 그날 아침 그는 심하게 욕지거리를 해대며 새로 가꾼 밭 주위를 걷고 있었다.

요즘에는 골프장이라면 모를까 다른 곳에서는 절대로 입에 담을 수 없을 정도로 상스러운 욕이었다. 밭에 심어져 있던 양상추가 모두 사라지고 사탕무와 수박도 엉망이 되어 있었던 것이다. 아스파라거스 밭은 그나마 피해를 덜 입었지만 양배추 밭은 완전히 쑥대밭이 되어 있었다.

흑인 일꾼은 밭을 엉망으로 만든 범인으로 "멧돼지"를 조심스럽게 지목했다. 행여 불똥이 아무런 죄도 없는 자신에게 튀는 것을 막기 위해서였다. 하지만 지레 걱정할 필요는 없었다. 부서진 울타리, 무수한 발굽 자국, 순무와 양배추를 문 자국들만으로도 증거는 충분했다.

그런데 잭 헨티도 똑같이 화가 나 있었다. 그도 그날 아침, 버지니아 억양이 섞인 욕을 해대며 넓은 헛간 뜰을 걸어다니고 있었다. 그러자 그의 충직한 흑인 일꾼이 와서 곰이 여기저기 나타났음을 상기시켜 주었다. (이것 역시 오해를 사지 않기 위한 예방 조치였다.) 그리고 애지중지하는 순종 버크셔 종 돼지를 놈이 잡아간 것도 말해 주었다. 피해를 이번에 처음 당한 것은 아니었다. 헨티와 그의 친구들에게는 다른 축사도 있었고 그래서 이미 여러 번 놈의 습격을 당해 큰 피해를 입었다. 하지만 이번은 달랐다. 이번에 곰이 잡아간 것

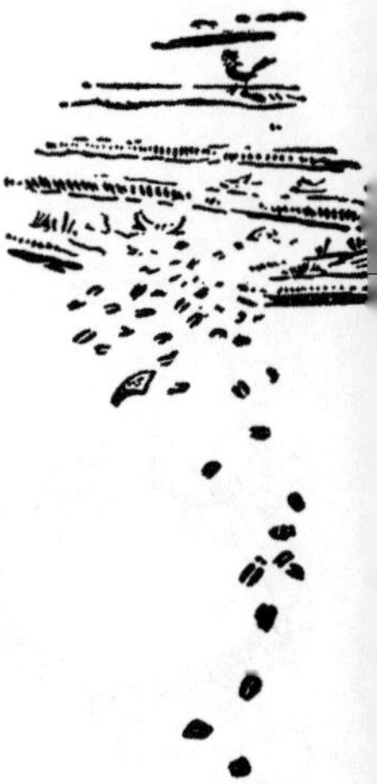

은 그가 정말로 애지중지하는 씨암퇘지였던 것이다.

이것이 힐 빌리 보그가 하루에 두 번씩이나 "사냥개들"과 함께 와서 밭과 가축 우리의 수호자로서 불후의 명성을 얻어 가라는 초대를 받은 이유였다.

빌리가 프룬티의 초청에 응한 것은 다 이유가 있었다. 헨티는 사람들에게 그다지 호감을 얻지 못하고 있었기 때문이다. 헨티는 부자인데도 욕심이 많았다. 그리고 빌리에게 심한 말도 많이 했었다. 게다가 인근의 다른 사람이 지은 것이 확실한 잘못을 가지고 재판을 걸겠다는 식으로 위협하기도 했다.

그래서 빌리는 왜소한 개 다섯 마리와 함께 프룬티네 집으로 갔다. 그는 사회적으로 새로운 명성을 얻게 될지도 모른다는 사실에 들떠 있었다. 장의사는 장례를 치르는 집에 가면 위세를 부리는 법이다. 이내 분위기를 파악한 힐 빌리 역시 자기가 대단한 전문가라도 되는 듯이 행세하며 이것저것 지시했다.

"호오! 이것 봐라. 정말 놀랍군! 발자국들 좀 보라구! 가족이 총 출동한 모양이야. 어라. 정말 엄청난 놈인걸. 못 되도 180킬로그램은 나가는 멧돼지 같아."

그러자 리젯이 말했다. "아빠, 설마 거푸미가 한 짓이라고 생각하시는 건 아니겠죠?"

"이렇게 엉망으로 만든 건 도저히 참을 수 없는 일이야. 거푸미건 누구건 다시는 이런 짓을 못하도록 당장 조치를 취해야 해."

사냥꾼은 발자국을 계속 조사했다.

빌리는 딱히 하는 일 없이 여기저기 돌아다니는 노인이라서 진득한 일에는 전혀 도움이 안 되는 인물이었다. 게다가 늘 술을 끼고 살았다. 하지만 그는 자신의 직업이 야생동물 추적이라고 확신하고 있었다. 조사를 끝낸 뒤 그가 말했다. "야생 멧돼지 가족의 짓이오. 다리가 긴 암컷 하나, 태어난 지 얼마 안 된 새끼 멧돼지 하나, 그리고 수컷 멧돼지 한 마리. 닭장 하나 정도 크기는 되겠는걸."

울타리는 윤리적인 효과 이상은 없었다. 양심적인 암소나 바보 같은 오리라면 막을 수 있을지 몰라도 멧돼지에게는 와서 마음껏 놀라는 초대장이나 다름없었다. 리젯도 어느 정도는 그렇게 생각을 하고 있었다. 리젯이 말했다. "아빠. 좀더 그럴듯한 울타리를 만드는 게 어때요? 멧돼지가 부수고 들어갈 수 없는 그런 튼튼한 걸로요. 4천 평 정도에 울타리를 치는 일은 그리 어렵지 않을 텐데요."

"돈은 누가 내지? 그리고 그런다고 멧돼지 막는 데 도움이 나 되겠니? 쓸데없는 짓이야." 아버지가 말했다.

그러자 나폴레옹, 니므롯, 셜록 홈즈를 다 합쳐 놓은 것 같은 말투로 힐 빌리가 말했다. "코 초등학교에 다니는 아이 셋이 방울뱀에 물려 죽었다는 이야기 들었소? 이번 주에 셋 다 죽었다는데. 방울뱀이 점점 더 많아지고 있다더군. 사람들 말로는 야생 멧돼지를 잡아서 그렇다던데…. 뭐 내 생각에도 그게 맞는 것 같고."

그리고 나서 나폴레옹 니므롯 홈즈 빌리 보그는 멧돼지 발자국을 쫓아 숲 속으로 달려갔다. 숲으로 들어간 멧돼지 무리는 여기저기 제멋대로 돌아다니다 지금 빌리가 있는 곳에서부터는 모두 대장 멧돼지를 따라간 게 분명했다. 덕분에 한 삼사백 미터쯤 쉽게 추적을 했다. 빌리는 계속 앞으로 갔다. 그러다 뭔가 중요한 것을 알아낸 그는 되돌아와서 약골 사냥개 다섯 마리의 쇠사슬을 풀어 주고 신에게 술을 한 잔 올린 후 총을 집어들었다. 그리고는 숲 사나이답게 성큼성큼 뛰어나갔다.

프룬티는 코가 천 언덕 쪽으로 가기로 했다. 계곡 아래쪽

에서 개들이 마구 짖어대는 소리가 들려왔다. 드디어 녀석들이 멧돼지들의 냄새를 맡고 짖어대는 소리였다. 프룬티는 소리가 나는 쪽으로 갔다.

리젯도 아버지 프룬티와 함께 나섰다.

멧돼지 전사와 사냥개들

사냥개들은 처음에는 별로 흥미를 보이지 않았다. 냄새가 희미해져 있었기 때문이다. 그래도 힐 빌리는 개들을 데리고 추적을 계속했다. 그러다 이삼 킬로미터쯤 더 가자 지나간 지 얼마 안 된 멧돼지들의 발자국이 많이 보였고 덕분에 추적하기가 좀 쉬워졌다. 냄새가 진해지자 사냥개들도 활기를 되찾았다.

얼마 지나지 않아 발자국을 쫓아가던 개들이 짖는 소리가 숲에 울려 퍼졌다. 동시에 꽤 먼 곳에서 풀과 덤불을 헤치고 달리는 소리, 짧은 비명 소리, 그르렁거리는 굵직한 소리, 사냥개들이 짖는 소리가 연이어 들려왔다.

추격은 더 멀리 이어졌고, 쫓아가기도 점점 더 힘들어졌다. 그때 한 곳에서 동시에 여러 소리가 들려왔다. 빌리는 사냥꾼이라면 누구나 좋아할 순간, 즉 사냥의 절정이 다가왔음을 느꼈다. 사냥감을 궁지에 몰아넣고 최후의 일전을 벌일 때가 온 것이다.

빌리가 현장에 가까이 다가갔을 때, 사냥개들이 짖는 소리에 변화가 생겼다. 약간 겁에 질린 기색이 섞인 소리였다. 이어서 비명 소리가 들려왔다. 고통 때문에 울부짖는 소리가 분명했다. 그러다 다시 마구 짖어대는 소리가 들려왔다. 만만치 않은 상대와 맞섰을 때 내는 소리였다.

빌리는 빽빽한 덤불숲을 헤치며 앞으로 나아갔다. 하지만 개들이 짖어대는 곳에서 20미터쯤 떨어진 데까지 갔는데도 아무것도 보이지 않았다.

"멍, 멍, 멍, 멍, 머엉, 머엉, 머엉." 개들이 한꺼번에 짖는 소리만이 들릴 뿐이었다. "그르릉, 그르릉" 하는 소리도 들렸다. 가슴 깊숙한 곳에서 울려나오는 굵은 소리였다. 커다란 짐승의 소리였다. 그리고 "딱, 딱" 하는 작은 소리도 들렸다. 오! 정말로 작은 소리였다. 하지만 어찌나 무서운 소리던지! 그것은 야생 멧돼지가 송곳니를 부딪힐 때 나는 소리였다. 그것은 전의에 불타는 수컷 멧돼지가 내는 경고의 소리였다. 개들이 짖는 소리가 여기저기에서 옮겨가면서 들

려왔다. 그때 덤불이 흔들리면서 뭔가가 돌진하는 소리가 났다. 곧이어 사냥개들의 비명 소리도 들렸다. 비명 소리는 왼쪽으로 멀어져 갔다. 그리고 "그르르르" 하고 굵직한 소리를 내며 또 다시 뭔가가 돌진하는 소리가 들렸다. 하지만 이번에도 아무것도 보이지는 않았다. 펄쩍펄쩍 뛸 노릇이었다. 개들이 죽어가고 있는데도 손쓸 방법이 없다니.

빌리는 무턱대고 앞으로 나갔다. 순간 그는 아주 놀라운 장면과 마주쳤다. 그는 거대한 멧돼지 전사가 공격을 하는 모습을 보았다. 백금색으로 빛나는 초승달 칼의 모습도 보았다. 개가 두 마리만 남고 모두 도망가는 모습도 보았다. 그러다 결국에는 마지막 한 마리만 남는 것도 보았다. 잡종개였다. 그 순간 멧돼지가 가장 큰 적, 빌리를 발견했다. 멧돼지는 남은 개를 그대로 두고 그를 향해 돌진했다. 빌리는 총을 들어올렸다. 하지만 조준할 시간이 없었다. 총알은 목표물을 빗나가 바닥에 박혔다.

빌리는 잽싸게 옆으로 피했다. 하지만 멧돼지는 이미 코앞까지 와 있었다. 녀석이 빌리보다 더 빠르고 힘도 셌다. 덤불 따위는 녀석에게 그다지 큰 방해물이 되지 못했다. 사냥꾼의 목숨도 이제 다한 것처럼 보였다. 하지만 아직 남아 있

는 개가 있었다. 그 개가 멧돼지의 무릎을 필사적으로 물고 늘어졌다.

달아날 기회가 생긴 것이다. 힐 빌리는 덤불을 뚫고 나와 가까운 곳에 있는 나무로 몸을 날렸다. 그리고는 안전한 높이까지 기어올라갔다. 귀찮은 개를 해치운 멧돼지가 털을 곤두세우고 콧김을 내뿜으며 그를 쫓아왔다. 그리고는 그가 올라가 있는 나무로 뒷발을 들고 올라섰다. 녀석은 굵직한 소리로 그르렁거리며 동물들의 말로 적에 대한 증오감을 표출했다.

리젯과 오랜 친구

높은 곳에 올라가 발 아래 펼쳐진 숲을 보는 건 얼마나 즐거운 일인가! 사냥을 가서 사냥감과 개들이 싸우는 흥분되는 소리를 듣는 것은 또 얼마나 즐거운 일인가! 하지만 지금 그곳에는 아주 거대한 짐승이 있다는 것을 알아야 한다. 그리고 우리는 지금 원한다면 우리의 용기를 시험해 볼 수도 있다. 귀를 곤두세우고 딸과 함께 추격을 하고 있던 프룬티는 젊은 시절의 기억이 떠올랐다. 개들이 짖는 소리가 한곳으로

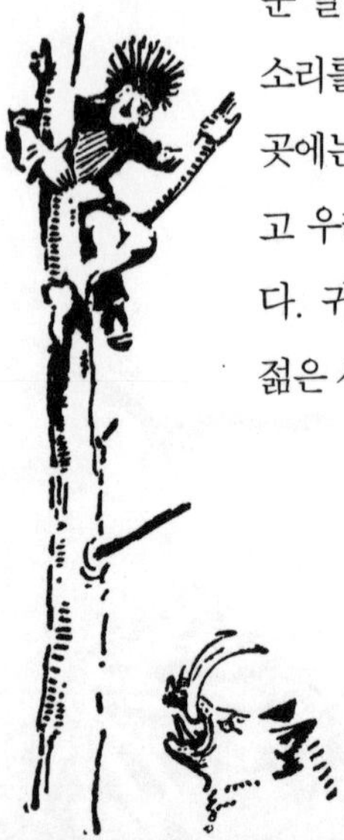

모이기 시작했다. 그 소리는 아주 가깝고 분명하게 들려왔다. 프룬티는 마치 젊은이 같았다. 그는 나이를 잊은 듯이 앞으로 내달렸다. 그러다가 미끄러져 넘어져서 심한 충격을 받고 발목을 심하게 다치는 바람에 통나무에 앉아 쉴 수밖에 없었다. 쉬면서 그는 불평을 해댔다.

개들이 짖는 소리는 계속해서 들려왔다. 그는 일어나 걸으려고 해 보았지만, 도저히 걸을 수가 없었다. 그는 딸에게 말했다. "리젯, 보그 씨한테 가서 되도록 빨리 와서 나 좀 도와 달라고 해라. 난 천천히 따라갈 테니까. 총을 가져가는 게 좋겠다."

그래서 리젯은 혼자서 가기 시작했다. 개들이 요란하게 짖어대는 소리만이 유일한 안내자였다. 20분 동안은 개들이 짖는 소리로 충분히 안내를 받을 수 있었다. 하지만 소리는 점차 희미해졌다. 그리고 마침내 정적이 흘렀다. 그래도 그녀는 계속해서 갔다. 여전히 아무 소리도 들리지 않았다. 리젯이 큰 소리로 외쳤지만 나무 위의 빌리는 그 소리를 듣지 못했다. 리젯은 다른 방법을 써 보기로 하고 휘파람을 불었다. 그 소리를 듣고 또 다른 사냥꾼이 자기를 구하러 온 거라고 판단한 빌리는 힘껏 소리를 질렀다. 하지만 리젯은 그가 무슨 말을 하는지 알아들을 수가 없었다.

아무튼 빌리의 소리를 듣고 방향을 알아낸 리젯은 아버지에게도 방향을 알리기 위해 다시 휘파람을 반복해서 불었다. 휘파람 소리는 빌리에게도 아버지에도 들렸다. 하지만 그 소리를 들은 것은 그들 말고도 또 있었다. 야생 멧돼지가 머리를 쳐들었다. 녀석은 빌리에 대한 공격과 그르렁거림을 멈췄다. 그리고는 무슨 일인가 하는 소리를 냈다. 그때 또 다시 힘찬 휘파람 소리가 들려왔다.

비참한 심경으로 나무 위에 있던 빌리의 눈에 리젯이 다가오고 있는 모습이 들어왔다. 혼자였지만 총을 들고 있었다. 그는 좀더 자세히 보기 위해 더 높은 곳으로 올라갔다. 그가 외쳤다.

"조심해! 놈이 네 쪽으로 가고 있어! 되도록 높은 데로 올라가서 똑바로 조준해!"

분명한 일인데도 왜 리젯은 망설이는지 빌리는 알 수 없었다. 리젯이 또 다시 휘파람을 불었다. 그러자 갈기가 붉은 커다란 형체 하나가 덤불을 헤치고 빠르게 다가왔다. 그것은 매우 친근하고 부드러운 소리로 꿀꿀거렸다. 리젯은 처음에는 깜짝 놀랐지만 이내 안심했다.

"거푸미구나, 거푸미야, 거푸미로구나." 그녀가 외쳤다. 그 커다란 짐승은 종종걸음으로 달려왔다. 갈기는 이제 곤두서 있지 않았다. 그리고는 통나무 앞에 서서 앞발을 올려놓고 뭔가 가슴속 말을 멧돼지 식으로 속삭이며 뺨을 그녀의 발에 비볐다. 녀석은 어깨를 통나무에다 바싹 붙이고 커다란 발굽을 가지런히 통나무 위에 올려놓았다. 예전처럼 기분 좋은 "프랑스제 구두약 칠"을 받으려 했던 것이다. 예전의 약속이 지켜질 때까지 녀석은 만족하지 못했다. 그래서 리젯은 대신 녀석의 넓고 억센 등을 긁어 주었다. 리젯이 통나무에 앉아 녀석의 등을 긁어 주고 있는 동안 빌리는 나무 위에서 맹렬하게 소리쳤다. "쏴, 쏘라구. 쏘지 않으면 놈이 널 죽일 거야!"

그러자 리젯은 콧방귀를 뀌며 말했다. "쏘라고요? 아저씬 멍청이에요. 나한테 동생을 쏘라는 말이에요? 거푸미는 날 절대로 해치지 않아요. 거푸미는 날 누나처럼 따르는 걸요."

사납게 날뛰던 이 야생동물은 예전의 마법에 걸려 얌전해졌다. 그리고 이 커다란 야생 멧돼지는 만족한 듯이 꿀꿀거리더니 숲으로 가 그 날은 더 이상 모습을 보이지 않았다.

곰의 또 다른 사냥감

그랬다. 그 곰은 나중에 강 근처의 은닉처로 돌아왔다. 그곳은 승리의 기념 장소이기도 했다. 놈은 우선 콘도르를 쫓아내고 지독한 냄새가 나는 진수성찬을 즐긴 후 그 주위를 어슬렁거렸다. 그런데 바로 그것이 놈을 새로운 운명으로 이끌었다. 야생 멧돼지 일가가 코로 땅을 헤집으면서 숲 속으로 온 것이다. 엄마 멧돼지가 맨 앞에, 그리고 아빠 멧돼지가 맨 뒤에 떨어져서 걷고 있었다. 위험은 없어 보였다. 얼마 안 있어 그들은 강을 건너기 쉬운 얕은 여울에 도착했다. 새끼들은 물에 들어가기 싫어서 뒷걸음질을 쳤다. 하지만 어미는 물에 풍덩 뛰어들어서 한가운데까지 헤엄쳐 갔다. 새끼들은 우물쭈물하며 물가를 맴돌다가 한 마리씩 차례로 용기를 내서 물에 뛰어들었다. 하지만 한 마리는 결국 끝까지 물에 들어가지 않았다. 자기만 혼자 남은 것을 알고는 녀석은 매우 애처롭게 낑낑거렸다.

그 소리는 다른 짐승의 귀에도 들렸다. 코가 천의 늙은 곰이 외톨이 신세가 된 새끼 멧돼지의 소리를 들은 것이다. 소리가 아주 작았기 때문에 곰은 용기에 부풀었다. 곰은 소리가 들리는 쪽으로 날 듯이 달리기 시작했다. 어미 멧돼지는 새끼에게 복종을 가르쳐 주기로 마음먹고 있던 터라 녀석의 울음소리를 무시하고 계속 앞으로 갔다.

혼자 남은 새끼 멧돼지는 더욱 더 큰 소리로 낑낑거렸다. 그때 새끼 멧돼지의 머리 위로 둑이 조금 무너져 내렸다. 뭔가 무거운 것이 둑을 밟은 것이다. 그리고 곧 쿵쿵거리는 커다란 소리가 났고, 새끼 멧돼지가 울음을 뚝 그쳤다. 곧이어 곰이 얼굴을 아래쪽으로 쑥 내밀고는 새끼 멧돼지를 바닥에서 들어올렸다. 놈은 재빨리 둑을 지나 나무가 비스듬히 나 있는 비탈을 따라 달려가 높은 바위에 올라갔다가 언덕을 넘어 계속 달렸다.

언덕을 넘어 좀 안전하다 싶은 곳이 나오자 곰은 그 자리에 앉아서 사냥감을 우적우적 씹어 먹기 시작했다. 먹으면서 녀석은 이런 생각을 했다. "숲에 사는 돼지는 정말 맛있어. 처음엔 무섭고 사나워 보였는데, 이제 보니 그렇지도 않은걸. 더 이상 무서워하지 않아도 될 것 같아. 다음에 또 잡아먹어야겠어."

실패한 사냥

그날 밤 힐 빌리가 돌아왔을 때, 사냥개 다섯 마리 중에 세 마리가 먼저 와서 주인을 기다리고 있었다. 그 중에 한 마리는 온몸을 지독하게 물린 상태였고 나머지 두 마리도 완전히 넋이 나가 있었다. 녀석들은 그 후로 멧돼지 사냥이라면 죽기보다 더 싫어했다. 처음에는 잘 따르다가도 멧돼지 발자국만 보이면 이내 옆길로 새 버렸다. 그래서 쫓아가 보면 녀석들은 너구리나 주머니쥐를 따라가고 있었다. 게다가 십중팔구 너구리는 이미 나무에 올라간 후였고 주머니쥐도 바위틈의 안전한 곳으로 숨은 뒤였다.

힐 빌리는 경쟁 상대인 다른 사냥꾼의 오두막으로 가서 좀 더 좋은 사냥개를 빌릴 수도 있었다. 하지만 그것은 자신의 개들이 겁쟁이에다 낙오자란 것을 스스로 인정하는 꼴이 되는 거였다. 그것은 그의 자존심이 허락치 않았다. 그는 내심 자신이 진짜 사냥꾼이라고 여기고 있었기 때문에 사냥과 관련된 일은 절대로 쉽게 포기하는 법이 없었다. 그는 몸도 강인하고 사냥 실력도 좋아서, 상대가 잡을 만한 가치가 있는 사냥감이라는 생각이 들면 끝까지 추적할 수 있는 능력이 있었다. 그래서 또다시 농작물 피해를 입은 프룬티가 충분한 사례를 약속하고 사냥을 의뢰하자 이렇게 대답했다. “비가 많이 올 때까지 기다리시오. 내 직접 발자국을 쫓아가서 실력을 보여 주리다.”

이렇게 해서, 첫 폭우가 쏟아진 다음 날 아침, 사냥개 없는 조용한 사냥이 시작되었다. 사냥에는 리젯의 아버지 프룬티와 힐 빌리 단 둘만 나섰다. 빌리는 사냥개들을 원치 않았다. 이번 사냥은 소리를 내지 않고 몰래 다가가서 잡을 계획이었기 때문이다. 리젯은 사냥을 그만두고 좀더 튼튼한 울타리를 만들자고 했지만 아버지는 그 청을 무시했다. “그 녀석의 송곳니로 팔찌를 만들어 주마, 그리고 팔찌 끈은 금으로 만들어 주지.” 아버지는 뇌물로 딸을 매수하려 했다. 그는 그 정도면 자기라도 마음이 움직일 거라고 생각했다.

심판의 날

폭우는 이전의 발자국들을 모두 씻어냈다. 그리고 새로운 발자국이 깊고 선명하게 찍혔다. 잎이 밟히는 소리도, 나뭇가지가 꺾이는 소리도 나지 않았다. 비가 많이 내린 직후에는 실력있는 사냥꾼이라면 사냥개가 필요없다. 힐 빌리와 프룬티는 둘 다 자기 총을 들고 숲으로 들어갔다. 둘 모두 사격 실력이 뛰어났다. 빌리는 땅바닥에 찍힌 온갖 발자국을 살피며 성큼성큼 앞서 나갔다. 빌리와 프룬티는 연배가 비슷했지만 프룬티는 군살 하나 없이 유연한 몸을 가진 빌리와 보조를 맞추는 것이 무척이나 힘에 부쳤다.

늪 쪽으로 내려가자 오래된 발자국들이 보였다. 발자국은 비 때문에 상당히 희미했다. 발자국들은 약하디 약한 소리로 이렇게 말했다. "맞아요. 하지만 며칠 지난 걸요."

그래서 그들은 늪 가장자리를 따라 강의 지류로 내려간 후 다시 낮은 언덕을 넘어 코가 천으로 갔다. 그때 프룬티가 숨을 헐떡이며 좀 쉬어가자고 말했다. 하지만 힐 빌리는 계속해서 앞으로 앞으로 나갔다. 1킬로미터쯤 가자, 그토록 찾던 것이 보였다. 야생 멧돼지 무리의 발자국이었다. 그는 계속 발자국을 쫓아갔다. 그리고 얼마 안 가 무리의 대장 것으로 보이는 발자국이 보였다. 길이가 10센티미터쯤 되는 큰 발자국이었다. 그 발자국에 비하면 다른 발자국들은 아주 초라해 보일 정도였다.

"오호!" 빌리가 프룬티 쪽을 돌아보며 외쳤다. 그는 "해냈어! 잡은 거나 마찬가지야!"라고 중얼거리며 계속 발자국을 쫓았다. 이제 추격 말고는 아무것에도 관심이 없었다.

뒤에 처져 힘겹게 따라가고는 있었지만 속도를 맞추는 것은 프룬티에게는 너무 힘든 일이었다. 힐 빌리가 뭐라고 외치는 소리가 들리긴 했지만 그 소리는 점점 더 멀어지더니 결국에는 아주 희미해졌다. 너무 지치기도 하고 화도 치밀어 오른 프룬티는 통나무에 앉아 무슨 소리가 들릴 때까지 기다리기로 했다.

15분쯤 지나자, 호흡도 진정되고 기분도 좀 나아졌다. 하지만 빌리가 어디쯤 있는지는 전혀 짐작이 가지 않았다. 또 15분이 흘러갔다. 프룬티는 통나무에서 일어나 코가 언덕으로 올라가 주위를 살펴보기로 했다. 느릿느릿 언덕으로 올라간 그는 다시 그곳에 앉아 무슨 소리든 들리기를 기다렸다.

거의 한 시간이 지났을 무렵, 코가 천으로 흐르는 지류 옆에 있는 습지에서 소리가 들려왔다. 그것은 낮은 수풀에서 무언가가 움직이는 소리였다. 프룬티는 소리가 나는 곳을 향해 발걸음을 옮겼다.

잠시 후, 걸음을 멈추고 귀를 기울여 소리를 들어 보았다.

하지만 들리는 것이라고는 푸른어치가 지저귀는 소리뿐이었다. 다시 사방이 조용해졌다. 그러다 또다시 멧돼지가 도움을 요청하며 날카롭게 울부짖는 소리가 들려왔다. 그리고 또다시 정적이 흘렀다.

프룬티는 온 힘을 다해서 빠르게 앞으로 달려나갔다. 되도록 소리는 내지 않으려고 조심했다. 얼마 안 있어 코가 천을 따라 난 숲이 나왔다.

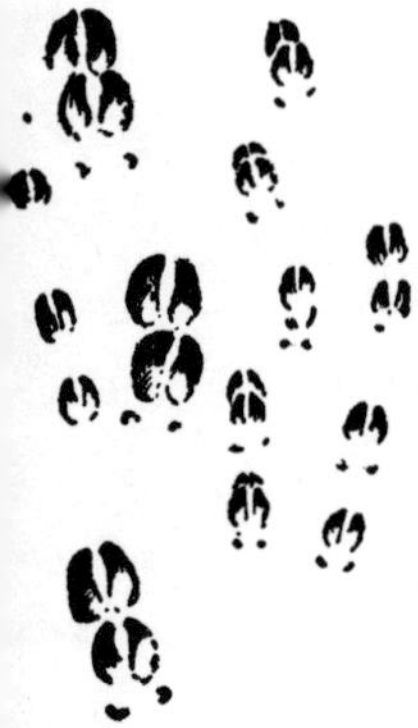

앞쪽에서 여러 가지 소리가 뒤섞여 들려왔다. 목소리가 아니라 뭔가가 움직일 때 나는 소리였다. 하지만 이따금 목소리도 들려왔다. 짐승의 목소리였다. 그것도 여러 짐승의 목소리였다.

프룬티는 소시적에 익혔던 온갖 사냥 지식을 다 쥐어짜 보았다. 우선 그는 표범처럼 살금살금 조심스럽게 앞으로 나갔다. 그는 발을 뗄 때마다 안전한지 그리고 소리는 나지 않는지를 확인한 후에야 다시 한 발을 떼면서 앞으로 갔다. 그는 손가락에 침을 묻히거나 풀을 공중에 던져 바람의 방향을 알아보고 자기가 접근하는 것을 상대가 알아차리지 못하도록 방향을 바꾸었다. 빈터가 나오자 그는 빠른 걸음으로 달려갔다. 그리고 언제든지 총을 쏠 수 있는 자세로 마지막 덤불을 헤치고 앞으로 나갔다. 마침 그곳에는 커다란 나무 하나가 바닥에 쓰러져 있었다. 그는 그 나무에 올라가 주위를 살펴보았다. 그러자 참으로 아슬아슬한 광경이 눈에 들어왔다. 아주 오랜 옛날 전투를 벌이던 병사들처럼, 동물들이 죽 늘어서서 상대를 마주하고 전투 개시 신호를 기다리고 있는 것이었다.

한쪽에는 검고 사나운 곰이 있었다. 엄청나게 큰 곰이 빈터 쪽으로 몸을 반쯤 드러낸 채 서 있었다. 그리고 열 발자국쯤 떨어진 곳에는 수컷 멧돼지 한 마리가 곰과 마주하고 있었다. 곰보다는 작았지만 그래도 아주 큰 야생 멧돼지였다. 녀석의 얼굴에는 긴 상처 자국이 나 있었다. 그리고 그 옆 오리나무 수풀 쪽에는 다른 멧돼지들이 숨어 있었다. 처음에는 두세 마리 정도라고 생각되었는데 더 자세히 살펴보니 그보다 더 많았다. 어린 새끼들처럼 보였다. 녀석들은 가만히 있지 않고 이리저리 자리를 바꾸며 부산하게 움직이고 있었다.

곰이 원을 그리면서 덤불 반대쪽으로 자리를 옮겼다. 그러자 멧돼지도 얼른 위치를 바꾸었다. 새끼 멧돼지들도 무시무시한 곰을 피해 낑낑거리며 서둘러 멀리 달아났다. 절름발이처럼 다리를 질질 끄는 한 마리만 빼고는 모두 동작이 정말 재빨랐다. 그 새끼 멧돼지는 옆구리에 빨갛게 핏자국이 난 긴 상처들이 있었고 목에는 까만 딱지 자국이 있었다. 곰과 멧돼지는 아무런 소리도 내지 않고 서로를 향해 서 있었다. 곰이 부스럼투성이 코를 실룩거렸다. 코가 천의 바로 그 난폭한 곰 특유의 버릇이었다. 놈은 가슴 깊은 곳에서 터져나오는 것 같은 굵직한 소리를 내질렀다. 언덕을 진동하는 그 천둥 같은 소리는 마치 "이제 넌 끝장이야"라고 말하는 것처럼 들렸다. 튼튼한 네 다리로 굳건하게 버티고 서 있는 멧돼지의 갈기가 곤두섰다. 그러자 몸이 더 커 보였다. 녀석은 감시의 눈길을 거두지 않은 채로 머리를 숙였다. 녀석의 커다란 송곳니가 번쩍번쩍 빛나고 있었고 턱은 연신 딱딱거리고 있었다. 그리고 빰은 아기 때 얻은 거푸미라는 이름 그래도 온통 거품으로 뒤범벅이 되어 있었다.

덤불 속에 있던 새끼 돼지들은 걱정스러운 듯이 코를 킁킁거렸다. 하지만 새끼들 중에서 가장 큰 한 녀석만큼은 전의에 가득 차서 "딱딱" 하고 턱을 부딪히는 소리만을 내며 조용히 자기가 나설 시간만을 기다리고 있었다.

곰과 멧돼지는 서로를 마주한 채 앞으로 있을 전투를 준비하며 그대로 미동도 없이 서 있었다.

그들을 전투로 내몬 힘이 무엇인지를 그 누가 알겠는가! 곰은 복수에 대한 충동과 먹이에 대한 욕망으로 가득 차 있었다. 그리고 전에 거두었던 몇 번인가의 작은 승리도 잊지 않고 있었다. 한편 멧돼지를 이 전투로 내몬 것은 도움을 요청하는 비명 소리였다. 그것은 소방 마차의 말이 화재를 알리는 종소리를 듣고 힘이 솟구치는 것과 똑같다. 멧돼지는 자기 자신은 완전히 잊고 자신의 동료를 도우려고 급히 달려왔다. 그런데 와서 보니 도움을 요청한 것은 바로 자신의 핏줄이었다. 게다가 상대는 그토록 오랫동안 자기를 못살게 굴던 바로 그 놈이었다. 멧돼지를 이 전투로 내몬 것은 바로 그런 것들이었다. 이제 대격돌에 필요한 요소는 모두 갖추어진 셈이었다. 힘, 그것도 엄청난 힘, 욕망, 광기, 미덥지 못한 용기를 가진 곰과 힘은 좀 떨어지지만 누구도 상대할 수 없는 용기, 튼튼한 네 발과 지구력을 가진 야생 멧돼지인 프룬티 농장 거푸미의 일전을 위한 모든 것이.

이윽고 곰이 천천히 한쪽으로 자리를 옮긴 후 덤불 주위로 원을 그리며 돌았다. 거푸미의 옆구리를 노리려고 했는지 아니면 덤불 속에 있는 새끼 멧돼지들을 공격하려고 했는지는 중요하지 않다. 그때마다 거푸미도 따라서 돌았기 때문이다.

단호하게 머리를 아래로 숙인 채 거푸미는 괜한 위협을 하는 데 힘을 낭비하지 않고 적을 향해 서 있었다. 두려움 없이, 조용히.

곰이 다시 반대쪽으로 돈 후, 통나무로 올라가 으르렁거리며 공격을 시도했다. 곰이 한쪽 발을 통나무 아래로 내딛는 순간 거푸미가 공격을 시작했다. 곰은 펄쩍 뛰어 뒤로 물러났다. 그러자 거푸미가 공격을 멈췄다. 둘은 다시 한 번 원을 그리며 돌더니 속임수 동작을 쓰고는 앞으로 돌진했다. 호! 곰, 조심해라. 이번 상대는 지난번의 그 약한 돼지들하고는 다르다구.

퍽, 퍽, 퍽, 곰이 앞발로 멧돼지를 힘껏 후려갈겼다. 멧돼지는 괴로운 듯 헐떡거리며 짧게 신음소리를 냈다. 곰이 일격을 가한 곳은 빽빽한 털로 뒤덮인 멧돼지의 넓은 등이었다. 거푸미는 비틀거리기는 했지만 넘어지지는 않았다. 순간 거푸미의 날카로운 송곳니가 번쩍이더니 순식간에 곰의 급소에 깊은 상처를 냈다. 그들은 비틀거리며 상대에게서 떨어졌다. 거푸미는 타박상을 입었지만 곰은 몸이 대여섯 군데나 찢어져 피를 흘리고 있었다. 커다랗게 내쉬는 한숨 소리, 흐느낌, 그리고 거친 숨소리만 들려왔다. 하지만 뒤쪽에서

는 새끼들이 공포와 분노가 뒤섞인 소리를 질러대고 있었다.

하지만 이것은 첫번째 격돌에 불과했다. 피비린내 나는 싸움을 치른 곰과 멧돼지는 다시 상대를 마주보고 이리저리 재기 시작했다. 둘 다 상대방의 수를 알고 있었다. 아니, 적어도 알고 있는 것처럼 보였다. 멧돼지는 어떻게 해서든 네 발로 단단히 버티고 서 있어야만 했다. 그렇지 않으면 지고 말 것이다. 한편 곰은 어떻게 해서든 멧돼지를 내던져서 쓰러뜨린 후 앞발로 꽉 눌러 죽이거나 뒷다리로 잡아 찢어야만 했다. 멧돼지도 곰도 모두 살기에 가득 차 있었다.

공격할 기회를 잡기 위해 곰은 다시 원을 그리며 움직였다. 하지만 멧돼지는 여전히 정면을 향하고 있었다. 그들은 다시 접근했다. 곰은 온 힘을 다해 멧돼지에게 달려들었다. 자신의 체중을 이용해 넘어뜨릴 생각이었다. 하지만 멧돼지는 다부지게 버티고 서서 곰의 부드러운 배를 송곳니로 갈랐다. 곰은 고통스러운 비명을 내지르며 뒤로 물러났다. 둘은 다시 또 맞섰다. 양쪽 모두 상대의 약점을 노리고 있었다. 곰은 통나무 위가 더 안전할 것 같다고 느꼈다. 곰은 그 위로 올라가서 속임수 공격을 해댔다. 그러자 참다 못한 멧돼지가 최후의 일격을 가하기 위해 앞으로 돌진했다. 통나무가 멧돼

최후의 일격을 가하는 멧돼지

지의 앞을 막았다. 멧돼지는 통나무 위로 뛰어올랐다. 그러나 통나무 위는 곰에게는 유리했지만 멧돼지에게는 불리했다. 그들은 다시 맞붙었다. 곰은 멧돼지의 등을 덮쳐 온 힘을 다해 눌렀다. 사각, 사각, 길고 날카로운 상아빛 칼이 움직이는 소리가 났다. 곰의 몸에서 피가 솟구쳐 나왔다. 하지만 멧돼지 역시 힘을 다 소진한 상태였다. 전투는 막상막하처럼 보였다. 하지만 균형추는 이제 곰 쪽으로 기울었다.

정적이 흘렀다. 그때 뭔가가 돌진하는 소리가 나기 시작했다. 또 다른 누군가가 곰을 공격한 것이다. 회색이였다. 회색이는 온 힘을 다해 송곳니로 곰의 몸을 마구 마구 베어댔다. 곰이 비틀거리며 뒤로 물러섰다. 그러자 회색이가 놈의 뒷발을 물고 아작아작 물어뜯으며 잡아당겼다. 거푸미가 뒤쪽에서 놈을 들어 던진 후 송곳니로 공격했다. 곰은 완전히 나가떨어졌다! 오! 숲의 분노가 폭발한 것이다! 전쟁의 폭풍이! 멧돼지 두 마리의 무지막지한 송곳니 공격을 받은 곰은 고통에 찬 신음 소리를 내지르며 필사적으로 저항했다. 반쯤 목이 막힌 상태에서 나오는 으르렁거림, 힘은 없지만 어떻게든 벗어나 보려는 발버둥, 분수처럼 쏟아지는 피, 헐떡거림, 도망치기 위한 마지막 저항, 살이 베어지고 찢어지는 소리, 절망스러운 울부짖음. 악마처럼 두 마리 멧돼지가 계속해서 곰의 몸을 찢고 물고 베어냈다.

곰은 나무줄기를 잡고 간신히 일어섰다. 거기만 올라가면 살 수 있을 것 같다는 생각이 들었기 때문이었다. 멧돼지들은 곰을 아래로 잡아끌었다. 그들은 갈비뼈가 바스라질 정도로 곰의 배를 난도질했다. 그들은 곰의 배를 가르고 창자를 통나무 밖으로 끄집어냈다. 창자는 폭풍우에 밀려온 해초처럼 여기저기 흩날렸다. 그들은 곰의 비명이 완전히 사그라질 때까지 계속해서 송곳니로 곰을 찢고, 찌르고, 또 찢어댔다. 모든 움직임이 멈췄다. 코가 천의 곰은 피투성이에다 진흙투성이가 된 채 한 조각 고깃덩어리로 변해 버렸다.

프룬티는 완전히 얼이 나간 사람처럼 그 광경을 지켜봤다. 아무런 생각도 들지 않았다. 마치 자기가 싸우고 있는 것 같은 착각이 들 뿐이었다. 이 강인한 멧돼지 전사가 싸워 이기는 것을 보고 그는 마치 자기가 이긴 것처럼 느꼈다. 그는 그 멧돼지를 사랑하게 되었다. 그렇다. 녀석을 사랑하게 된 것이다. 마치 힘센 사람이 용감한 전사를 사랑하는 것처럼.

그는 그 크고 용감한 짐승이 빠르게 자기를 향해 달려오는 것을 보았다. 완전히 냉정을 되찾은 모습이었다. 그리고 새

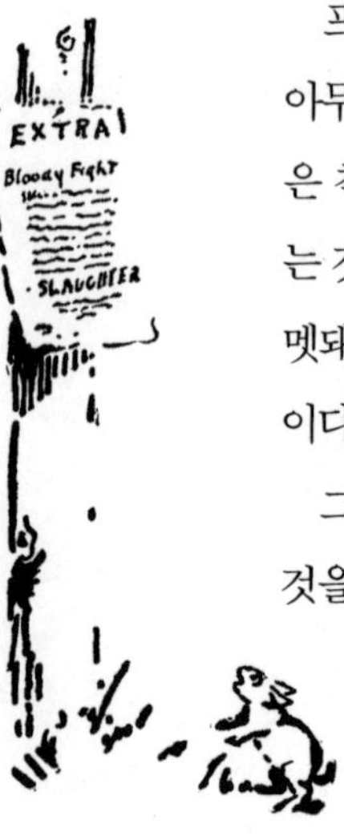

끼 멧돼지들이 겁에 질려 따라오는 모습도 보였다. 녀석들은 코로 땅을 파헤치기도 하고 쓰러져 있는 적에게 달려들기도 했다. 그러다가도 상대가 살아있을지도 모른다는 생각에 깜짝 놀라 달아났다. 그는 이 멧돼지 부부가 서로에게 보내는 애정도 보았다. 가족간의 사랑이라는 유대감을 말해 주는 어린 새끼들도 보았다. 당신은 동물에게는 육체적인 사랑밖에는 없다고 말할지도 모른다. 하지만 동물들의 사랑은 인내하고 함께 싸우고 또 인내하면서 유지된다. 그때 그의 눈에 자기가 손으로 잡고 있는 물건이 들어왔다. 길쭉하고 번쩍번쩍하는 무시무시한 총이 총알을 발사할 준비를 하고 있었던 것이다. 왠지 모를 부끄러움이 밀려왔다. 부끄러움은 점점 더 커졌다. "녀석이 내 딸을 구해 주었는데, 이런 식으로 보답하려고 하다니." 그러자 그 날의 기억이 강렬하게 다시 살아났다. 리젯이, 그가 세상에서 가장 사랑하는 딸이 흥분해서 집으로 돌아와 방울뱀과 거푸미가 싸운 이야기를 해 주던 그 날의 기억이. 그때 그는 그 일에 깊은 감동을 받았는데…. 딸이 했던 말에 불현듯 공감이 갔다. 그랬다. 딸이 옳았다. 농작물을 지킬 더 좋은 다른 방법이 있었던 것이다.

힘과 전투를 찬미하는 남자다운 기쁨이 그의 마음속에 솟구쳐 올라왔다. 그는 빌리에게 가서 화를 터뜨렸다. "정말로 멋진 싸움이었소! 여지껏 본 싸움 중에서 최고의 싸움이었어. 아! 얼마나 물고 찢고 찔러대던지! 녀석을 죽여야 한다고? 터무니없는 소리 하지 마시오. 녀석은 늙어서 털이 완전히 백발이 되어 죽을 때까지 이 늪을 마음껏 누비며 살아야 하오."

거푸미의 짝이 새끼들을 데리고 가기 위해 돌아섰다. 새끼들은 모든 걸 잊고 까불거리며 걸었다. 다친 새끼가 조금 뒤처졌다. 그리고 그 맨 뒤에 거푸미가 있었다. 몸에 난 상처는 평생 동안 남을 것이다. 하지만 아직은 힘이 남아 있었다. 녀석은 가족들의 뒤를 따라가면서도 이따금 멈춰 서서 적이 그대로 쓰러져 있는지 흘깃흘깃 돌아보곤 했다.

고사리 잎이 그날의 흔적을 덮어 주고 커튼을 내려 주었다. 그리고 콘도르들이 날개를 활짝 펴고 하늘을 선회했다. 이곳은 실제로 전쟁터였고 전쟁터에는 늘 진수성찬이 기다리고 있는 법이니까.

미국너구리 웨이앗차

대자연, 숲을 만드신 어머니는 온갖 동물들을 만들었다. 그중에는 곰도 있는데 녀석은 덩치가 너무 컸다. 사슴은 눈이 오면 너무 눈에 잘 띄어서 속수무책으로 당할 수밖에 없었다. 그리고 늑대는 너무 사납고 게다가 고기만 보면 걸신들린 듯이 먹어치웠기 때문에 숲의 정령이라고 볼 수 없었다. 그래서 신은 다른 시도를 계속했다. 그러던 중 드디어 검은 가면을 쓴 미국너구리, 밤의 방랑자이자 울창한 숲의 방랑자가 신의 작업실에서 모습을 드러냈다. 신은 녀석에게 나무의 요정인 드리아스의 재능을 선사했다. 인디언들은 참나무 구멍에 사는 선량한 거주자이자, 경작지에서 멀리 떨어진 곳에 사는 습지의 정령인 너구리가 숲을 돌아다니며 내는 소리를 잘 알고 있었다. 하지만 백인들은 미신과 결부시켜 이들을 무서워했다.

오! 노래하는 숲 사나이가 너구리에 대해 하는 말을 들어보자. 녀석이 얼마나 친절하고 얼마나 참을성이 많은지를! 그는 너구리가 농부들이 베지 않고 남겨둔 속이 텅 빈 나무에 산다는 것도, 너구리가 밤마다 숲을 돌아다니며 부르는 노래에 대해서도, 그리고 너구리가 왜 노래를 부르는지, 비명처럼 들리는 그 야생의 소리를 자기가 왜 좋아하는지에 대해서도 말해 줄 것이다. 그리고 그 이유가 사실은 열정적인 숲의 정기가 담겨진 인디언들의 노래를 좋아하기 때문이라는 것도 얘기해 줄 것이다.

당신이 만약 숲의 남자를 도와 그런 이야기를 해 세상 사람들을 감동시킬 수 있다면, 사람들은 더 이상 그렇게 지독하게 숲에 사는 동물을 괴롭히지 않을 것이고, 텅 빈 나무를 베어 넘어뜨리지도 않을 것이다. 그리고 꼬리에 고리 무늬가 있는 숲의 은자가 사라지는 일도, 미친 달이 뜰 때 너구리가 부르는 바람 노래가 사라지는 일도 없을 것이다.

너구리가 우리에게 뭔가 말하고 싶은 것이 있다고 해도, 그것은 인간이 알아들을 수 있는 말로 표현되는 것은 아니다. 하지만 그것은 아마도 이런 내용일 것이다.

너구리는 따뜻한 사람들이 사랑하는 것들의 상징이다. 그리고 만약 이 나라의 우둔한 의원들이 흉악한 정책을 펴서 텅 빈 나무들과 함께 너구리가 모두 사라지게 된다면, 그것은 우리의 땅이 온통 돈과 배금주의에 정복되는 결과를 낳을 것이다. 하지만 부디 나는 그런 일이 생기기 전에 세상을 뜨고 싶다.

아름다운 집

3월이 되자, 까마귀가 열 지어 날고 딱따구리가 힘차게 나무줄기를 두드리는 소리가 들려왔다. 숲은 지금까지와는 완연히 다른 분위기에 둘러싸이기 시작했다. 해가 지자, 눈이 녹기 시작한 숲 위로 밤하늘의 별빛이 반짝였다. 동물들은 눈이 좋기 때문에 그 정도 빛만으로도 숲을 돌아다니기에 충분했다. 그때 동물 두 마리가 나타났다. 녀석들은 쓰러진 나무의 끝을 통과해 줄기를 따라 잰걸음으로 달리다가 눈밭을 가로질러 통나무를 보도 삼아 계속 어딘가로 갔다. 몸집이 큰 동물이었다. 여우보다 크고, 꼬리에는 털이 많고 그들 특유의 깃발이라고 할 수 있는 짙은 줄무늬까지 나 있어 올빼미처럼 밤눈이 좋은 짐승이라면 쉽게 알아볼 수 있는 동물이었다.

대장은 두 마리 중 작은 쪽이었다. 녀석은 자기 뒤를 따라오고 있는 큰 놈에게 가끔씩 성미를 부리며 물려고 하기도 했다. 뭔가 초조하고 불만스러운 일이 있는 것처럼 보였다. 하지만 도망가고 있는 것 같지는 않았다. 큰 쪽은 괴롭힘을 당하면서도 참을성있게 계속 뒤를 따라갔다. 쾌활한 숲 사나이가 녀석들을 보았다면 그들이 부부라는 것을 금방 알아차렸을 것이다. 동물들의 규칙에 따르면, 곧 태어날 새끼들을 위한 준비는 어미의 몫이다. 어미는 새끼들을 키우기 좋은 구멍을 찾아 나서야 한다. 그리고 시기도 정확히 알아야만 한다. 이 항해의 지휘권은 어미에게만 있다. 그리고 아비의 역할은 적과 마주칠 경우 나서서 싸우는 것뿐이다.

강 옆에 있는 오리나무 숲과 덤불을 통과하자 큰 숲이 나왔다. 그 숲이 그대로 남아 있는 것은 그곳이 저지대인데다 척박했기 때문이다. 숲에는 아주 옛날부터 커다란 나무가 많이 있었다. 암컷 너구리, 곧 어미가 될 그 너구리는 커다란 나무줄기들을 돌아다니며 뭔가를 찾기 시작했다. 도대체 무엇을?

숲 사나이라면, 소나무들 중에는 구멍이 뚫려 있는 나무가 좀처럼 없고, 단풍나무 중에는 꽤 많이 있고, 피나무 중에는 아주 많이 있다는 것을 알고 있을 것이다. 환한 대낮이었다면 그는 너구리들이 머물 나무를 쉽게 찾을 수 있었을 것이다. 왜냐하면 그런 나무는 나무 꼭대기가 죽어 있기 때문이다. 하지만 녀석들은 어둠 속에서도 찾을 수 있는 것 같았

다. 녀석들은 직접 올라가 보지 않고도 적합한 나무인지 아닌지를 확실하게 알기라도 하듯 이 나무 저 나무로 열심히 돌아다녔다. 그리고 마침내 작은 강과 큰 강이 교차하는 지점 근처에서 적당한 나무를 찾은 어미 너구리는 마치 이미 알고 있는 나무라도 되는 것처럼 그 죽은 단풍나무 위로 올라갔다.

그 나무는 너구리에게는 아주 이상적인 집이었다. 나무는 깊고 위험한 늪에 우뚝 서 있었고, 게다가 근처에는 마법의 힘과 먹이를 주는 물이 흐르고 있었다. 나무의 몸통에는 크고 편리한 큰 구멍이 나 있었는데, 안은 눅눅하지도 딱딱하지도 않았다. 그리고 입구의 크기도 딱 알맞은 데다가 바로 옆에 햇볕이 잘 드는 커다란 가지도 나 있었다. 어미 너구리는 정말로 완벽한 집을 발견한 것이다.

새끼 너구리들

4월이 되자 새끼들이 태어났다. 모두 다섯 마리였는데 부모를 닮아 꼬리에는 고리 무늬가 있고 얼굴은 검은 가면을 쓴 것 같은 모습이었다. 6월이 되자 새끼들은 갓난아기 티를 벗어나고 있었다. 녀석들은 화창한 날이면 구멍에서 나와 커다란 나뭇가지에 일렬로 앉아 햇볕을 쬐었다. 새끼들은 태어난 지 얼마 되지 않아서부터 각자의 성격을 확연히 드러냈다. 고리 무늬가 하나밖에 없을 정도로 꼬리가 짧은 새끼는 성격이 소심했고, 털빛이 회색이고 살이 찐 새끼는 둥지에서 나갈 때 언제나 꼴찌였다. 그리고 몸도 크고 활달하며 얼굴 가면의 색도 가장 검고, 몸을 잠시도 가만두지 못하는 녀석이 있었는데 바로 웨이앗차였다.

어미 너구리가 애지중지 돌봐줄 때에는 너구리로서 살아가는 규칙이란 것이 아주 단순했다. 먹고 자라고 조용히 있는 것 말고는 모두가 다 어미의 몫이었다. 하지만 둥지 밖으로 나가도 될 정도로 충분히 자란 후에는 다른 규칙들을 경험하고 익히기 시작해야 했다.

햇볕을 쬐러 가지로 가거나 가지를 타고 나무 위로 오르는 것은 언제든 할 수 있었다. 하지만 둥지 아래쪽의 나무줄기는 매끈매끈하게 껍질이 벗겨져 있어 올라가기가 무척 어렵고 힘들었다. 새끼들 중에 누구라도 아래쪽으로 내려가려고 하는 녀석이 있으면 어미가 당장 그만두라고 화난 목소리로 날카롭게 명령했다.

웨이앗차는(어미는 녀석을 다른 새끼들과 마찬가지로 "위르"라고 불렀다. 하지만 녀석을 부를 때는 그 소리가 다른 새끼들을 부를 때보다 좀더 강했다.) 벌써 어미에게 꾸중을 두세 번이나 들었다. 하지만 그럴수록 내려가고 싶은 마음은 더욱 더 커졌다.

그러다 어미가 굴 안에 있을 때를 틈타 녀석은 햇볕 쬐는 가지의 밑으로 쭈루룩 내려갔다. 그 가지가 나 있는 데까지는 그래도 까칠까칠한 껍질이 있었지만 그 밑쪽은 껍질이 없어 매끈매끈했다. 게다가 나무 몸통의 두께는 웨이앗차가 양손을 가득 벌린 폭의 스무 배나 되었다. 그래도 녀석은 내려갔다. 손에 닿는 것은 뭐든지 잡으려고 해 봤지만 소용없었다. 자꾸자꾸 미끄러지더니 결국 아래쪽의 깊은 물 속에 풍덩하고 빠져 버렸다.

다른 새끼들이 갑자기 헐떡대는 소리를 지르자 깜짝 놀란 어미 너구리가 개울로 첨벙 뛰어들었다. 어미는 녀석을 구하려고 급히 서둘렀지만 녀석은 물살에 밀려 모래톱 쪽으로 떠밀려 갔다. 녀석은 잠시 허둥대다 모래톱으로 기어 나왔다. 다친 곳은 없었다. 녀석은 집으로 돌아오기 시작했다. 녀석이 둥지가 있는 나무 위로 오르고 있을 때, 어미가 반쯤 내려왔다. 하지만 녀석을 보자 어미는 다시 다른 새끼들이 일렬로 늘어서서 진지하게 보고 있는 가지 위로 되돌아왔다.

웨이앗차는 껍질이 벗겨져 매끄러운 지점까지 용감하게 올라갔다. 하지만 더 이상은 올라갈 수 없었다. 녀석은 절망해서 애처롭게 낑낑거렸다. 어미는 구멍으로 돌아갔다가 녀석의 소리를 듣고 다시 나와 아래로 내려와서 다소 거칠게 녀석의 목을 잡아 앞다리 사이에 끼고 매끄러운 줄기의 반대쪽으로 돌아갔다. 그곳에는 발톱을 걸 수 있는 틈이 두 군데 있었다. 어미는 녀석을 그곳에 붙여 놓고 떨어지지 않도록 아래쪽에서 받쳐 주며 다 올라갈 때까지 엉덩이를 두들겨 주었다.

너구리 학교

두 주쯤 지나자 어미 너구리는 이제 새끼들을 나무 아래 더 넓은 세상으로 데리고 갈 때가 되었다고 생각하고 보름달이 뜨기를 기다렸다. 어른 너구리라면 칠흑 같은 밤에도 나다닐 수 있지만, 아직 새끼들은 어느 정도 빛이 필요하다. 특히 이제 막 훈련을 시작한 어린 새끼들에게는 더욱 그렇다. 아비 너구리가 먼저 나무에서 내려왔다. 혹시 적이 근처에 있는지 알아보기 위해서였다. 새끼들은 매끄러운 나무줄기를 따라 내려가는 기술을 배웠다. 매끄러운 줄기를 안전하게 오르내릴 수 있는 곳은 단 한 곳밖에는 없었다. 그곳은 틈이 두 군데 있어서 발톱을 제대로 걸 수 있었다. 어미가 먼저 시범을 보이고 새끼들은 따라서 했다.

새끼들에게는 모든 것이 새롭고 놀라웠다. 녀석들은 뭐든지 다 냄새를 맡고 잡아 보았다. 돌, 통나무, 풀, 땅, 진흙. 그 중에서도 가장 신기한 것은 물이었다. 물은 투명하고 잡을 수도 없었기 때문에 새끼들은 어리둥절했다. 하지만 웨이앗차는 알고 있었다. 아니 적어도 알고 있다고 생각했다.

녀석들은 기뻐서 어쩔 줄 몰라하며, 통나무 위에서 서로를 쫓기도 하고 작은 구멍 안으로 밀쳐 넣기도 했지만, 어미가 새끼들을 데리고 나온 데는 좀더 중요한 목적이 있었다. 녀석들은 살아가는 데 필요한 기술을 배우는 첫 수업을 받아야 했던 것이다. 어미는 직접 시범을 보였다.

너구리가 먹이를 먹는 모습을 본 적이 있는가? 너구리는 먹이를 먹을 때 연못가에 서서 양손을 물에 넣은 후 날렵하고 예민한 손가락으로 진흙을 더듬어 개구리나 물고기, 게 따위를 잡는다. 그러면서 너구리는 앞뒤 좌우를 힐끔힐끔 쳐다보며 좀더 나은 자리는 없는지 적이 오지는 않는지 연신 살핀다. 어미가 이런 동작을 직접 해 보이면 새끼들은 잘 지켜보았다. 하지만 녀석들은 주위를 살피는 동작보다는 먹이감을 잡는 동작에 더 흥미를 보였다.

더 자세히 보기 위해 녀석들이 어미 주위로 몰려와 물가에 일렬로 섰다. 그러다 녀석들이 어미가 하는 행동을 그대로 따라했다. 그것은 자연스러운 일이었다. 손가락 사이를 미끈미끈 빠져나가는 진흙의 감촉은 정말로 신기했다. 그러다가 뿌리같이 느껴지는 것에 손가락이 닿았다. 마치 끈 같은 것이었다. 그러다 부드러운 둥근 뿌리 같은 것이 꿈틀거리는 감촉이 느껴졌다. 어찌나 소름이 끼치던지! 새끼들은 그것이 바로 사냥감이라는 것을 알아차리고는 자신들이 여기 온 목적이 바로 그것을 잡기 위해서라는 것을 깨달았다. 이윽고 웨이앗차가 사냥감을 잡았다. 올챙이였다. 녀석은 어미가 아무것도 말해 주지 않았는데도 입으로 집어넣었다. 순간 입안이 진흙과 모래로 가득 찼다. 녀석은 진흙도 올챙이도 전부 다 토해냈다. 어미는 팔딱거리는 올챙이의 은색 배를 잡아 조심스럽게 깨끗한 물에 씻은 후 웨이앗차에게 먹으라고

건네 주었다. 어떻게 해야 하는지를 이제 녀석도 알게 되었다. 너구리의 식사법을 알게 된 녀석은 그 다음부터는 사냥감을 반드시 공손하게 씻은 후에야 입에 넣었다. 꼬리가 짧고 수줍음이 많은 동생은 너무 소심해서 어미 옆을 떠나는 법이 없었기 때문에 배운 것이 거의 없었다. 다른 두 동생은 쓸모라고는 하나도 없는 오래된 뼛조각 하나를 놓고 다투고 있었다. 서로 "자기가 먼저 보았다"고 주장했지만, 이긴다고 해서 별 특별한 일이 생기는 것도 아니었다.

한편 등이 회색인 새끼 하나는 저쪽에 있는 통나무까지 가서, 물 위에 비친 달을 잡으려고 애쓰고 있었다. 하지만 웨이앗차는 진흙투성이의 물가를 따라 장소를 옮겨다니면서 이리저리 눈을 번뜩이며 진흙에서 전해져 오는 느낌에 집중해 손가락 사이로 진흙을 걸러낸 후 양손으로 들어서 냄새를 맡았는데 이런 모습은 어미랑 똑같았다. 그러다가 꿈틀꿈틀하던 것이 아무짝에도 쓸모없는 뿌리라는 것을 알게 되면 투덜대며 손에서 털어냈는데, 그런 모습은 아비 너구리와 똑같았다. 웨이앗차에게는 이 모든 것이 다 재미있었다. 손가락을 꼼지락꼼지락 하다가 드디어 뭔가 미끌미끌하고 꿈틀거리는 것을 잡았다. 진흙 속에 숨어 있던 개구리였다. 등에

난 털이 죄다 일어설 정도로 오싹한 기쁨을 느낀 웨이앗차는 너구리 식으로 승리의 외침을 내질렀다. 그것은 그르렁거리는 소리와 콧김을 내뿜는 소리가 한데 뒤섞인 것이었다. 멋진 승리의 순간이었지만, 웨이앗차는 처음의 교훈을 잊지 않고 진수성찬을 먹기 전에 물에 깨끗이 씻었다.

물에서 사냥하는 것은 엄청나게 재미있는 일이었다. 너무나 재미있어서 아무리 해도 질리지 않을 정도였다. 그런데 바로 그때 아비 너구리가 갑작스럽게 소리를 내자 모든 것이 순식간에 바뀌었다. 아비 너구리가 어미 너구리에게 뭔가 신호를 보낸 것이다. 아비는 "푸프" 하는 소리를 내뱉은 후, 굵직한 소리로 그르렁거렸다. 어미 너구리는 그 소리가 무엇을 뜻하는지 잘 알고 있었다. 어미도 낮게 그르렁거리는 소리를 내서 새끼들을 불러모았다. 새끼들은 무슨 일이 벌어지고 있는지 몰랐지만, 본능적으로 어떤 경계심이 생겨났다. 그리고 일이 분쯤 후 평소대로 털북숭이 새끼 너구리들은 커다란 단풍나무 위로 일렬로 올라갔다. 나무에 난 두 개의 틈을 따라 차례차례 올라간 후 편안한 잠자리에 쏙 틀어박혔다.

강 하류 저쪽에서 요란한 소리가 들려왔다. 분명 뭔가 무시무시한 동물이 짖고 있는 소리였다. 어미는 구멍 입구에서 그 소리를 귀기울여 들었다. 곧 아비 너구리가 물에 약간 젖은 상태로 나무줄기를 타고 올라왔다. 적을 따돌리는 발자국을 내고 나서 강을 헤엄쳤기 때문이다. 그런 다음 울타리 위를 따라 난 새로운 길을 이용해 집으로 온 것이다. 그래서 발자국은 어디에도 남지 않았고 덕분에 무시무시한 사냥개들이 짖는 소리는 숲 속 멀리 사라졌다.

그날 밤 웨이앗차는 여러 가지 경험을 했다. 달밤에 사냥을 한 일, 어미 너구리가 한순간도 방심하지 않고 보초를 선 일, 아비 너구리가 발자국을 이용해 적을 따돌리고 집으로 무사히 돌아온 일, 이 모두가 앞으로 너구리로 살아가는 데 아주 중요한 경험이었다. 하지만 웨이앗차는 그 일들에 대해서는 생각하지 않았다. 녀석이 기억하는 것은 오직 꿈틀거리고 즙이 많은 통통한 개구리를 잡았을 때의 즐거움뿐이었다. 그리고 다음 날 밤이 되자 녀석은 또 사냥을 나가고 싶어 죽을 지경이었다.

불가사의한 경고

동물들에게는 육감이란 것이 있다. 그것은 위험한 일이 생길 거라는 걸 경고해 주는 어떤 것이다. 그것은 한때 인간에게도 있었다. 그것은 "사건을 예감하는 초감각" 혹은 "운명을 예측하는 능력"이라고 불렸다. 이런 감각은 새끼가 있는 어미의 경우 가장 강하다. 다음 날 밤, 웨이앗차의 어미는 뭔가 불길한 기운을 느꼈다. 그래서 원형 계단을 내려가 밖으로 나가는 일을 연기하고 햇빛이 내리쬐는 가지 위에서 사방을 주시한 채 소리에 귀를 기울이면서 보냈다. 새끼들 모두 배가 고파 시무룩해 있었다. 웨이앗차는 특히 더 못 견뎌 했다. 아비 너구리는 나무 아래로 내려갔다가 이내 다시 돌아왔다. 새끼들이 낑낑거리는데도 어미는 미동조차 하지 않았다. 어미의 귀가 강 쪽을 향해 한두 차례 쫑긋하기도 했지만 그다지 특별한 소리도 들리지 않았고 뭔가 수상한 것이 보이지도 않았다. 달이 지고, 칠흑같이 깜깜한 밤이 되자 드디어 어미가 가족을 이끌고 나무 밑으로 내려갔다. 새끼들은 모두 허기져 있었다. 그래서 새끼들은 강둑을 따라 내달려 물 속으로 첨벙첨벙 뛰어들었다. 웨이앗차는 개구리 한 마리를, 그리고 꼬리가 짧은 새끼는 올챙이 한 마리를 잡았다. 얼마 안 있어 새끼들 모두 개구리를 잡았다. 온 세상이 딱히 조심해야 할 것도 걱정해야 할 것도 없는 즐거운 사냥터처럼 보

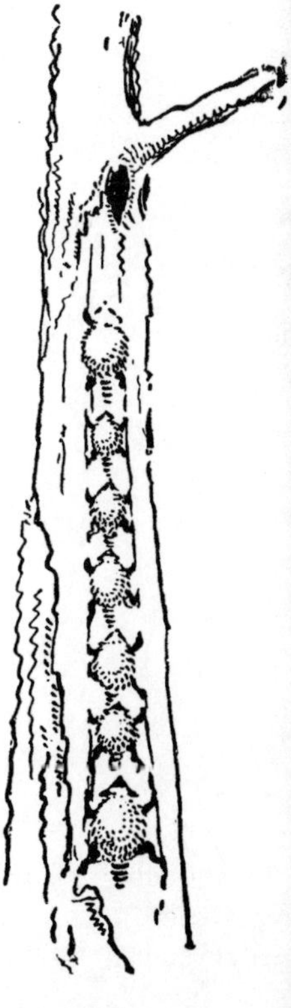

였다.

그때 모래톱 저 위에서 웨이앗차가 새로운 종류의 개구리를 발견했다. 그 개구리는 납작한 뼈 두 개가 나란히 붙어 있는 모양을 하고 있었는데 꽤 맛있는 냄새가 났다. 웨이앗차가 손을 갖다 대는 순간 뼈 두 개가 닫히면서 꽉 잡았다. 잡는 힘이 어찌나 센지 웨이앗차는 "엄마! 엄마!" 하고 큰 소리로 비명을 질렀다. 어미가 도와주려고 급히 달려왔다. 웨이앗차는 아프기도 하고 겁도 나서 이리 뛰고 저리 뛰고 난리였다. 하지만 어미는 그것이 뭔지 금방 알 수 있었다. 전에도 본 적이 있는 홍합이었다. 어미는 그 단단한 것을 입으로 물어 경첩 부위를 빠개뜨렸다. 그것으로 문제는 말끔히 해결되었다. 그러자 웨이앗차는 뾰족뾰족 날카롭게 조각난 조개 껍데기에서 살만 끄집어 내 강물에 씻은 후 우물우물 씹어 먹었다. 마치 새로운 종류의 개구리 같았다. 녀석은 매우 만족한 듯했다.

아비 너구리는 나무뿌리로 가서 자꾸만 코를 킁킁거리기도 하고 소리에 귀를 기울이고 있었다. 한편 어미 너구리는 강둑을 따라 난 발자국과 냄새를 하나하나 조사하고 다녔다. 그래서 어미는 사냥할 틈이 거의 없었다. 그러던 중 어미는 뭔가 불가사의한 예감을 강렬하게 느끼고 새끼들에게 돌아오라는 신호를 보냈다.

새끼들은 정말로 마지못해 어미 명령에 따랐다. 하지만 웨이앗차는 어미의 명령을 무시할 생각이었다. 자기 생각으로는 여기에 계속 있으면 있었지, 집으로 돌아가야 할 이유가 단 하나도 없었던 것이다. 하지만 자기 생각이 아무리 옳다고 해도 센 힘에는 당할 수가 없었다. 어미의 손 힘도 손 힘이지만. 아비가 언제 버럭 화를 낼지 알 수 없었기 때문이다. 이렇게 해서 털북숭이 공 일곱 개는 매끈매끈한 단풍나무 계단을 여느 때처럼 올라갔다.

언덕 중턱에서 붉은여우가 짖는 소리가 세 번 들려왔다. 그리고 그 큰 단풍나무에서 그다지 멀리 떨어지지 않은 곳에서 작은 참새가 큰 소리로 부르는 노랫소리도 들렸다. 어미는 멍하니 그 소리를 듣고 있었다. 그런데 곧 또 다른 소리가 들려왔다. 아주 낮은 소리였는데, 먼 곳인지 아주 희미했다.

새끼들에게는 그 소리가 들리지 않는 모양이었다. 하지만 그 소리는 어미의 털을 곤두서게 했다. 그것은 북쪽 어딘가에서 들려오는 소리였다. 바람 소리가 그런 식으로 들릴 때도 있었지만 바람 소리라고 하기에는 좀더 날카로웠다. 마치 뭔가가 나무를 때릴 때 나는 소리 같았다. 소리의 정체는 이내 밝혀졌다. 그것은 개들이 짖는 소리였다.

소리는 점점 가까워지고 커졌다. 나무들 사이로 빨간 별들이 몇 개 나타났고 곧이어 남자 몇이 개들을 데리고 모습을 드러냈다. 개들은 숲 속에 있는 모든 짐승들을 위협했다. 하류 쪽에 남아 있는 붉은여우의 새로운 발자국이 개들의 주의를 빼앗은 덕에 개들은 너구리 가족이 있는 나무 근처로는 오지 않았다. 어미는 그날 밤 자신들이 대단한 위험을 피했다는 것을 알았다.

사냥꾼들

다음 날 밤, 어미 너구리는 사방을 자세히 살펴보고 산들바람에 실려오는 냄새를 하나도 빠뜨리지 않고 맡아 보았다. 어미는 달이 보금자리 근처에 있는 나무 네 그루를 지나쳐 간 다음에야 식구들이 평소처럼 사냥에 나갈 수 있도록 허락했다. 새끼들은 어미가 평소처럼 강 하류로 갈 거라고 생각했다. 하지만 어미는 그쪽이 아니라 상류 쪽으로 갔다. 게다가 사냥을 하려고 멈추지도 않고 계속 달려가기만 했다. 마침내 그들은 강둑이 쭉 뻗어 있는 곳에 도착했다. 그곳에는 폴짝폴짝 뛰어다니는 개구리들이 지천으로 널려 있었다. 먹이를 정말로 쉽게 많이 잡을 수 있는 곳 같았다. 그런데도 어미는 계속 앞으로 달려나갔다. 그때 바람 소리 같은 큰 소리가 들려왔다. 그리고 개구리나 사향뒤쥐 같은 것이 첨벙거리며 물을 튀기면서 움직이는 소리도 들려왔다. 얼마 후, 그 소리가 들리고 있는 곳에 도착했다. 그곳은 물살이 어찌나 센지, 바위시렁을 넘어 그 옆에 있는 웅덩이까지 물보라가 튈 정도였다. 달빛을 받아 빛나는 물보라 소리가 밤의 정적을 깨고 있었던 것이다. 어미는 새끼들이 다른 짓을 하지 못하게 한 후, 잠시 동안 주위를 꼼꼼하게 둘러보았다. 잠시 후, 어미가 몸을 웅크리고 낮게 그르렁거렸다. 동시에 온몸의 털이 일제히 곤두섰다. 아비 너구리가 어미 너구리 옆으로 왔다. 새끼들은 이제 앞으로 달려나가고 싶은 생각이 싹 가셨다. 그 일대의 물 속에는 사냥감이 그득했기 때문에, 다른 사냥꾼들도 있었던 것이다. 그들은 물을 튀기면서 개구리를 잡아 진수성찬을 즐기고 있었다. 그들은 몸집이 웨이앗차의 가족과 비슷했다. 그 중에 한 마리가 몸을 돌리자 꼬리에 아홉 개의 고리 무늬가 선명하게 보였다. 너구리 종족의 깃

달빛 비치는 물가에서 하는 사냥

발이었다.

하지만 이렇게 되면 둘 중 한쪽은 상대의 영토에 무단으로 침입한 셈이었다. 어느 쪽이 이 사냥터의 주인일까? 이것은 숲에서는 항상 심각한 문제이다. 아비 너구리가 네 다리를 쫙 펴고, 털을 곤두세우고 수풀에서 나와 앞으로 물가를 따라 걸어갔다. 다른 가족이 물을 첨벙거리며 달려오는 소리가 들렸고, 새끼 세 마리가 낑낑거리면서 자기들 어미에게로 갔다. 그러자 저쪽 아비가 몸을 일으키고 털을 곤두세우고 긴장한 모습으로 웨이앗차의 아비 쪽으로 곧장 걸어왔다. 양쪽 모두 낮게 그르렁거렸다. 그것은 "이봐, 여기서 꺼지라구. 그렇지 않으면 혼내 주겠어!"란 뜻이었다. 하지만 어느 쪽도 선뜻 앞으로 나오지는 않고 그저 얼굴을 똑바로 마주 보고 있을 뿐이었다. 양쪽 모두 자기가 옳고 상대방이 잘못하고 있다고 생각했다. 그리고 또 자신의 가족을 지키고 침입자를 쫓아 버려야만 한다고 믿고 있었다. 그들이 서로 상대방을 노려보며 서 있는 동안, 새끼들은 각자의 어미 옆으로 바짝 다가가 있었다.

영토에 관한 동물의 규칙은 이렇다. 영토를 가장 먼저 발견하고, 그곳의 중요 지점에 꼬리 옆 분비선에서 나는 냄새로 표시를 해 두면 자연은 그것을 인정해 준다. 만약 양쪽이 똑같이 소유권을 주장할 때는 싸워서 더 강한 쪽이 그 땅의 소유권을 갖게 된다. 웨이앗차의 가족은 이 사냥터에 지난 몇 주 동안 오지 못했고, 그래서 그들의 분비물 냄새는 거의 씻겨 나갔다. 하지만 다른 가족은 비록 나중에 왔지만 계속해서 이 사냥터를 이용하고 있었고 분비물 표시 역시 계속해 두었다. 따라서 지금의 경우에는 양쪽 모두 그 권리가 비슷했다. 싸움 말고는 문제를 해결할 수 있는 방법이 달리 없었다.

너구리의 전투 방식은 대체로 이렇다. 잘 방비된 목이나 어깨를 상대 쪽으로 향하고 다가가서 상대의 허리 부위를 공격해 상대를 자기 위쪽으로 넘어지게 만든다. 그러면 아래쪽에 있는 너구리는 자유로운 뒷발의 발톱으로 상대의 배를 할퀼 수 있는 기회를 잡을 수 있기 때문이다. 그리고 앞발로 상대를 잡은 후, 적의 노출된 목을 이빨로 물 수도 있다.

웨이앗차의 아비가 몸을 비스듬히 한 채 한발 한발 앞으로 다가섰다. 그러자 상대가 자기보다 몸집이 크다는 것을 알아차린 영토의 현재 주인이 겁을 먹고 뒤로 물러섰다.

영토의 옛 주인이 먼저 공격을 가하자, 현재 주인이 슬쩍 피했다. 둘은 상대를 날렵하게 피하며 주위를 빙글빙글 돌았다. 전세는 서로 엇비슷하게 진행되었다. 또 다시 공격을 하다 옛 주인의 발이 미끄러졌다. 현재 주인이 그 순간을 놓치지 않고 덤벼들었다. 싸움은 계속되었다. 하지만 어느 쪽도 자기 생각대로 상대로 잡을 수가 없었다. 힘이 서로 엇비슷했기 때문이다. 밀고 당기기가 계속되었다.

그 사이 양쪽 가족은 비명을 질러대고 있었다. 얼마 안 있어 두 마리는 비틀거리며 함께 깊고 차가운 못 속으로 첨벙 빠졌다. 열기를 식히는 데는 차가운 물만한 것이 없는 법이다. 서로 떨어져 뭍으로 나온 둘은 마음이 급격하게 변했다. 싸우고 싶은 마음이 싹 사라져 버린 것이다. 이제 그들은 상대가 같은 장소에서 사냥을 해도 개의치 않기로 했다. 양쪽 모두 완전히 냉정을 되찾은 것이다.

하지만 몇 차례 낮게 그르렁거리는 것으로 보아 양쪽 모두 아직은 화가 덜 풀린 모양이었다. 그래도 너구리 가족들은 한쪽은 나무가 무성한 쪽에서, 다른 한쪽은 나무가 없는 쪽에서 서로 거리를 두고 사냥을 하기 시작했다.

이 일이 계기가 되어, 이후 두 가족은 좋은 친구가 되었다. 그 사냥터에는 두 가족 모두가 사냥을 해도 충분할 정도로

먹이가 풍족했기 때문이다. 새끼들은 배가 퉁퉁 불러올 때까지 먹이를 먹은 후, 즐거워하며 집으로 돌아와 커다랗고 매끈매끈한 나무 위로 올라갔다.

제멋대로 구는 아이

웨이앗차는 어미가 하는 여러 일에 사사건건 불만을 가지고 있었다. 녀석은 자기는 상류로 가고 싶은데, 어미가 하류로 가자고 하면 어미가 틀렸다고 생각했다. 또 저녁 식사를 하러 가다가 극히 사소한 소리 때문에 그만두는 일이 생기면 화가 났다. 또 강가에 있는 바위에서 뭔가 이상한 냄새를 맡은 어미가 그곳으로 가기를 두려워하더라도 자기 생각에 아무런 냄새도 나지 않는다면 괜찮다고 여겼다.

어느 날 밤, 너구리 가족은 여느 때처럼 저녁 사냥에 나섰다. 바람에 섞여온 냄새를 맡은 어미 너구리는 하류로 가기로 정했지만, 웨이앗차는 먹이감이 가득한 못을 떠올리고 있었다.

녀석이 뒤로 처지자 어미가 불렀다. 그런데도 녀석은 어미를 쫓아오는 시늉만 조금 할 뿐이었다. 그때 녀석의 날카로운 눈에 물가에서 뭔가가 움직이는 모습이 들어왔다. 녀석은 재빨리 물로 뛰어들어 커다랗고 맛있는 가재를 잡았다. 사냥 솜씨가 꽤 늘었던 것이다. 녀석은 가재를 물에 씻은 다음, 통째로 먹었다. 다른 쪽으로 가면서 빨리 오라고 외치는 어미의 소리는 안중에도 없었다. 녀석은 자기가 거둔 조그만 승리에 완전히 들떠 있었다. 녀석은 어미가 부르는 소리를 완전히 무시하고 원래 자기 계획대로 상류 쪽으로 방향을 돌려서 혼자 가기 시작했다.

물이 튀는 못으로 가는 도중에 녀석은 작은 먹이 한두 마리를 잡았다. 바로 그날 그곳에는 또 다른 방문자가 이미 와 있었다. 핏이라는 인디언 덫꾼이 그 못 주위에서 너구리와 사향뒤쥐의 발자국을 발견했던 것이다. 이 시기에는 털가죽이 별로 가치가 없다. 하지만 핏은 이 짐승들을 자신의 식량으로 사용하고 있었다. 핏은 진흙 속에 커다란 강철 덫을 숨겨 두었다. 그리고 그곳에서 조금 떨어진 곳에 있는 작은 막대기를 동물 기름과 사향 냄새가 배어 있는 헝겊 조각으로 문질러 두었다.

오! 소심한 어미가 무서워했던 것이 바로 그 냄새였다. 웨이앗차는 그 냄새를 빨리 조사해 보기로 했다. 녀석은 그 옆으로 다가가서 킁킁거리며 냄새를 맡아 보았다. 녀석은 여기저기를 힐끔거리면서 평소의 습관처럼 진흙 속에 손을 넣었다. 순간 철컥 하는 소리가 나며 뭔가가 손을 물었다. 녀석의 한쪽 손이 무시무시한 강철 덫에 물린 것이다. 녀석은 이제 꼼짝달싹도 못하는 처지에 놓였다.

웨이앗차는 그제야 어미를 떠올렸다. 그리고는 길게 늘어지는 울음소리를 냈다. 그것은 동족을 부르는 소리였지만 지금 어미는 너무 멀리 떨어져 있었다. 어미가 너무 멀리 있다는 사실을 깨닫고 녀석은 전에 홍합에게 물렸던 일을 기억해냈다. 하지만 아무리 잡아당기고 깨물어 봐도 소용이 없었다. 상대는 녀석의 손을 꽉 물고 있었고 게다가 심하게 비틀린 뿌리 같은 것에 매달려 있었다. 녀석은 그곳에서 움직일 수 없었다. 밤새도록 울부짖고 낑낑거리고 애를 써 보았지만 헛일이었다. 동이 틀 무렵이 되자 몸은 녹초가 되고 목도 완전히 쉬어 버렸다. 그때 핏이 그곳에 왔다. 그는 사향뒤쥐 덫에 아기 너구리가 걸려 있는 것을 보고 놀랐다. 녀석은 추위와 공포 때문에 거의 죽어가고 있었다. 어찌나 약해져 있던지 그를 보고도 물려고 들지 않았다.

핏은 아기 너구리를 덫에서 꺼내 살아있는 채로 주머니 속

에 넣었다. 녀석을 어떻게 할지 정하지 못했기 때문이다.

집으로 돌아가는 길에 핏은 피곳의 집에 들러 자기가 잡은 것을 그 집 아이들에게 보여 주었다.

새끼 너구리는 여전히 춥고 비참한 상태였다. 아이들 중 가장 나이가 많은 여자 아이가 웨이앗차를 안아들자 녀석은 그녀의 따뜻한 품안에 바싹 달라붙었다. 아이는 녀석에게 반했다. 그녀는 아버지를 졸라 녀석을 샀다. 인디언 핏이 자기 부족의 말로 이 포로에게 이름을 지어 주었는데 그 이름이 바로 웨이앗차였다.

이렇게 해서 그 방랑자는 지금까지와는 완전히 다른 새 집에서 살게 되었다. 녀석은 이곳에서 잘 보살핌을 받았고, 이삼 일 후에는 전처럼 건강을 회복했다. 이곳에서 녀석은 너구리 남매들 대신 인간의 아이들과 놀았다. 그리고 개구리 대신 온갖 신기한 것들을 먹었다. 하지만 녀석은 진흙이나 물에 발을 담그고 첨벙거리며 노는 것을 여전히 좋아했다. 그래서 기회가 있기만 하면 그렇게 했다. 녀석은 우유나 빵을 주어도 고양이나 혹은 예의 바른 다른 동물처럼 얌전하게 먹지 않았다. 녀석은 앞발로 빵을 작게 조각내기도 했고 우유를 엎지르는 일은 다반사였다.

농장에서

그 집에는 웨이앗차가 지독하게 무서워하는 동물이 하나 있었다. 양치기 개 로이였다. 로이는 애완견이기도 했고 집 지키는 개이기도 했으며 헛간 뜰을 지키는 개이기도 했다. 처음 보았을 때 로이가 무시무시하게 으르렁거리자 웨이앗차도 작게 그르렁거렸다. 둘 다 어깨에 난 털을 곤두세우고 서로 심한 적의를 보였다. 서로 냄새를 맡는 것만으로도 상대가 먼 옛날부터 전투를 벌여왔던 적이라는 것을 본능적으로 알아차린 것이다. 피곳의 아이들은 로이와 웨이앗차가 싸움을 하지 않도록 각자의 영역을 정해 주어야 했다. 하지만 어쨌든 평화는 유지되었다. 얼마 안 있어 로이는 웨이앗차가 옆에 와도 관용을 보였고, 무척 좋아하게 되었다. 그리고 두 주쯤 지나자 웨이앗차는 로이의 폭신폭신한 품에서 낮잠을 자게 되었다. 그러면 로이는 다리로 녀석의 몸을 꼭 감싸 주었다.

웨이앗차는 점점 힘이 세지면서 지독한 장난꾸러기가 되었다. 녀석은 반은 원숭이, 반은 새끼 고양이처럼 굴었다.

언제나 까불고 돌아다니며 귀여움받는 것을 좋아했다. 그리고 항상 허기져 있어서 어디에 가면 맛있는 것이 있는지를 금방 배웠다. 아이들은 녀석에게 주려고 먹을 것을 주머니 속에 넣어 두곤 했다. 그런 사실을 잘 알고 있는 녀석은, 낯선 사람이 집에 오면 손님의 다리 위로 기어올라가 뭔가 먹을 것이 있나 하고 모든 주머니를 진지하게 살펴보았다.

웨이앗차의 모습이 한동안 보이지 않으면 대개 뭔가 수상한 일이 벌어진 것이었다. 어느 날 피곳 부인이 여름에 만들어둔 식료품을 저장해 두는 창고에 갔을 때, 웨이앗차가 웅석 섞인 소리를 내면서 말도 못할 정도로 바쁘게 뭔가를 하고 있었다. 녀석은 눈에 자두 잼을 처덕처덕 바른 채 마치 대야에 든 빨래를 빠는 것처럼 잼 단지에 양손을 푹 집어넣고 뭔가를 찾고 있었다. 도대체 무엇을 찾고 있었던 것일까? 녀석은 더 이상 먹을 수 없을 정도로 이미 배불리 먹은 상태였다. 그런데 예전에 숲에서 생활하던 기억이 되살아나 단지 속을 손으로 휘저어 자두 씨를 꺼내 하나씩 조사한 다음 바닥에 내던지고 있었다. 바닥은 자두 씨로 엉망이 되었고 선반 위에는 잼이 덕지덕지 묻어 있었다. 녀석은 반짝이는 눈과 얼굴을 빼고는 온통 잼투성이여서 알아볼 수 없을 정도였다. 그런데도 녀석은 응석을 부리며 선반에서 어기적어기적 바닥으로 내려와 피곳 부인의 치마를 붙잡고 올라오려고 했다. 자신을 따뜻하게 환영해 줄 줄 알았던 것이다. 아뿔싸! 녀석이 얼마나 실망했던지!

어느 날 피곳이 달걀 열세 개를 암탉에게 품게 했다. 그런데 그 다음 날 웨이앗차가 보이지 않았다. 집안 사람들이 녀석의 이름을 부르며 여기저기 찾아 나섰다. 그때 닭장에서 희미한 소리가 들려왔다. 자기를 부를 때 녀석이 대답하는 소리였다. 닭장 문을 열자 웨이앗차가 암탉의 둥지 위에 배가 탱탱한 채 대자로 누워 있는 모습이 보였다. 바닥에 어질러져 있는 달걀 열세 개의 잔해로 보아 이 기절초풍할 사건의 범인이 녀석임은 분명했다. 로이는 닭장을 지키는 임무를 잘 수행해 왔다. 여우도 너구리도 또 숲 속의 어떤 짐승이건 로이가 지키고 있는 한 아무도 닭장으로는 들어갈 수 없었다. 그런데 아뿔사! 애정과 책임감이 서로 충돌한 것이다. 그 사이에서 당황한 결과 본의 아니게 위대한 어떤 인물의 말에 따른 것이다. "의심스러운 경우에는 친절하게 대하라"는 말이었다.

아이들이 웨이앗차를 무척 귀여워했기 때문에 피곳은 녀

석의 못된 짓을 오랫동안 참아왔다. 그러던 어느 날 마침내 분노가 폭발해 버렸다. 그날 집에 홀로 남아 있던 웨이앗차가 잉크병을 발견했다. 녀석은 코르크 마개를 뽑다가 잉크를 조금 흘렸다. 녀석은 평소처럼 앙손으로 휘저어 보았다. 그리고는 처음 보는 재미있는 일을 발견했다. 잉크가 묻은 발을 누르면 어디든 잉크 자국이 생기는 것이었다. 처음에는 탁자 위에 발자국을 만들었다. 그리고 아이들의 교과서에 찍으면 더 또렷한 발자국이 생긴다는 것도 알아냈다. 책 안과 밖을 온통 발자국투성이로 만들었다. 그러다 발에 잉크를 다시 묻혀서 장난을 하면 더 재미있다는 것을 알았다. 이번에는 벽지에도 발자국을 찍고 싶어졌다. 이어서 창문 커튼, 여자 아이들의 옷에 발자국을 찍었다. 마침 침실 문이 열려 있었기 때문에 그 안으로 들어가 침대 위에도 기어올라갔다. 녀석은 신이 나서 침대 위를 뛰어다녔다. 눈처럼 하얀 침대보가 작은 발자국들로 채워지는 것은 꽤 근사한 일이었다. 혼자 있던 몇 시간 동안 녀석은 잉크를 모조리 다 썼다. 아이들이 학교에서 돌아왔을 때는 마치 수백 마리의 너구리가 뛰어다니기라도 한 것처럼 집안에 온통 검은 발도장이 찍혀 있었다. 피곳 부인은 자신의 자랑거리인 멋진 침대가 발자국투

성이로 변한 것을 보고 딱하게도 울음을 터뜨렸다. 하지만 녀석이 여느 때처럼 귀엽게 달려와 잉크투성이 손을 내밀며 안기려 하자 부인은 화를 낼 수가 없었다. 마치 자기가 세상에서 제일 귀여운 아기 너구리라도 되는 것처럼 "에르 에르" 하고 낑낑거리며 안겨 왔기 때문이었다.

하지만 이번 장난은 정도가 너무 지나친 것이었다. 심지어는 아이들까지도 변명해 주고 싶은 마음이 없어질 정도였다. 자기들의 옷까지 엉망이 되어 버렸기 때문이다. 웨이앗차는 집에서 나가지 않으면 안 되었다. 그래서 인디언 핏이 불려왔다. 이 남자의 생김새가 마음에 들지 않았지만, 웨이앗차에게는 선택의 여지가 없었다. 녀석은 순식간에 배낭에 넣어져 남자에게 건네졌다. 양치기 개 로이는 어쩔 줄을 몰라했다. 로이는 핏을 싫어했고 그의 개도 경멸하고 있었기 때문이다. 피곳의 식구들이 왜 이 낯선 사람에게 한 가족인 웨이앗차를 데리고 가게 했는지는 수수께끼 같은 일이었다. 로이는 잠시 동안 으르렁거리고는 그 남자의 냄새를 맡아댔다. 로이는 남자가 불룩해진 배낭을 메고 떠나는 모습을 꼬리도 흔들지 않고 지켜보았다.

사냥 수업

이제 여름도 끝나가고 "사냥의 달"이 코앞에 다가와 있었다. 덪꾼 핏은 새로운 사냥개를 훈련시켜야 했는데 마침 이 너구리를 가지고 훈련을 시키면 딱 좋을 것 같았다. 웨이앗차로서는 핏의 사랑을 바랄 처지가 전혀 아니었다. 게다가 개에게 너구리 사냥을 훈련시키는 데는 진짜 너구리를 쫓아가 죽이게 하는 것만한 훈련법도 없었다. 웨이앗차는 사냥개의 훈련 상대로 최후를 맞이하게 된 것이다. 핏은 웨이앗차를 희생시켜 자신의 사냥개를 훈련시키기로 마음먹었다. 핏이 오두막집으로 오자 덩치 큰 잡종개 한 마리가 성큼성큼 앞으로 뛰어나왔다가 웨이앗차가 들어 있는 배낭의 냄새를 맡고는 요란하게 짖어댔다.

그 남자가 사냥개를 훈련시킨 방법은 다음과 같았다. 그는 개집으로 쓰는 작은 상자 안에 너구리를 넣어 통나무 축사에 가져다 두었다. 그곳이라면 적어도 개로부터는 생명을 지킬 수 있었다. 그리고 요란하게 짖는 개를 사슬로 묶은 후 "공격해"라고 큰 소리로 말하며 녀석이 너구리를 공격하도록 부추

졌다. 상대가 작다는 것을 안 개는 마치 사자처럼 용맹하게 앞으로 돌진했다. 하지만 쇠사슬 때문에 이내 뒤로 당겨졌다. 아직은 너구리를 "죽일" 때가 아니었던 것이다. 개는 몇 번이나 돌격을 시도했지만, 그때마다 주인이 녀석을 제지했다.

웨이앗차는 도저히 이해할 수 없었다. 똑같이 발이 둘 달린 사람인데 왜 한쪽은 그렇게 친절하고 다른 한쪽은 이렇게 적대적인 걸까? 로이는 그렇게 친절했는데, 이 누런 짐승은 왜 이렇게 고약하고 잔인하게 구는 걸까? 그 큰 개가 공격을 할 때마다, 작고 불쌍한 웨이앗차는 예전의 그 맹렬한 전의를 느끼고는 송곳니를 죄다 드러내고 놈을 향해 그르렁거렸다.

하지만 만약 개를 묶고 있는 쇠사슬이 풀린다면 웨이앗차는 금방 죽고 말 것이다. 핏은 개가 새끼 너구리를 무는 걸 딱 한 번 허용했다. 개는 너구리의 목을 물고 휘둘러댔다. 하지만 너구리에게 자연은 강하고 헐렁한 피부를 주었다. 그래서 개가 심하게 흔들어도 별로 아프지 않았다. 오히려 웨이앗차가 이빨로 개를 물어 요란한 비명을 지르게 만들었다. 그러자 핏은 개를 잡아끌어 떼어놓았다. 첫번째 수업은 이것으로 충분했다. 이제 녀석들은 서로를 증오하게 된 것이다. 개와 너구리는 앙숙이 되었다.

다음 날 그 둘에게 새로운 수업이 시작되었다. 둘 다 또 다른 것을 배웠다. 웨이앗차는 개집이 안전한 피난처가 된다는 것, 잡종개는 너구리가 물기만 하는 것이 아니라 발로 꽉 움켜잡기도 한다는 것을 알게 되었다.

셋째 날에는 세번째 수업이 있었다. 핏은 저녁이 되어 날이 좀 선선해지기를 기다렸다가 너구리를 배낭에 넣은 후 총을 집어들고 그 시끄러운 개를 불러 근처 숲으로 갔다. 가장 중요한 훈련 과정을 시작하기 위해서였다. 그것은 개에게 너구리를 쫓게 해서 너구리가 나무 위로 달아나도록 하는 것이었다.

핏이 숲에 도착해서 가장 먼저 한 일은 개를 나무에 묶는 것이었다. 왜일까? 너구리를 배려해서는 결코 아니었다. 다른 이유가 있었던 것이다. 너구리를 먼저 달아나게 해서 개의 눈에 보이지 않게 만들기 위해서였다. 그렇게 하지 않으면 개는 발자국을 보고 쫓아가는 것이 아니라 눈으로 보고 쫓아가려 들기 때문이다. 이제 사냥감을 찾기 위해서는 본능적으로 발자국을 쫓아가게 된다. 그러다 사냥감이 보이면 공격하는 것이다. 그러다 너구리가 평소처럼 나무 위로 도망가면 나무를 향해 크게 짖어 사냥꾼에게 너구리가 있다는 것을 알려 준다. 이것이 너구리 사냥개를 훈련시키는 방식이다. 또 인디언 핏의 계획이기도 했다.

핏이 개를 나무에 쇠사슬로 묶은 것은 바로 이 때문이었다. 그런 다음 배낭에 든 너구리를 개가 닿지 않는 곳에다 떨구어 놓았다. 너구리는 처음에는 당황했지만 이내 용기를 내서 주변을 살펴보다가 자기 옆에 커다란 적이 있다는 것을 알아차리고는 입을 벌리고 달려들었다. 잡종개는 조금 놀라 뒤로 달아나기는 했지만 상대를 비웃고 있었다. 개는 너구리를 향해 돌진했지만 이내 쇠사슬에 걸려 다시 뒤로 튕겨졌다. 이제 너구리는 모든 공격에서 자유로워져 마음껏 달아날 수 있었다. 녀석은 정말로 빨리 달려나갔다! 쫓기는 동물의 본능이 발동한 너구리는 나무를 뒤로 한 채 순식간에 사라져 버렸다. 너구리는 숲 속을 요리조리 뛰면서 몸을 숨길 만큼 무성한 숲으로 계속해서 달려나갔다. 지금까지 이렇게 빨리 달린 적은 한 번도 없었다.

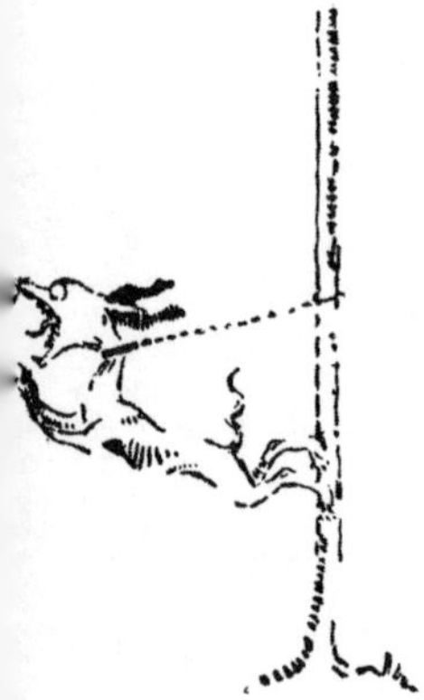

핏이 개를 풀어 주러 돌아왔다. 개가 어찌나 성을 내며 길길이 날뛰는지 쇠사슬이 너무 팽팽해져 있어서 고리를 풀기가 힘들었다. 뒤로 가라고 꾸짖었지만 개는 계속 앞으로 달려들었다. 그래서 고리를 푸는 데 번번이 실패했다. 고함을

쳐서 개를 물러나게 하면, 개는 더욱 더 미친 듯이 짖어대며 발버둥을 쳤고 그래서 고리 푸는 일이 더 힘들어졌다. 핏은 고리를 푸는 데 3분이나 공을 들여야 했다. 결국 개를 손으로 잡아 누른 다음 목걸이를 풀어 주었다. 개는 너구리가 마지막으로 보였던 장소로 순식간에 뛰어나갔다.

하지만 사냥감의 모습은 이미 어디에도 보이지 않았다. 개를 풀어 주는 데 걸린 3분이란 시간이 실로 컸던 것이다. 핏이 "공격해, 공격해"라고 명령하자 개는 주변을 뛰어다녔다. 그러다 마침내 너구리의 발자국을 찾아냈다. 개는 본능적으로 요란하게 짖어댄 후 발자국을 쫓아가기 시작했다. 개는 발을 땅에서 뗄 때마다 짖어댔다. 그러다 냄새를 잃어버리면 다시 돌아와 찾아낸 후 다시 짖고서 천천히 쫓아갔다. 너무 빨리 달리다가는 냄새를 또 잃어버릴 수가 있기 때문이었다. 핏도 개를 격려하며 함께 달렸다. 이 모든 것들은 전부 계획대로였다. 너구리는 열심히 도망가고 있겠지만 개가 금방 찾을 것이 분명했다. 너구리는 가장 오르기 쉬운 작은 나무를 올라가고 있을 것이다. 나무 아래서 짖는 소리가 저 아래쪽에서 들릴 테고 그러면 그곳으로 가서 너구리를 쏘는 것이다. 너구리가 상처를 입고 굴러 떨어지면, 개가 물어 흔들

것이다. 이런 식으로 개는 앞으로 있을 너구리 사냥에서 자신이 어떤 역할을 해야 하는지를 배우게 된다. 그후로는 주인보다도 더 사냥감을 잘 추적하게 되어 항상 사냥에 성공하게 될 것이다.

그랬다. 이것이 바로 핏의 계획이었다. 이런 방식은 전에도 잘 먹혔다. 그리고 이번에도 잘 되어 가고 있었다. 단 한 가지만 빼면 말이다. 웨이앗차는 작은 나무 위로 올라가지 않았다. 핏이 쇠사슬을 푸느라 시간을 낭비한 덕분에 너구리는 아주 멀리 도망갈 수 있었다. 그러다 개와 인간이 요란하게 따라오는 소리를 듣고 나무 위로 올라갔다. 하지만 너구리가 올라간 나무는 어린 시절 기억이 일깨워 준 가장 안전한 나무였다. 구멍이 뚫린 그 커다란 단풍나무는 어린 시절 너구리의 피난처였다. 지금 너구리는 숲에서 가장 큰 나무로 올라가고 있는 것이다.

이윽고 적들이 가까워지고 있었다. 개는 냄새를 맡으며 척척 쫓아왔다. 핏도 지지 않고 따라와 커다란 단풍나무 아래까지 왔다. "여기에요, 여기 나무 위로 놈을 몰아넣었어요!" 개가 말했다. 하지만 핏이 뭐라고 말했는지는 중요하지 않았다. 그랬다. 그는 총은 가지고 왔지만 도끼는 없었다. 너구리는 커다란 구멍 속에 안전하게 숨어 있었다. 그들에게는 너구리의 모습이 보이지 않았다. 그리고 그 나무는 사람이 올라갈 수 있는 나무도 아니었다. 밤이 되자 핏과 개는 결국 사냥을 단념하고 집으로 돌아왔다.

나무의 축복

행운이 웨이앗차의 편이 되어 주었다. 행운뿐만 아니라 어린 시절에 배운 지식들도 그를 살리는 데 한몫했다. 너구리 종족의 비밀인 그 지식은 녀석의 머리에 단단히 새겨져 있었다. 구멍이 있는 나무야말로 너구리들의 진정한 피난처이다. 가장 가까운 곳에 있는 다소 작은 나무를 보면 왠지 모르게 올라가고 싶은 마음이 들기도 하지만 그것은 함정이다. 구멍이 뚫린 커다란 나무야말로 강력한 보루이자 확실한 구원자인 것이다.

웨이앗차는 나무 위에서 휴식을 취하기는 했지만 방심하지는 않았다. 이윽고 주위가 칠흑같이 깜깜해지면서 아무 소리도 들리지 않게 되었다. 녀석은 그제야 구멍 밖으로 나와 "귀"와 "눈"으로 안전을 확인하고 나무에서 내려와 멀리멀리 계속해서 도망쳤다. 킬더 천의 넓은 습지가 나올 때까지는 먹이를 먹기 위해 쉬지도 않았다. 그곳은 녀석이 어린 시절을 보낸 곳이자 친족들의 땅이기도 했다.

몇 개월 동안 집을 비웠다 돌아온 너구리는 가족의 입장에서 보면 타향 사람처럼 보였다. 아무도 녀석의 모습을 기억하지 못했다. 아니 어쩌면 바뀌었을지도 모른다. 그리고 녀석의 지위는 이미 다른 너구리가 차지하고 있었다. 녀석이 예전의 그 웨이앗차라는 것을 알려 주는 단서는 단 하나밖에 없었다. 그것은 냄새였다. 그것이야말로 녀석이 가족이라는 증거이자 신분증명서였다. 이렇게 해서 녀석은 동료들에게 받아들여졌다.

녀석은 동료들 모두와 서로 배우고 가르치는 생활을 시작했다. 그러다 내면의 충동에 의해 무리에서 떨어져 나와 짝짓기를 했다. 자기 부모가 그랬던 것처럼 어딘가 조용한 장소를 찾았다. 그곳에는 구멍이 난 커다란 나무가 아직도 땅에 뿌리를 박고 서 있다. 그 귀중한 땅은 그 귀중함이 인간에게는 별 도움이 되지 않는다는 이유로 아름다움이 계속 유지되고 있었다. 바로 이곳에서 너구리 부부는 만물의 어머니가 이끄는 대로 새끼를 낳았다. 그리고 그들은 자신들이 배운 것보다 좀더 많은 것들을 새끼들에게 가르쳤다. 세대가 바뀌었기 때문이다. 몇 킬로미터나 계속 이어져 있던 큰 숲은 사라지고 이제는 한 줌의 숲만 남아 있다. 그것도 농부들이 말마따나 쓸모없는 땅에 쓸모없는 나무만이 남은 것이다. 그 나무들은 한때 숲의 왕이었던 짐승들에게는 더 이상 휴식처가 되지 못한다. 그러나 속이 텅 빈 나무에서 사는 검은 가면의 동물은 이곳에서 지혜를 발휘하며 잘 살아가고 있다.

녀석은 낮에는 밖으로 나오지 않는다. 그러다 밤이 되면 길을 나선다. 녀석은 울타리를 만나면 울타리 꼭대기로 다녀 자신의 발자국을 끊어 놓는다. 녀석은 숲의 옆을 흐르는 개울에 있는 먹이를 먹고 산다. 그리고 인간과 충돌하는 일은 한사코 피한다. 인간이 녀석의 길을 알고 있지 않는 한 녀석은 결코 인간에게 모습을 드러내는 일이 없다.

정오에 해가 높이 떠 있을 때는 녀석은 일광욕을 하곤 한다. 여러 가지 병을 예방하기 위해서다. 그리고 밤에 달이 잠기면 물가에서 물을 튀기며 사냥을 한다. 다음 날 그곳에는 다양한 크기의 발자국들만이 한밤의 방랑을 또렷이 보여준다.

하지만 녀석을 볼 수는 없다. 녀석은 우리보다 훨씬 주의

가 깊다. 녀석은 언제든 나무 구멍으로 몸을 숨길 준비를 하고 있다. 세상에는 사냥개들이 너무나 많기 때문이다. 로이는 빼고 말이다. 당신의 정체를 알리는 없지만 그래도 녀석은 인디언 핏 같은 사람이 많다는 것은 잘 알고 있다.

당신처럼 자연을 사랑하는 숲의 사람들은 어떻게든 너구리를 만나고 싶을 것이다! 당신이라면 저 구멍 뚫린 나무의 요정을 존경하고 존중할 것이라고 보증할 수 있을 것 같다. 나도 할 수만 있다면 당신을 녀석에게 데려다 주고 싶다.

나는 녀석을 만나려고 킬더 천 옆의 낮고 축축한 숲지대를 계속해서 조심스럽게 찾고 또 찾아 보았다. 맛있는 옥수수를 고리무늬 꼬리에게 바치는 봉헌물로 여기저기 뿌려 놓은 일도 수없이 해 보았다. 옥수수는 항상 사라진다. 하지만 녀석이 어떻게 옥수수를 가져가는지는 결코 알 수 없다. 하지만 솜씨 좋은 사람의 손처럼 생긴 녀석의 발자국은 여러 곳에서 수시로 보인다. 경첩 부분이 깨져 있는 홍합과 메기의 지느러미도 보인다. 그리고 녀석이 여전히 가까운 곳에 살고 있다는 것도 안다.

녀석은 큰 소리로 짖는 사냥개들을 아직도 우롱하고 있다.

녀석은 자기의 신성한 나무를 훔치는 후안무치의 도끼 말고는 그 어느 것도 크게 무서워하지 않는다. 만약 녀석이 친구처럼 내게 모습을 보여 준다면 나는 무엇이든 아낌없이 줄 수 있을 것 같다. 하지만 녀석은 그렇게 하려고 하지 않는다.

내가 누릴 수 있는 특권은 이것뿐이다. 아침 해가 뜰 무렵, 호수 근처를 걷다가 그곳에 점점이 나 있는 난쟁이들의 발자국을 보는 것. 깜깜한 가을 밤, 꼬리가 길게 이어지는 구슬픈 소리를 듣는 것. "휘일 일 일 일루, 휘 일 일 알 루, 휘일 알 루" 하고 우는 너구리 웨이앗차의 사랑 노래 말이다. 그 소리는 예전의 소박한 신앙을 지금도 계속 간직한 채 살아남은 예언자를 떠올리게 한다. 언젠가는 다시 자신의 시대가 올 것을 믿고 있지만 불길이 사라질 때까지 지금은 그저 숨고 기다리기만 하는….

멍청이 빌리

빌리는 지금까지 내가 보았던 강아지들 중에서 가장 멍청한 강아지였다. 녀석은 언제나 기운이 뻗쳐 맹렬한 속도로 돌아다니며 뭔가 실수를 저지르곤 했다. 아주 사소한 일에 필사적으로 온 정신을 팔았고, 주인이 잠깐 한눈이라도 팔라치면 옷이며 모자, 장화 같은 것을 물어뜯기도 했으며, 먹을 수도 없는 채소밭의 작물들을 파헤치기도 했다. 뒤뜰의 닭을 사냥감으로 오인하기도 했고, 흙투성이 길을 걸었던 발로 거실에 뛰어들기도 했다. 말에게 옆구리를 걷어차이기도, 소뿔에 받치기도 했지만, 풀이 죽거나 하는 법 없이 언제나 쾌활하고 활기에 가득 차 있었다. 이런 바보 같은 짓을 하는 그 강아지를 사람들은 "멍청이 빌리"라고 불렀다.

어느 추운 날 아침, 녀석이 가죽 장갑을 물어뜯고 있는 것을 보자 나는 화가 머리끝까지 치밀어 올랐다. 하지만 여느 때처럼 그 바보 같은 강아지가 마치 "이건 누구 손에도 맞지 않을 것 같은데요"라고 말하기라도 하듯 장갑을 물고 꼬리를 살랑살랑 흔들며 다가오면 도저히 화를 낼 수가 없었다. 당신도 녀석을 용서할 수밖에 없을 것이다. 아니 사실 용서를 하느냐 마느냐는 그다지 중요하지 않다. 왜냐하면 아이들이 녀석을 너무도 좋아했기 때문이다. 아이들은 늘 녀석의 목을 껴안고 있었다. 좀더 정확히 말하면 아이들의 손이 늘 녀석을 지켜주고 있었다.

어느 날 빌리는 어처구니없는 일을 저질렀다. 훈제 고기를 만드는 오두막 안의 파이프에 걸려 있던 자루를 끌어내려 난로 위에 뒤집어 놓는 바람에 오두막이 몽땅 타고 그 안의 말린 고기까지 전부 타 버린 것이다. 아이들의 아버지인 봅 얀시는 화가 머리끝까지 치밀었다. 겨울 동안 먹을 고기를 모두 날려 버린 것이었다. 그는 총을 꺼내서 그 멍청한 개가 앞으로는 영원히 그런 실수를 하지 못하게 하려고 마음먹었다. 그러나 예상치 않은 일이 벌어졌다. 이번에도 어린 두 아이가 녀석의 복실복실한 목을 감싸안고 있는 것이었다. 딸 앤이 자기 "강아지"를 껴안고 있으니 그가 무슨 일을 할 수 있겠는가? "빌리는 내 강아지에요! 손대지 마세요! 저리 가요. 아빠, 나빠!" 결국 이 문제는 아버지의 완패로 끝나고 말았다.

가족은 모두 멍청이 빌리를 좋아했다. 하지만 모두들 마음속으로는 녀석이 조금이라도 빨리 여느 개처럼 되어 주었으면 하고 바라고 있었다. 왜냐하면 보통의 불테리어라면 벌써 무책임한 강아지 시절에서 벗어나야 할 시기였기 때문이다. 녀석이 자라면 사냥에 데리고 다닐 예정이었는데, 아직도 철

이 들지 않은 것이다. 봅 얀시는 사냥꾼 그것도 전문 사냥꾼이었다. 그곳에는 사냥꾼이 별로 남아 있지 않았다. 그의 전문은 곰, 퓨마, 스라소니, 늑대처럼 "해로운 짐승"으로 불리는 동물들을 잡는 것이었다. 그런 짐승들의 목에는 주 정부가 내건 현상금이 붙어 있었다. 게다가 돈을 내고서라도 그를 따라 사냥에 나서려는 아마추어 사냥꾼들을 "모집"해 더 많은 돈을 벌 수도 있었다.

사냥은 대개 "추적"으로 이루어졌다. 아침에 집결한 후, 사냥개들을 풀어서 냄새를 따라가게 하고 이어서 맹렬한 추적이 뒤따랐다. 그리고 온몸이 흥분으로 떨릴 정도의 싸움으로 마감되곤 했다. 그러나 그것은 이상적인 경우에 해당했다. 그런 경우는 극히 드물었다. 산은 너무도 거칠었다. 사냥감은 모두 달아나거나, 혹은 도저히 넘을 수 없는 장애물을 넘어가서, 사냥꾼들을 따돌리고 도망치며 개들을 더 이상 쫓아오지 못하도록 흩어놓기 위해 방향을 바꾼다.

봅 얀시의 헛간에 커다란 곰덫이 걸려 있는 것도 그런 이유 때문이었다.

이 무시무시한 덫으로도 곰을 붙잡아 둘 수는 없지만, 덫에는 적당한 크기의 통나무가 하나 달려 있었고 일단 곰의 발이 덫에 물리면 통나무가 떨어지지 않고 계속 매달려 있어서 사냥꾼들은 걸어서도 사냥감을 뒤쫓을 수 있었다.

하지만 개들도 추적에는 꽤 중요한 역할을 한다. 개는 세 종류가 필요하다. 오래되어 차갑게 식은 발자국도 추적할 수 있는 예민한 코를 가진 유능한 추격견, 재빠른 사냥감을 뒤쫓을 수 있는 빠른 발을 가진 개, 그리고 머리가 좋은 싸움개들이다. 싸움개들은 물론 용감해야 하지만, 더 중요한 것은 머리가 좋아야 한다는 것이다. 왜냐하면 싸움개들은 가까이 다가가기보다는 뒤에 멀리 떨어져 있다가 상대에게 교묘한 반격을 하거나 최후의 일격을 가하는 것이 낫기 때문이다. 그래서 얀시의 사냥개들 중에는 불독뿐이 아니라 블러드하운드와 그레이하운드들도 있었다. 그러나 물론 여러 품종이 섞여 있을 경우 늘 그렇듯이 잡종개들도 생기게 마련인데, 녀석들은 자기 나름의 장점으로 변변치 않은 혈통을 상쇄하고 사회적인 인정을 받았다.

무리의 개들은 각자 두드러진 개성을 가지고 있었다. 크로커라는 작은 암컷 하운드는 아주 뛰어난 후각을 가지고 있었지만 추적할 때 짖는 소리는 한심할 정도로 작았다. 5미터만 떨어져도 벌써 들리지 않았지만, 그래도 다행히 빅벤이라는

개가 크로커를 열렬히 사랑하고 있었다. 빅벤은 크로커를 어디든 쫓아다니며 우렁차게 짖었다. 녀석은 늘 크로커의 곁에 바짝 붙어 다니며, 크로커의 가냘픈 소리를 사방 일이 킬로미터 있는 사람들이 모두 알아들을 수 있을 정도의 큰 소리로 번역해 주었다.

그리고 올드 선더란 나이 많은 개도 있었는데, 녀석은 아주 용감하고 코도 매우 예민했다. 녀석은 좋은 점이란 좋은 점은 죄다 한 몸에 가지고 있고 싸움 경험도 많은 개였다. 싸움을 하다 보면 으레 생기게 마련인 흥분을 조절할 수 있는 놀라운 현명함 덕분에 녀석은 셀 수 없을 정도로 많은 싸움에 참가하고도 살아남을 수 있었다. 지금은 이미 발도 느려지고 몸도 쇠약해졌지만 녀석은 여전히 사냥개 무리의 대장이었고 개와 사람 양쪽으로부터 존경을 받았다.

오만한 불독

불독은 사려가 깊은 개라기보다는 용기가 뛰어난 개다. 그래서 사냥개 무리에는 불독이 있어야 할 자리에 공백이 생기는 일이 종종 있었다. 전에 있던 불독도 지난번 사냥에서 죽인

회색곰의 뼈와 함께 땅에 묻혔다. 하지만 봅은 훌륭한 불독을 새로 손에 넣었다. 녀석은 다른 주의 유명한 사육가가 오랜 시간에 걸쳐 교배시켜 온 투견용 불독의 혈통을 이어받은 개인데 참으로 멋지고 모든 면에서 완벽한 개였다. 새 불독이 그곳에 도착한 일은, 그 일대 사냥꾼들 사이에서는 대사건이었다. 녀석은 아무도 실망시키지 않았다. 머리와 가슴은 커다랗고, 어깨도 늠름한데다 옆구리도 단단했다. 아래턱은 좀 작은 듯했지만 그래도 크기로 말하자면 야수로서 흠잡을 데가 없는 완벽한 개였다. 녀석은 동료 개들보다 훨씬 사나웠기 때문에, 얀시의 사냥대 사람들은 녀석이 싸움을 잘할 보배가 될 것이라고 확신하고 "무적의 터크"라는 이름을 지어 주었다.

다소 걱정은 되었지만 얀시는 그 불독을 목장에 풀어 놓았다. 녀석의 행동거지는 유쾌하지 못했다. 강아지다운 붙임성이라고는 거의 찾아볼 수 없을 정도로 늘 오만하게 행동했다. 녀석은 다른 개들보다 자기가 뛰어나다는 생각을 하고 있다는 것을 굳이 숨기지 않았다. 그리고 다른 개들도 녀석의 잘난 척을 그럴만하다고 인정하고 넘어가는 것처럼 보였다. 녀석을 두려워하는 것이 분명했다. 장차 녀석의 동료가 될 개들은 녀석을 피하며 늘 양보했다. 멍청이 빌리만이 여느 때처럼 쾌활함과 붙임성으로 녀석을 마중하러 갔다가 이내 고통스러운 비명을 지르며 자신의 꼬마 여주인 품으로 숨어들어 낑낑거렸다. 물론 이런 일은 힘이 지배하는 세계에서는 흔히 볼 수 있는 일이다. 사냥꾼들은 동료들을 얼씬도 못하게 하는 이 개를 보고 장차 큰일을 해낼 개가 될 거라고 기대했다.

목장에서 두 주를 보내는 동안, 터크는 무리에 있는 거의 모든 사냥개들과 싸움을 했다. 녀석이 상처를 입히지 못한 개는 단 한 마리뿐이었다. 올드 선더였다. 선더가 뼈다귀를 갉아먹고 있는 것을 보고, 터크가 그것을 탐내다 한두 번 서로 맞선 적이 있기는 했다. 하지만 선더는 꿈쩍도 하지 않고 자신의 이빨을 드러내 보였을 뿐이다. 선더에게는 개라면 누구나 느낄 위엄이 있었기 때문에 그때도 아무런 다툼 없이 터크는 조용히 물러났다. 이 일을 지켜본 사람들은 녀석에게도 지금까지는 보이지 않던 어떤 착한 마음이 있으리라는 기대를 갖게 되었다.

시월이 되어 산이 불타는 듯한 가을 색으로 물들고 오랫동안 좀처럼 볼 수 없었던 삑삑도요들이 저 멀리 눈 덮인 산꼭

대기의 앙상한 나뭇가지 사이로 보이기 시작하자, 늙은 릴풋 그러니까 저 악명 높은 회색곰이 애로벨 소 목장에 다시 나타나 예전처럼 닥치는 대로 미친 듯이 가축을 잡아죽이고 있다는 소식이 들려왔다. 릴풋의 목에는 커다란 현상금이 걸렸는데 보통 곰에 걸린 액수의 몇 배에 해당했다. 몇 년 동안이나 릴풋을 잡으려고 했지만 모두 실패했기 때문이다.

이 소식을 들은 봅 얀시는 사냥꾼의 본능에 불이 붙었다. 그가 유일하게 걱정하는 것은 다른 사람이 먼저 그 곰을 잡을지도 모른다는 것이었다. 봅의 사냥대는 그날 아침에 당장 의기양양하게 애로벨 목장으로 향했다. 앞서거니 뒤서거니 하며 제멋대로 굴던 개들은 사냥꾼의 명령이 떨어지자 대열을 정비했다. 존경받는 선더가 자기의 오랜 친구 미드나이트, 그러니까 석탄처럼 까만 암말의 바로 뒤에서 걷고 있었다. 그리고 그 바로 앞에는 무적의 터크가 붉게 빛나는 눈을 위로 치켜 뜨고 혹시라도 암말의 튼튼한 다리에 차이지나 않을까 간격을 유지하며 조심스럽게 따라갔다. 이번에도 빅벤은 크로커 옆에 바짝 붙어 갔고 무리의 다른 개들도 평소의 계급대로 차례로 열을 지어 갔다. 그 뒤로는 대형 강철 덫을 실은 짐말과 야영 장비들을 실은 짐말들이 따랐다. 그리고 그 뒤로는 다른 사냥꾼들과 요리사와 이 이야기의 작가인 내가 말을 타고 따랐다.

사냥 대형으로는 더할 나위가 없었다. 모든 것이 완벽하게 갖추어져 있었고, 우리는 잘 나아가고 있었다. 그때 불청객 하나가 우리들 사이로 뛰어들어왔다. 신나서 짖는 소리가 몇 차례 들리는가 싶더니 예의 그 불테리어, 그러니까 멍청이 빌리가 뛰어오고 있는 것이 보였다. 꿀벌들 사이의 풍뎅이처럼, 회의실에서 마구 날뛰는 어린 학생처럼, 녀석은 까불며 짖어댔다. 녀석은 선두로 나섰다가 다시 맨 뒤로 가기도 하고, 선더 옆으로 가서 허물없이 대하기도 하고, 토끼를 뒤쫓기도 하고, 다람쥐를 보고 짖어대기도 했다. 사실 우리가 녀석에게 바라는 것은 그냥 집에 머물러 얌전히 있는 것이었는데도 말이다.

봅은 목이 쉴 때까지 "집으로 가"라고 외쳤다. 하지만 멍청이 빌리는 마음이 상해 약간 뒤로 물러섰다가 이내 주인의 명령이 그저 "장난이지 진심이 아니라고" 제멋대로 생각하고는 전보다 훨씬 더 떠들썩하게 따라붙는 것이었다. 녀석은 터크 근처만 빼놓고는 대열의 여기저기를 아무 데나 거리낌없이 들락날락했다.

아무도 멍청이 빌리가 따라오기를 원치 않았고, 아무도 기꺼이 녀석을 데리고 가고 싶어하지 않았다. 하지만 어린 앤의 허락을 받았을 녀석을 말릴 방법은 없었다. 녀석은 사냥철의 첫 곰 사냥에 참가하는 자격을 스스로 자기에게 준 것이었다.

그날 저녁 그들은 애로벨 목장에 도착했고, 그 곰 사냥 전문가는 가장 최근에 죽은 시체를 보았다. 새끼를 한 번도 낳은 적이 없는 좋은 암소였는데 입을 댄 흔적이 없었다. 회색곰이 배를 채우러 다시 돌아올 것이 확실했다. 그렇다. 보통의 회색곰이라면 그럴 것이다. 하지만 릴풋은 아주 특별한 짐승이다. 보통 곰이라면 금방 다시 돌아오겠지만, 놈은 적어도 일 주일 동안은 돌아오지 않을 것이다. 얀시는 이 "죽은 소" 옆에 커다란 덫을 놓고, 8킬로미터쯤 떨어진 곳에도 이를 드러낸 또 다른 강철 덫을 놓았다. 그리고 나서 그들은 목장 주인의 집으로 돌아와 대접을 받았는데, 그곳에서 터크는 작은 양치기 개 한 마리를 엉망으로 만들어 놓았고, 멍청이 빌리는 커다란 우유통 속에 빠져 우유로 목욕을 하다 간신히 구조되는 소동을 일으켰다. 그 회색곰을 알고 있는 사람이라면 그날 밤 사냥꾼들에게 아무 일도 일어나지 않았고 그 다음 날도 별일 없었다는 것에 그다지 놀라지 않을 것이다. 그러나 셋째 날 아침, 놈이 자기가 전에 죽인 소의 시체가 있는 곳에 조심스럽게 다녀갔다는 것이 밝혀졌다.

그때의 긴박감을 나는 지금도 잊을 수 없다. 우리는 목장 근처에 있는 죽은 소들을 지나쳐 갔다. 손을 댄 흔적이 하나도 없었고 변한 것도 없었다. 우리는 말을 타고 10킬로미터쯤 더 가 보았다. 얼마 못 가, 우리는 뭔가 일이 벌어지고 있다는 느낌을 받았다 개들이 귀를 쫑긋 세우는 것 같아 보였고 분위기가 뭔가 심상치 않았다. 나는 아무것도 볼 수 없었지만, 백 미터쯤 더 가자 봅이 환호성을 올렸다. "이번에야말로 확실히 잡았어."

개와 말들이 모두 들썩거리기 시작했다. 터크는 벌써 자신의 차례가 온 것을 알고 무리 앞으로 나와 큰 가슴을 마치 오르간처럼 울려 소리를 냈다. 멍청이 빌리는 멋대로 짖어대면서 사방팔방 가리지 않고 주변을 뛰어다녔다.

소의 시체가 지금은 꽤 "먹기 좋게 숙성해" 있는데도 건드린 흔적이 없었다. 덫이 있던 곳에는 아무것도 없었다. 덫도 통나무도, 모두 사라졌다. 파헤쳐진 흔적이 사방에 나 있었고, 커다란 발자국도 확실하게 알아볼 수 있는 것이 없을 정

도로 잔뜩 찍혀 있었다. 하지만 조금 더 가자 우리가 그토록 찾고 싶어했던 괴물 같은 회색곰의 30센티미터짜리 발자국을 찾을 수 있었다. 오른쪽의 발자국에 툭 튀어나온 자국이 있는 것으로 보아 릴풋의 발자국이 틀림없었다.

나는 전에도 봅의 눈이 기쁨으로 빛나는 것을 본 적이 있었지만 지금은 여느 때와는 전혀 달랐다. 사냥꾼의 열기에 사로잡힌 그는 개들을 자유롭게 달리게 했다. 그는 녀석들에게 "공격해, 애들아"라고 외쳤다. "자, 애들아! 공격해!" 하지만 그렇게까지 다그칠 필요가 없을 정도로 개들은 이미 사냥의 열기에 들떠 있었다. 개들은 제각기 이리저리 원을 그리며 달렸다.

곰은 멀리 도망가지 못하고 발견되었다. 진짜 발자국을 처음으로 발견한 것은 크로커였다. 빅벤이 온 세상이 다 알도록 큰 소리로 짖었고 뒤이어 선더가 그것을 보증해 주었다. 만약 플런저가 그렇게 짖었다면 아무도 거들떠보지 않았겠지만, 선더의 소리는 모두가 알고 있었고 게다가 녀석의 판단은 틀린 적이 한 번도 없었다. 각자 따로따로 추적하던 개들이 이제 묵직하고 우렁차게 짖어대며 대장의 뒤로 떼지어 몰려들었다. 터크도 급히 쫓아왔고, 멍청이 빌리는 부족한 판단력을 만회라도 하듯이 더욱 더 큰 소리로 짖어댔다.

사냥을 하는 모든 이들을 흥분시키는 순간이었다. 아무리 교양있는 사람일지라도 이런 분위기에 빠지면, 교양은 무용지물로 변하고 급기야 사냥에 나선 야수의 본성을 드러내기 마련이다.

우리는 큰 소리로 짖어대는 개들의 안내를 받으며 계속 쫓아갔다. 말을 타고 갈 수 있는 길을 찾으려면 꽤 멀리 돌아가야 했다. 왜냐하면 그 지역은 바위투성이 협곡, 헤치고 들어갈 수 없는 덤불, 쓰러진 나무들로 가득한 곳이었기 때문이다. 게다가 몇 차례에 걸친 산불과 폭풍으로 산의 사면이 무너져 내리면서 불타 죽은 나무들이 겹겹이 쌓여 있었다. 아무튼 우리는 계속해서 나아갔고 한 시간도 못 되어, 쓰러진 나무들의 미궁 저편에서 나는 개들의 요란한 소리를 들을 수 있었다. 곰을 궁지로 몰아넣었다는 신호였다.

그때의 느낌은 그 자리에 실제로 있었던 사람이 아니라면 절대로 알 수 없다. 재빨리 말에서 내려서, 흥분한 말을 나무에 묶은 후, 총을 뽑아든 채 발소리를 죽이고 앞으로 재빨리 걸어가면서 우리는 중요한 질문들을 주고받았다. "어떤 식으로 덫에 걸렸을까요? 발가락 하나만 걸렸다면 덫이 이미 빠졌을 테고, 아니면 발에 단단히 걸린 걸까요?" "통나무를 내팽개칠 정도로 놈이 자유로울까요? 아니면 나무 사이에 끼여 옴짝달싹 못하고 있는 걸까요?"

이 나무에서 저 나무로 기어가다가 나는 "우리들 중에 어느 쪽이 무사히 살아 돌아갈 수 있을까?" 하는 생각이 갑자기 들었다. 오! 개들이 얼마나 시끄럽게 짖어대고 있는지! 무리의 모든 개들이 합창을 해대고 있는 듯했다. 개들이 크게 작게, 높게 낮게 짖어대고, 이리저리 움직이는 것은 곰이 공격하고 있다는 것을 의미했다. 곰이 아직 어느 정도는 행동의 자유가 있다는 증거였다.

봅이 말했다. "조심해요! 너무 가까이 가지 말아요! 우리가 1미터 갈 때 놈은 5미터는 갈 수 있다구요. 놈은 사람이 눈에 띄면 개들 따위는 신경도 안 써요. 싸움의 요령을 아는 거죠."

불붙은 용광로

숲에는 앞에서 설명한 소리나 기대보다 좀더 큰 흥분이 있었다. 쓰러져 있는 나무를 기어 넘어갈 때 나는 손이 떨렸다.

이제 녀석들이 싸우는 모습을 볼 수 있게 되었다는 생각을 하며 마지막 나뭇가지를 제껴올릴 때만 해도 나는 흥분으로 가득 차 있었다. 하지만 실망스러운 일이었다. 개들이 뛰어오르며 짖어대는 모습과 수풀 뒤쪽으로 갈색의 털이 보였다. 그게 다였다. 그런데 어느 순간 갑자기 덤불이 크게 흔들리면서 털북숭이 산 같은 것이 앞으로 튀어나왔다. 어마어마한 회색곰이었다. 그렇게 큰 놈일 거라고는 상상도 못했다. 놈은 자기를 성가시게 굴고 있는 개들을 공격하고 있었다. 곰이 일격을 가하자 개들이 마치 파리 떼처럼 사방으로 흩어지며 나가떨어졌다.

그러나 그때 덫에 달려 있는 통나무가 그루터기에 걸리면서 곰은 더 이상 앞으로 나갈 수 없게 되었고 그러자 개들이 주위로 몰려들었다. 이제 모든 것이 한눈에 들어왔다.

사냥의 절정이었다. 어떤 사냥개가 우수한지를 확실하게 판정할 수 있는 기회였다. 모든 쇠붙이를 시험해 볼 수 있는 불붙은 용광로였다. 올드 선더는 곰을 궁지에 몰아넣고 공격할 기회를 노리고 있었다. 그러면서도 녀석의 한쪽 눈은 언제든 후퇴할 수 있도록 안전한 퇴로를 눈여겨보고 있었다. 크로커는 이번에도 계속해서 짖는 것만으로 자신의 임무를 수행했다. 그레이하운드들이 놈의 뒤쪽에서 짖어대며 놈을 물기도 했다. 그런데 최적의 기회가 올 때까지 쓸데없이 힘을 낭비하지 않을 생각으로 뒤쪽에서 현명하게 기다리는 개가 있었다. 무적의 터크였다. 그리고 여기저기 뛰어다니며 제멋대로 미친 듯이 짖어대는 것은 멍청이 빌리였다. 빌리는 무시무시한 곰의 턱 바로 앞까지 여러 번 돌진했다. 하지만 녀석의 지칠 줄 모르는 활력 덕분에 목숨은 부지하고 있었다. 게다가 곰의 털을 한 움큼 입에 물고서 자랑스러워하기까지 했다.

회색곰 릴풋이 짧고 맹렬한 공격을 할 때마다 개들은 주위를 빙빙 돌았다. 그리고 터크는 무시무시하고 용맹스럽게 짖으면서 뒤를 지켰지만 결정적인 순간을 기다리고 있었다. 그러면서도 선더가 자리를 옮기면 녀석도 함께 자리를 옮겼다. 봅은 기뻐했다. 그것은 싸움개가 성급하지 않게 판단을 제대로 하고 있다는 것을 뜻했기 때문이다. 곰과 개들이 싸우는 소리가 요란하게 들리고 덤불이 흔들렸다. 나는 자세히 보고 싶어서 좀더 가까이 가려고 했지만 봅이 외쳤다. "뒤로 물러서요!" 그는 곰의 습성과 곰의 행동 반경 안에 들어가는 것이 얼마나 위험한지를 잘 알고 있었다. 그러나 나에게 외치는 그 소리를 듣고 곰이 봅을 향해 곧장 공격해 왔다.

봅은 지금까지 곰과 맞선 일이 꽤 있었고 게다가 지금은 총까지 들고 있었다. 하지만 작고 흔들거리는 썩은 통나무 위에 있었기 때문에 총을 쏠 기회를 잡지 못했다. 그래서 그는 좀더 잘 보이는 곳으로 이동해 총을 쏠 자세를 취했다. 그러나 좋은 자세가 나오지 않았다. 순간 아래쪽의 썩은 나무가 부러지며 무너져 내렸다. 봅은 쓰러진 통나무들 사이로 큰 대자로 나가떨어졌고 이제 곰이 더 우위에 서게 되었다. "털썩" "쿵" 덫에 달린 통나무가 주위의 나무들과 부딪혔다. 우리는 겁에 질렸다. 우리는 그를 구할 만한 힘을 가지고 있지 않았다. 누구도 감히 총을 쏠 수 없었다. 개들과 얀시가 곰과 일직선상에 있었기 때문이다.

개들이 가까이 다가섰다. 개들이 짖는 소리로 귀청이 터질 것 같았다. 녀석들은 그 거대한 곰의 털투성이 옆구리를 향해 뛰어오르기도 하고 털북숭이 뒤꿈치를 물고 끌어당기기도 하며 최선을 다했지만 소용이 없었다. 마치 오소리 위에 앉은 파리들 아니면 무너져 내린 토사에 깔린 쥐떼 같았다. 개들은 곰을 단 한 순간도 제압할 수 없었으며, 곰의 행동을 조금도 늦출 수 없었다.

덤불이 쓰러지고 작은 통나무들이 부러졌다. 놈이 달려들었고 거대한 앞발의 일격에 얀시가 으깨지는 것은 이제 시간문제였다. 누구도 도움을 줄 수 없었다. 바로 그 때, 올드 선더가 유일하게 남아있던 공격의 실마리를 찾아냈다. 그것은 목숨을 내던지는 것과 마찬가지였지만 유일한 방법이었다. 어정쩡하게 옆구리나 뒤꿈치를 노리는 공격을 모두 멈춘 후 녀석은 그 거대한 곰의 목을 향해 뛰어올랐다. 그러나 곰이 거대한 앞발로 재빠르게 일격을 가하는 바람에 선더는 바닥으로 나가떨어진 채 전신에 타박상을 입고 몸을 떨었다. 그러나 다시 일어서서 곰을 향해 달려들었다. 마치 곰의 주의력을 자신에게 쏠리게 해야 한다고 생각하는 것 같았다. 방해가 없었다면 다시 한 번 가까이 다가갔을 것이다. 그때, 지금까지 뒤에 물러나 기회를 엿보고 있던 터크가, 힘센 전사 터크, 개들의 희망이자 용기의 화신이 온 힘을 다해 앞을 향해 돌진했다. 곰 쪽으로? 아니다. 부끄럽고도 부끄러운 일이다. 그래도 진실을 말해야 할까? 가련한 선더, 다쳐서 엎어져 있으면서도 주인의 생명을 구하려고 하는 바로 그 선더 쪽이었다.

터크가 증오의 감정으로 가득 차서 문 것은 곰이 아니라 선더였다. 녀석이 기다리던 것이 바로 이것이었다. 지금이야말로 오랫동안 억압되어 있던 시기어린 울분을 터뜨릴 기회였던 것이다. 터크는 뒤에서 공격한 후 헐떡거리며 선더를 덤불 안쪽으로 잡아당겨 넘어뜨렸다. 곰은 이제 마음껏 원한을 풀 수 있게 되었다. 유일한 방해꾼이 갑자기 사라졌으니 누가 놈을 막을 것인가?

하지만 그때 곰을 둘러싸고 사납게 짖어대는 개들 속에서 하얗고 작은 개 한 마리가 날아올랐다. 괴물의 뒤꿈치 쪽이 아니었다. 옆구리도 아니고 거대한 어깨 쪽도 아니었다. 놈의 얼굴이었다. 얼굴이야말로 이처럼 위급할 때 노려야 하는 유일한 급소였다. 그 개는 괴물의 눈 위로 있는 힘껏 달려들었다. 그러자 곰은 큰 머리를 뒤로 젖히며 흔들었다. 작은 개는 마치 넝마처럼 흔들렸다. 그래도 그 개는 물고 늘어졌다. 곰이 뒷발로 일어섰고, 그러자 그 필사적인 개의 모습이 보였다. 멍청이 빌리, 그 누구도 아닌 멍청이 빌리가 온 힘을 다해 곰을 물어뜯고 있었던 것이다.

봅은 얼른 일어나서 몸을 피했다!

그 거대한 야수는 작고 하얀 개 빌리를 발로 잡았다. 마치 나무 둥치를 잡고 있는 것 같았다. 아니 마치 고양이가 자기

가 잡은 쥐를 잡고 있는 것 같았다. 놈은 난폭하게 빌리의 몸을 비틀었다. 그렇다. 그러자 놈의 살이 찢어지면서 그 살과 함께 빌리가 저 멀리 내팽개쳐졌다. 놈은 몸을 돌린 후 더 큰 적, 봅을 찾기 위해 잠시 동작을 멈추었다. 다시 개들이 뛰어올랐다. 네 방의 총소리가 울리고 귀에 거슬리는 묵직한 콧소리가 길게 이어지는가 싶더니 코끼리 같은 회색곰 릴풋의 몸이 폭풍으로 넘어진 통나무들 사이로 털썩 쓰러졌다. 그러자 터크, 저 부끄러움이라고는 털끝만큼도 없는 배반자 터크가 가슴속 깊이 승리의 함성을 지르며 죽은 야수의 엉덩이 위로 다가가 겁없이 털을 물어뜯었다. 다른 개들은 뒤에 축 늘어져 있었다. 전투는 끝난 것이다.

봅의 표정이 굳어졌다. 상황을 거의 전부 본 것이다. 나머지는 우리가 설명해 주었다. 흥분한 빌리는 몸을 떨며 꼬리를 흔들었다. 옆구리에 피가 번지고 있는데도 말이다. 봅은 애정을 담아 빌리를 맞이했다. "훌륭하구나. 곰 사냥개의 능력은 마지막에 발휘되는 법이지. 목장에 있는 것은 무엇이든지 너를 위해 쓰도록 하마. 전에는 선더가 나를 구했는데 이번에는 네가 나를 구했구나. 나는 네가 이런 일을 할 줄 꿈에도 몰랐다." 그는 터크에게 말했다.

곰을 둘러싸고 사납게 짖어대는 개들 속에서 하얗고 작은 개 한 마리가 뛰어올랐다.

"그리고 너, 너한테는 한 마디면 족해. 이리로 와." 그는 허리띠를 풀어서 터크의 목에 걸린 줄 안쪽으로 넣은 후 녀석을 한쪽으로 데리고 갔다. 나는 고개를 돌렸다. 총성이 울려 퍼졌다. 잠시 후 고개를 돌린 내 눈에는 얀시가 낙엽과 잡동사니를 발로 긁어모아 한 점 고깃덩이 위를 덮고 있는 모습이 들어왔다. 한 때는 크고 힘센 불독이었는데…. 불에서 시험을 받은 그 녀석은 이제 도움이 되지도 않고 더 이상 살 가치도 없는 불량배로 판정이 난 것이다.

승리감에 도취되어 집으로 돌아오는 일행의 맨 앞 봅의 안장에는 빌리가 타고 있었다. 오늘의 영웅인 녀석의 흰 몸은 붉은 피로 물들어 있었다. 몸은 축 늘어지고 상처를 입었지만 넘치는 활력만큼은 조금도 시들지 않았다. 아마도 녀석은 자기가 다른 이들에게 불러일으킨 감정을 완전히 이해하지 못할 것이다. 하지만 자기가 지금 영광에 찬 시간을 보내고 있으며 지금까지 아낌없이 애정을 주었던 세계가 자신에게 응답하고 있다는 것은 알고 있었을 것이다.

짐말의 등에 실린 바구니 안에 타고 있는 것은 올드 선더였다. 곰에게서 받은 상처를 회복하는 데는 몇 주의 시간이 걸렸다. 녀석은 명예롭게 은퇴했다. 사냥에 참가하기에는 나이가 많았기 때문이다.

빌리는 한 달 만에 완전히 회복되었다. 그리고 반 년 후에는 강아지 티를 벗고 훌륭한 개의 자질이 드러나기 시작했다. 마치 사자처럼 용감하게 녀석은 자신의 활력, 사랑, 강철같은 충직성을 증명한 것이었다. 사람들은 더 이상 그 개를 "멍청이"라고 부르지 않았고 "빌리, 훌륭한 일을 해낸 강아지"라고 부른다.

박쥐 이야기

나는 지금껏 날개 달린 요정에게 무한한 애정을 가져왔다. 그 애정이 어찌나 깊었던지 나는 그런 요정이 있다고 정말로 믿고 싶을 정도였다. 그러다 결국에는 실제로 있다고 나 자신에게 가르쳤다. 그리고 지금은 다른 사람들 역시 그런 기쁨을 맛보기를 바란다. 원한다면 당신도 오래된 책 몇 권을 펼쳐서 알아볼 수 있다. (새 책은 안 된다.) 그러면 거기에 날개 달린 요정이 나올 것이다. 그림 형제나 안데르센 같은 믿을 만한 사람들의 책이라면 날개 달린 요정 이야기가 반드시 실려 있을 것이라고 나는 생각한다. 날개 달린 요정은 부끄럼 많고 다리가 둘인 작은 요정이다. 녀석은 망토를 입고 있는데 양말만 신고 서면 키가 엄지손가락 정도 된다. 하지만 그런 식으로 서 있는 경우는 절대로 없다.

날개 달린 요정은 위쪽에 뾰족한 귀가 달려 있다는 것 그리고 유머 감각이 뛰어나다는 점에서 두 발 달린 다른 난쟁이들과 구별된다. 녀석은 달밤에 나무 위에서 춤을 추며 생활하는데, 다른 요정들과는 달리 인간에게 매우 우호적이다. 녀석은 동굴이나 나무 구멍에서 사는데, 낮에는 항상 몸을 숨기고 있고 또 겨울에는 지하에서 잠을 자든지 아니면 따뜻한 지방으로 슬그머니 옮겨간다. 깃털은 없지만 비행에는 놀라운 재능을 타고났다. 게다가 아무런 소리도 내지 않고 말을 할 수도 있고 마음만 먹으면 달빛 속에서도 모습을 감출 수 있다. 어린아이들이라면 그런 놀라운 능력들을 온전히 이해할 수 있을 것이다. 하지만 어른들은 결코 그런 것을 이해하지 못할 것이다.

쌍둥이

마시 산에서 동쪽으로 흐르는 작은 강에는 비버들이 살고 있었다. 비버들은 강을 따라 댐을 만들어 강물을 못에 가두어 두었다. 계곡에서 내려다보면 못들이 마치 물로 만든 계단처럼 보였다. 그 지역은 울창한 숲이 있었기 때문에 하늘이 잘생긴 자기 얼굴을 비추어 볼 수 있는 곳은 비버가 만든 못밖에 없었다.

비버는 평화로운 종족이며 강의 일꾼이다. 그들이 만든 댐은 동화에 나오는 그런 작고 수줍음 많은 짐승들이 와서 노는 유원지가 된다. 그래서 마시 산 동쪽, 비버가 사는 숲의 시원한 녹색 회랑은 늘 수많은 방문자들로 북적였다.

"장미의 달"이 소나무 옷을 입은 산을 밝게 비추고 있었다.

새끼 비버들은 꼬리로 물을 차는 법을 배우고 있었다. 그리고 나무 위에서는 새끼 새들이 지저귀는 소리가 들려왔다. 소리를 보아 하니 이제 제법 자란 모양이었다. 달빛이 잦아들자 주위는 더욱 더 고요해지고 서늘해졌다. 평화로운 기운이 숲으로 퍼져 나갔다.

마시 산의 골짜기에서는 해가 하루에 세 번 저문다. 해가 저 멀리 서쪽 비탈에 있는 높은 나무로 떨어지면 그 아래쪽 지역이 온통 부드러운 녹색 그늘에 잠긴다. 이것이 바로 첫 번째 일몰인 숲의 일몰이다. 그리고 나서 비죽비죽 솟아 있는 어머니 마시 산이 숲을 비치는 빛을 모두 가리는데, 이것이 산의 일몰이다. 마지막으로 해가 서쪽 세계의 끝으로 떨어지면 산의 정상이 한순간에 붉게 물들었다가 이내 엷은 회색으로 변해 버리는데 이것이 세계의 일몰이다. 그리고 잠시 후 주위는 칠흑처럼 깜깜해진다. 그러면 낮에 활동하는 짐승들은 잠에 빠져들고, 밤에 활동하는 숲 짐승들이 일과를 시작한다.

숲의 일몰이 울새와 풍금조에게 신호를 보내면, 녀석들은 일제히 저녁 일과를 알리는 노래를 부르기 시작한다. 산의 일몰이 밤이슬이 내릴 시간이 왔다는 통지를 보내면 마치 마

날개 달린 요정, 박쥐의 초상화

법에 걸린 것처럼 날개 달린 요정 중에서 가장 작은 종족인 박쥐들이 동굴이나 나무 구멍에서 나온다. 녀석들의 왕국은 해질녘에 활동을 시작한다. 그리고 녀석들의 무도회장은 나무 위의 높은 하늘이다.

박쥐들은 비버가 만들어 놓은 못 위로 내려온다. 녀석들은 날개를 가뿐히 놀리며 수면을 스치듯이 날아다니면서 큰 소리로 떠들썩하게 외치며 서로를 뒤쫓는다. 하지만 우리에게는 그저 끽끽 혹은 삑삑거리는 소리로만 들릴 뿐이다. 귀가 아주 예민한 사람이라면 그렇지 않을 수도 있지만.

박쥐들은 물길 위를 오르락내리락하며 놀기도 하고 노래를 부르기도 하고 사냥도 한다. 그렇다. 사냥을 하고 있는 것이다. 저녁 먹을 시간이 된 것이다. 그리고 이곳이 바로 그들이 저녁을 먹는 장소인 것이다. 그런데 이렇게 우아하게 하늘을 날면서 사냥을 하는 그들에게 딱 어울리는 저녁거리는 도대체 무엇일까? 바로 나방이다. 몸에 보풀이 많이 나 있는 나방이 팔랑팔랑 날아오면, 모기나 잠자리를 쫓던 박쥐 두세 마리가 순식간에 방향을 틀어 맹렬한 속도로 뒤쫓아가 공중에서 나방의 통통한 몸을 낚아챈다. 얼마 안 있어 나방의 날개와 잔해가 바람에 흩날리다 바닥으로 떨어진다.

박쥐가 모습을 나타내는 데는 일정한 순서가 있다. 이런 예법은 어디에 쓰여 있는 것은 아니지만 그래도 늘 지켜진다. 먹이가 있는 곳에 제일 먼저 갈 수 있도록 작은 박쥐들에게 항상 우선권을 주는 것이다.

30분쯤 지나서, 검은 얼굴의 날개 달린 요정들이 수백 마리나 찾아왔다. 지금까지 조용했던 비버의 못 위 하늘은 이제 제비가 둥지를 만들고 있는 헛간 뜰처럼 변했다.

이윽고 세번째 일몰이 찾아와서, 해가 졌다. 본격적인 밤의 장막이 동쪽에서부터 차츰차츰 주변을 감싸기 시작했다. 울새들만이 홀로 황혼 속에서 노래를 부르고 있었다. 그 때, 주황색 망토를 걸친 아름다운 붉은박쥐가 산기슭을 스치듯이 날아 내려왔다. 그리고 노래를 부르면서 저녁 하늘을 선회하며 즐겁게 춤을 추고 있는 무리에 합류했다.

잠시 후, 날개가 긴 갈색박쥐가 미끄러지듯이 무리 속으로 날아왔다. 그날 밤에 가장 늦게 나타난 박쥐였다. 그곳의 박쥐들 중에서 가장 기품이 있어 보였다. 황혼의 땅에 사는 박쥐들 중에서 가장 몸집이 크고 힘이 세고 또 보기 힘든 종류였다. 그야말로 종족의 왕이자, 날개 달린 요정의 우두머리였다. 하지만 그런 아름다움을 보지 못한 우리는 이 박쥐에게 고작 늙은이박쥐라는 이름을 붙여 주었다.

이 커다란 박쥐는 수로를 따라 오르내리며 밤나방이나 산누에나방 같은 살집이 많은 나방이나 검정풍뎅이 같은 먹잇감을 뒤쫓았다. 그리고 먹이를 잡으면 날개나 다리 부분은 떼어내고 부드러운 부분만을 공중에서 먹었다. 그때 왕실의 커다란 박쥐 한 마리가 물 위를 낮게 스치듯이 날기도 하고 한꺼번에 많은 나무 위를 건너 화살처럼 저녁 하늘로 날아올랐다. 그러면서 녀석은 매혹적으로 하늘을 오르내렸다. 다른 어떤 작은 박쥐들보다도 빨랐다.

이 멋진 비상을 반복한 박쥐는 여왕 박쥐였다. 이 여왕 박쥐는 무거운 짐을 안고 날아가는 중이었다. 밤눈이 좋지 않은 사람이 그 사실을 안다면, 놀라움에 소리를 지를 것이다. 짐은 새끼 두 마리였는데, 어미의 가슴에 착 달라붙어 있었다. 새끼들은 발육이 상당히 빨라 이제는 꽤 무게가 나갔다. 하지만 이런 박쥐의 아름다운 비상을 넋을 놓고 본 사람이 있다면 그 여왕 박쥐가 그런 무거운 짐을 지고 있을 것이라고는 생각도 못할 것이다.

여왕 박쥐는 수로를 따라 계속 내려갔다. 박쥐는 수면을 스칠듯이 날기도 하고 나무 위로 높이 날아오르기도 하면서 커다란 새가 있는 긴 강까지 날아갔다. 그런 식으로 어미 박쥐는 계속 사냥감을 잡으며 마음껏 날았다. 그것은 단풍나무에 난 구멍이었는데 어미 박쥐가 겨우 들어갈 수 있을 정도의 크기여서 담비나 매처럼 박쥐에게 해로운 큰 짐승은 결코 들어올 수 없었다.

밤의 비행

"장미의 달"인 6월이 끝나갈 무렵이 되자 새끼 박쥐들은 몰라보게 자라 있었다. 털도 완전히 났고, 어미가 녀석들을 나무 구멍에 남겨 두고 열심히 먹이를 찾아 나서야 할 정도로 몸무게도 많이 늘었다. 이제 어미 박쥐는 나방이나 유월풍뎅이 같은 벌레의 몸뚱이를 먹이로 잡아오기 시작했다. 새끼들도 이제는 딱딱한 먹이를 먹는 연습을 하고 있었기 때문이다. 어미가 저녁 사냥을 마치고 돌아오면 새끼들은 기뻐서 작게 꾸룩꾸룩 소리를 내며 문 앞까지 마중 나와 어미가 잡아온 먹이를 향해 서로 먼저 먹으려고 다퉜다.

박쥐의 식사는 하루에 두 번이다. 아니 어쩌면 매일 밤 두 번이라고 말하는 것이 맞겠다. 한 번은 어두한 저녁 무렵이고 다른 한 번은 어스름한 새벽 무렵이다. 어미가 거르지 않고 매일 두 번씩 음식을 부지런히 주었기 때문에 새끼들은 모두 눈에 띄게 자라났다. 새끼들의 성격 차이도 이제는 확실하게 드러났다. 몸집이 작은 동생은 까탈스럽고 싸우기를 좋아했다. 그리고 항상 자기 몫이 아닌 유월풍뎅이까지 탐냈는데, 그러면 어미는 조그맣게 "치르 치르" 소리를 내며 꾸짖곤 했다. 그런데도 녀석이 아랑곳하지 않으면 어미는 다른 형제의 몫을 녀석이 차지하지 못하게 했다. 그러나 몸집이 큰 형은 쉽사리 화를 내지 않았다. 온화하게 생활하는 것을 좋아했기 때문이다. 사실 어미도 시끄러운 작은 아이보다는 큰 아이의 모피를 핥거나 쓰다듬어 주는 쪽을 훨씬 좋아했다.

6월이 가고, "천둥의 달"인 7월도 반쯤 지났을 무렵, 커다란 사건이 일어났다. 새끼들은 눈이 부실 정도로 빠르게 성장하고 있었다. 어미와 몸무게가 비슷해지려면 아직은 시간이 걸리겠지만 그래도 날개 길이만큼은 어미의 4분의 3쯤이나 되었다. 지난 이삼 일 동안 쌍둥이 형제는 둥지 밖으로 나와 가지 위에 앉아 어미가 먹이를 가지고 오기를 기다렸다. 그러다 어미의 모습이 보이면 흥분해 힘차게 날개를 흔들기도 했다. 그러다 거의 몸이 떠오를 뻔한 적도 몇 번 있었다. 드디어 중요한 실험을 할 시기가 다가온 것이었다. 그리고 그날 밤, 어미는 새끼들에게 먹이를 주지 않고, 조금 떨어진 곳에서 멈췄다.

어미는 떡갈잎풍뎅이를 들고 가지에 멈춰 서 있다가, 허기진 새끼들이 다가오면 멀리 떨어졌다. 그렇게 몇 차례 반복하자 새끼들이 마침내 가지 끝까지 나왔다. 새끼들은 서로 앞을 다투며 어미 뒤를 좇았다. 그리고 드디어 맛있는 먹이를 받아먹으려 할 때 어미가 먹이를 든 채 그대로 공중으로 살짝 날아가 버렸다. 큰 새끼 박쥐가 어미 쪽에 더 가까운 곳에 있었다. 녀석은 이번에는 틀림없이 먹이를 받을 수 있다고 생각하고는 힘차게 어미 옆으로 다가왔다. 그런데 어미가 갑자기 날아가 버리는 바람에 녀석은 균형을 잃고 공중으로 떨어졌다. 녀석은 작게 비명을 지르며 본능적으로 날개를 펴고 세차게 퍼덕였다. 그때였다! 떨어지는 대신에 몸이 가볍게 앞으로 나아갔다. 자기도 모르는 사이에 하늘을 날게 된 것이다!

아직 날갯짓도 약하고 비틀거리기는 했지만 그래도 확실히 날고 있었다. 어미가 바로 옆에 와 있었다. 새끼의 날갯

짓이 약해 떨어질 것 같다는 생각이 들자 어미는 곧바로 새끼 아래로 날아와 등에 태웠다. 어미는 힘차게 날개를 치며 새끼를 데리고 둥지로 돌아왔다. 큰 새끼 박쥐의 첫 비행은 이렇게 무사히 끝났다. 하지만 둘째는 제대로 나는 데 삼 일이 더 걸렸다. 녀석은 좀처럼 날려 하지 않았다. 녀석은 어미에게 실컷 꾸중을 듣고 나서야 겨우 날았다.

이 때부터, 박쥐로서의 진정한 생활이 시작되었다. 새끼들은 매일 두 번씩 어미와 함께 숲을 지나 길고 습한 골짜기로 날아갔다. 처음에는 비버의 연못 위를 세 번 정도 날면 지쳐 버렸다. 하지만 녀석들은 이내 힘이 세졌다. 그리고 "천둥의 달"이 끝날 무렵에는 두 마리 모두 이제는 어른 박쥐와 거의 비슷할 정도로 몸도 커져서 밤마다 비행을 즐기게 되었다. 밤의 비행은 새끼들에게는 정말로 멋진 일이었다. 황혼빛의 마지막 한 줄기가 서쪽 세계에서 사라지면 어미 박쥐와 새끼 박쥐들은 둥지 입구로 기어 나왔다. 그리고 한 마리, 두 마리, 세 마리가 차례로 초저녁의 하늘로 날아갔다. 어미 박쥐와 형 박쥐 그리고 동생 박쥐였다. 그들은 날개를 붙이고 공중을 미끄러지듯이 선회하기도 하고, 훌쩍 몸을 뒤집어 공중으로 날아오르기도 하고, 날개를 활짝 펴고 힘차게 펄럭

새끼 박쥐는 풍뎅이를 잡기 위해 안간힘을 썼다.

이기도 하고 갑자기 날개를 오므리고 전속력으로 돌진하기도 했다. 얼마 안 있어 박쥐들은 심한 허기를 느끼고 먹이가 많은 곳으로 날아갔다. 살이 아주 통통하게 찐 산누에나방, 윙하는 큰소리를 내며 날아다니는 유월풍뎅이, 달콤하고 맛있는 세크로피아나방, 그리고 공중을 어지럽게 날고 있는 그 밖의 수많은 작은 사냥감이 맛있는 먹이가 되어 주었다. 어미 박쥐와 새끼 박쥐들은 공중에서 작은 나방을 한두 마리 잡아서 먹었다. 그때 살찐 유월풍뎅이가 앵하는 날개 소리를 내며 지나갔다. 쌍둥이 박쥐는 기뻐하며 서로 먼저 가려고 경쟁하며 풍뎅이의 뒤를 쫓아갔다. 어미도 옆에 쫓아왔다. 녀석들은 서로 뒤질세라 풍뎅이를 잡기 위해 안간힘을 썼다. 그런데 생각지도 못했던 일이 일어났다. 유월풍뎅이는 몸이 큰데다 온몸이 딱딱한 갑옷으로 둘러싸여 있어서 쌍둥이 박쥐들이 낚아채려고 할 때마다 피해 달아났다. 녀석들의 작은 턱으로는 아무래도 무리였던 것이다.

덥썩, 덥썩, 덥썩, 하지만 그것은 개가 아르마딜로를 물려고 하거나, 새끼 고양이가 거북이를 깨물려고 하는 것과 마찬가지의 일이었다. 유월풍뎅이는 다리를 몸에 딱 붙이고 몸 전체를 동그랗게 오므려 딱딱한 갑옷의 보호를 받고 있었다.

"덥썩" 형 박쥐가 풍뎅이의 머리를 물었다. "덥썩" 그와 동시에 동생 박쥐가 풍뎅이의 꼬리를 물었다. 두 마리는 공중에서 부딪힐 뻔했다. 하지만 풍뎅이는 아무런 상처도 입지 않고 유유히 도망쳐 버렸다. 동생 박쥐가 화풀이를 해댔다.

그러자 어미 박쥐가 다가와 박쥐의 말로 이처럼 말했다. "자, 애들아, 그런 크고 딱딱한 사냥감을 보면 이렇게 해야 한단다." 어미는 곧 유월풍뎅이의 뒤를 쫓아갔다. 하지만 이빨을 사용하지 않고 꼬리를 말아 올리고 커다란 날개를 봉투처럼 만들어 유월풍뎅이를 그 안에 낚아챘다. 그런 다음 다리를 그 안으로 넣어 유월풍뎅이의 부드러운 목을 누른 후 머리를 꽉 잡았다. 어미는 다리로 녀석을 단단히 누르고 재빨리 턱을 몇 차례 움직였다. 윙윙거리던 유월풍뎅이가 움직임을 멈추었다. 그리고 단단한 갑옷에 둘러싸여 있던 다리와 더듬이가 펄럭펄럭 나뭇잎 사이로 떨어져 내렸다. 그리고 결국 날개 뽑힌 닭처럼 풍뎅이의 몸도 먹기 좋은 고기 부분만 남았다.

새끼들을 나지막한 소리로 부르며 어미는 사냥감을 입에 문 채 위로 아래로 하늘을 날았다. 쌍둥이 박쥐들이 열심히 어미의 뒤를 쫓아갔다. 그러자 어미는 조금 높이 날아올라 사냥감을 떨어뜨려 주었다.

먼저 형이 그리고 나서 동생이 바닥으로 떨어지고 있는 먹이를 뒤쫓았다. 먹이는 직선을 그리며 떨어졌지만, 녀석들은 지그재그로 날아갔다. 녀석들은 먹이를 물려고 여러 번 시도했지만 좀처럼 잡을 수가 없었다. 이제 곧 먹이가 바닥에 떨어질 것 같았다. 그러면 아무 소용이 없게 된다. 왜냐하면 박쥐는 바닥에 떨어진 사냥감을 먹을 수 없기 때문이다. 그러나 바로 그때 어미가 힘차게 날아와 꼬리로 망을 만들어 사냥감을 멋지게 건져 올렸다.

어미는 다시 한 번 나무 위 높은 곳으로 날아올랐다. 그리고 새끼들을 불렀다. 같은 일을 또 한 번 해 볼 생각이었던 것이다. 어미가 살찐 먹이를 떨어뜨리자 새끼들은 다시 한 번 날개를 펴고 이리저리 날았다. 이윽고 동생이 기쁨의 함성을 지르는 소리가 들렸다. 먹이를 낚아채는 데 성공한 것이다. 그러나 그와 동시에 몸의 균형을 잃어버리고 말았다. 그리고 몸을 다시 바로잡으려고 하다가 그만 먹이를 떨어뜨렸다. 그때 형이 옆에서 힘차게 날아왔다. 먹이는 60센티미터 정도 떨어지다가 멋지게 건져 올려졌다. 형은 날카롭게 승리의 함성을 질렀다. 민첩한 솜씨로 먹이를 손에 넣은 기뺨이 엉겁결에 날카로운 외침으로 튀어나온 것이다. 어른 박쥐의 경우에는 꼬리의 망으로 건져 올린 사냥감은 그대로 날아가면서 공중에서 먹어 치운다. 하지만 새끼 박쥐의 경우에는 아직 그런 어려운 동작을 할 수 없다. 그래서 새끼들은 높은 나무로 날아가 앉아 있기 좋은 가지를 골라 그곳에서 먹이를 맛있게 먹었다.

동생 박쥐의 최후

"천둥의 달"은 이름값을 했다. 매일같이 밤마다 천둥과 함께 돌풍이 불었다. 사냥감을 찾으러 나갈 수 없게 된 박쥐들은 심하게 굶주렸다. 천둥으로 하늘과 나무가 심하게 진동을 하고 비가 억수로 쏟아지는 날에는 하루고 이틀이고 계속 구멍 속에서 꼼짝도 하지 않고 가만히 있을 수밖에 없기 때문이었다. 그러다가 며칠 동안 날이 개고 기온이 올라갔다. 어린 동생은 늘 불만에 가득 찬 목소리로 투덜거리며 심통을 부렸지만, 형과 어미는 아무 소리 없이 폭풍우를 견뎌냈다. 둥지는 비좁기는 했지만 그래도 안전한 피난처였다. 마침내 동생 박쥐는 더 이상 참지 못할 지경이 되었다. 두번째 식사에 해

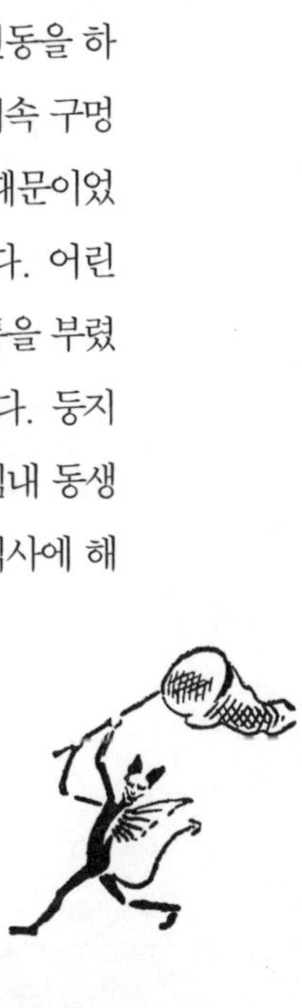

당하는 아침 사냥이 끝나자, 동쪽 하늘이 밝아 오기 시작했다. 세 마리 모두 안전한 둥지로 돌아와 몸을 웅크리고 있었다. 하지만 낮이 되어 동굴 안이 숨이 막힐 정도로 무더워지자 동생 박쥐는 굴에서 기어 나가려 했다. 나가지 말라고 어미가 경고를 했다. 그리고 형은 동생이 나가는 모습을 눈이 똥그래져서 바라보았다. 그런데도 녀석은 동굴 밖으로 나가 가까이 있는 잎이 무성한 가문비나무 가지에 거꾸로 매달렸다. 가지 아래는 그늘이 있어 시원했다.

어미가 동생 박쥐를 한두 차례 불렀지만 녀석은 더 이상은 못 참겠다는 투로 중얼거리며 대답할 뿐이었다. 햇빛이 박쥐에게는 좀 과하다 싶을 정도이긴 했지만 그래도 나뭇가지 밑이 구멍보다는 훨씬 시원하고 쾌적해서 기분이 아주 좋았다.

태양 빛이 점점 더 강렬해지면서 기온이 계속해서 올라가자 새들도 더 이상 지저귀지 않았다. 하지만 아무리 햇빛이 쨍쨍하고 더워도 항상 들리는 새 소리가 있다. 양지건 그늘이건, 낮이건 새벽이건 가리지 않고 커다랗게 지저귀는 것은 푸른어치였다. 제멋대로인데다 장난을 좋아하는 까불까불한 숲의 스파이자 고자질쟁이였다.

"제이, 제이!" 푸른어치는 비레오새의 둥지에서 갓 태어난 새끼 새 한 마리를 발견했다. 녀석은 아직 털도 제대로 나지 않는 그 새끼 새를 단숨에 집어삼켰다. 새끼 새의 부모가 "푸른어치, 이 나쁜 자식" 하며 구슬프게 울부짖었다. 또 푸른어치는 때까치가 가시에 찔러 둔 살찐 베짱이 한 마리를 발견하고는 득의양양하게 낄낄거렸다. 그것은 때까치가 먹이가 떨어졌을 때를 대비해 놓은 것이었다. 하지만 푸른어치는 그 맛있는 먹이를 재빨리 먹어 치운 후, 옆에 있는 나무로 기분 좋게 풀쩍 뛰어올랐다. 뭔가 커다란 벌레가 앵하는 날개 소리를 내고 있었기 때문이다. 푸른어치는 부리로 가볍게 톡 건드려 보았다. 그러자 화가 난 말벌이 경고를 했다.

"아니야, 아니야!" 푸른어치가 말했다. 그리고 나서 녀석은 성난 말벌을 피해 키 큰 전나무 위로 날아갔다.

그때 푸른어치의 날카로운 눈에 갈색의 뭔가가 보였다. 낙엽 아니면 나방의 누에고치처럼 보이는 것이었다.

"잡아야지, 잡아야지. 그런데 도대체 뭘까?" 푸른어치가 중얼거렸다. 그 묘한 것은 큰 가지의 아래쪽에 매달려 있었다. 푸른어치는 바로 그 위로 폴짝 뛰어올랐다. 녀석의 무게 때문에 가지가 조금 흔들리면서, 새끼 박쥐가 두 눈을 깜빡거리는 모습이 보였다. 눈이 너무 부셔서 어쩔 도리가 없었

던 것이다. 그때 푸른어치가 목을 뻗어 날카로운 부리로 박쥐의 머리를 푹 찔렀다. 새끼 박쥐는 심하게 몸을 떨며 횃대에서 떨어져 순식간에 모습을 감추었다. 그러자 푸른어치가 쉰 목소리로 "있다. 여기 있다"고 말하며 그날의 마지막 못된 짓을 하러 갔다.

이것이 동생 박쥐의 최후였다.

어미와 형은 동생 박쥐가 죽은 것을 알았지만 밖이 너무 밝고 눈부셨기 때문에 자세히 알지는 못했다. 그들이 알고 있는 것은 단지 동생이 그날 이후 모습을 보이지 않게 되었다는 것뿐이었다.

하지만 그 날 어떤 유능한 자연학자 한 사람이 송어 낚싯대를 들고 숲을 걷고 있었다. 낚시를 하기에는 너무 더운 날이었다. 이윽고 그 남자는 나무 그늘 아래 누웠다. 그때 머리 위에서 푸른어치가 우는 낯익은 소리가 들렸다. 하지만 새의 모습은 보이지 않았다. 새가 바로 머리 위 나뭇가지에 있다는 것을 그는 알지 못했다. 그러나 얼마 후 뭔가 아름다운 것이 펄럭펄럭 떨어져 내려왔다. 그것은 은색의 벨벳을 걸친 북방의 커다란 박쥐였다. 박쥐가 날갯짓을 하지 않는 것을 보고 그는 자세히 살펴보았다. 그러자 두개골이 날카로

운 도구로 뚫려 있는 게 보였다. 그렇지만 그 밖의 다른 부분은 한 군데도 손상을 입지 않아 표본을 만들기에 좋았다. 그는 그 박쥐를 영예로운 안식처로 가지고 갔다. 그는 수수께끼를 풀지는 못했지만 그것이 규칙을 어긴 결과라는 것은 알았다. 순종은 오래 사는 지름길이다.

아탈라파의 몸단장

맏아들인 아탈라파는 이제 홀로 남아 어미와 함께 생활하며 삶에 꼭 필요한 것들을 배워 나갔다. 어미는 자기 어미에게 배웠던 것들을 새끼에게 주로 실습을 통해 가르쳐 주었다. 아탈라파는 "천둥달"이 기울 무렵에 이미 어른이 다 될 정도로 빠르게 성장했을 뿐만 아니라 또래 중에 따라올 이가 없을 정도로 영리했다.

처음에 받은 교육 중에는 몸단장도 있었다. 날개 달린 요정들은 청결을 아주 중시하기 때문이다. 일을 본 다음에 녀석이 몸을 닦는 방법은 다음과 같았다. 먼저 몸의 아랫부분을 물에 적셔 털에 물방울을 묻힌다. 그리고 나서 늘 이용하는 횃대에 가서 한쪽 다리로 매달렸다가 다시 다른 쪽 다리로 매달리는데 그러면서 양쪽 날개의 모퉁이 쪽에 난 발가락처럼 생긴 것으로 모피를 빗은 후 이빨과 혀로 구석구석 마치 고양이가 몸단장을 하듯 정성껏 손질한다. 그리고 마지막으로 날개 안팎을 비벼 문지른 후 날개를 머리 위쪽으로 올려 더러운 것이 하나도 남지 않을 때까지 구석구석 핥는다. 그러고 나면 녀석의 모피는 윤기가 나고 깨끗해지며 솜털까지 제대로 정돈이 된다.

아탈라파는 요란한 소리를 내며 나는 유월풍뎅이를 잡을 때는 꼬리를 국자 모양으로 만들어 낚아채야 한다는 것도 배웠다. 그리고 몸은 작지만 맛있는 즙이 많은 하루살이나 모기를 입으로 낚아챈 다음 작은 이빨로 날개를 뜯어내는 법도 배웠다. 또 날아가면서 방향을 전혀 바꾸지 않고도 밤나방이나 흰나방을 잡아 날개를 뽑고 살을 발라먹는 법도 배웠다. 그리고 폴로피아스는 껍질이 단단하고 침이 있기 때문에 그냥 내버려두는 쪽이 낫다는 것도 알게 되었다. 만약 이 무시무시한 곤충이 푸른철빛구멍벌라는 것을 몰랐다면 어쩌면 목숨을 잃었을지도 모른다.

아탈라파는 올빼미 눈 같은 무늬가 있는 날개에 솜털이 많이 나 있는 산누에나방, 그리고 노란색이 선명한 바실로나

는 낚아채는 방법으로는 잡을 수 없고 높은 곳에서 때려서 날개를 떼어내야 한다는 것도 배웠다. 그리고 또 번개처럼 날아다니는 박각시, 제왕나방, 세크로피아나방은 잡기가 어렵지만 공중의 식당에서는 가장 맛있는 먹잇감이라는 것도 알았다.

아탈라파는 비버의 못에 커다란 연어가 튀어오를 때는 수면 가까이 내려가면 안 된다는 것도 배웠다. 또 인동 꽃이 만발한 곳에 가면 꿀과 꽃가루가 섞인 별미를 맛볼 수 있다는 것도 알게 되었다. 숲에 메아리치는 수리부엉이의 울음소리나, 새벽녘에 날카롭게 우는 쇠황조롱이의 울음소리도 알게 되었다. 아탈라파는 폭이 한쪽 날개 정도밖에는 되지 않는 좁은 틈도 날개를 건드리는 일 없이 전속력으로 빠져나갈 수 있었다. 또 오른쪽 엄지발톱으로 몸의 왼쪽에 있는 털을 빗을 수도 있었다. 얼마 안 있어 아탈라파는 아메리카쏙독새를 골려 주는 법도 익혔다. 아메리카쏙독새는 덩치만 크지 머리는 모자랐다. 아메리카쏙독새가 입을 크게 열고 살찐 바실로 나를 잡으러 쫓아가고 있는 것을 보면 아탈라파는 곧 날기 시작해 녀석이 먹으려고 하는 것을 가로채 버렸다.

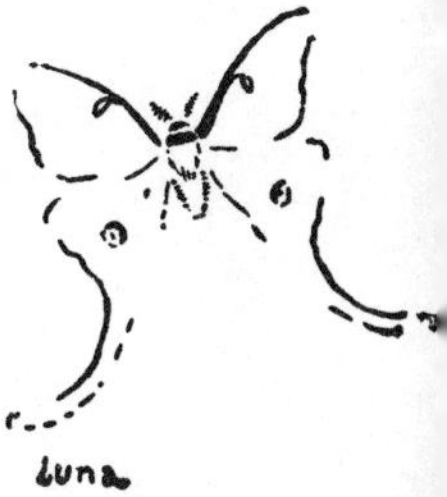

북방의 커다란 박쥐는 나는 모습이 정말 멋졌는데, 그 중

에서도 아탈라파는 정말 멋졌다. 아탈라파는 속도도 뛰어났고 힘도 굉장했다. 그리고 이런 말은 해도 될까? 녀석은 자신의 탁월한 능력을 자신한 나머지 약간은 자만스럽기까지 했다. 하지만 그것은 아탈라파가 동료들보다 훨씬 능력이 뛰어나고 어미나 동료의 신망 속에서 인생의 첫걸음을 시작했기 때문이었다. 아탈라파는 자신이 아주 중요한 존재여서 모두들 자기를 알고 있을 것이라고 생각했다. 어느 새 자기 자신에 눈을 뜬 것이다.

붉은 달

"천둥의 달"이 끝나 갈 무렵이 되자, 아탈라파는 더 이상 어미의 보호를 받을 필요가 없어졌고, 어미 역시 넓은 의미에서는 자신과는 별개의 존재라고 느끼게 되었다. 아탈라파는 몸집이 이제 어미와 비슷해졌다. 둘은 여전히 같은 둥지에 살기는 했지만 자기 마음대로 행동했고 혼자서 둥지를 나서는 일도 잦아졌다. 그리고 먹이를 사냥하는 동안에도 전혀 얼굴을 못 보는 일도 많았다.

"붉은 달"이 시작되자 또 다른 큰 변화가 생겨났다. 어미

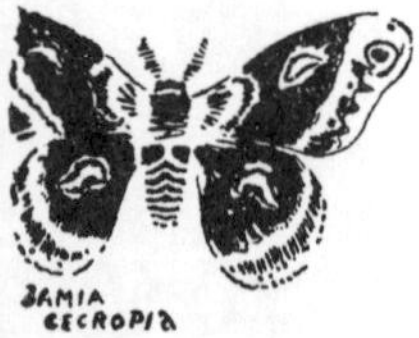
SAMIA CECROPIA

가 둥지에서 나가는 시간이 빨라진 것이다. 심지어는 숲에 그림자가 드리워지기 시작하면 그 즉시 멀리 날아가기까지 했다. 아탈라파는 어미가 어디로 가는지 알지 못했다. 어미의 귀가 시간은 늦었다. 그리고 때로는 한밤중에 나가는 일도 있었다. 그것은 박쥐의 습성에 어긋나는 일이었다. 게다가 아침 식사를 하기에는 너무 이르다 싶은 시간에 나서서 거의 해뜰 무렵이 되어서야 돌아올 때도 있었다. 그럴 때면 어미는 피곤해 보였지만 흥분한 상태였다.

어미는 어린 새끼를 기르는 무거운 짐으로부터 해방되었다. 몸은 살이 오동통하게 올랐고 모피는 벨벳보다 더 부드러웠다. 그리고 윤기 나는 갈색의 털은 끝이 은빛으로 물들어 마치 눈이 내린 듯 빛나고 있었다. 눈은 점점 더 반짝였고 예전의 홀쭉했던 뺨은 살이 도톰하게 올라 건강하고 의욕에 넘쳐 보였다. 이때 어미의 몸 안에서 뭔가 커다란 변화가 생겨나고 있었다. 그리고 그 첫번째 현상은 아들에게서 자신을 떼어놓으려고 하는 시도였다.

이런 변화가 생기고 나서 사나흘이 지났을 무렵에 또 새로운 일이 생겨났다. 아침 식사시간이 다 되어 갈 무렵이었다. 하늘에는 빛이 강한 별들만 점점이 흩어져 있을 뿐 나머지 작은 별들의 빛은 잦아들었다. 아탈라파와 어미는 아직 자고 있었다. 그때 조용하고 맑은 공기를 깨고 어디선가 낯선 소리가 어렴풋이 들려왔다. 아탈라파는 처음 듣는 소리였지만 그다지 특별한 느낌은 없었다. 하지만 그 소리는 젊은 어미 박쥐에게는 마치 마법처럼 작용했다. 어미는 구멍 입구로 기어가 떤꾸밈음으로 길고 높게 "후우우우우우" 하는 소리를 내며 밖으로 날아갔다. 아탈라파도 즉시 어미 뒤를 쫓아 날아갔다.

별이 총총한 밤이었다. 별들이 떤꾸밈음을 써서 부드럽고 길게 노래하는 것처럼 보였다. "히이 - 우우우" "히이 - 우우우!" 그 노래는 음정이 너무 높아 인간의 귀로는 들을 수 없었다. 하지만 그 부드럽고 떨리는 소리는 박쥐들의 나팔 소리가 분명했다.

소리는 사방에서 들려 왔다. 위아래로 빠르게 날던 아탈라파는 공중에 박쥐들이 그득하다는 것을 알았다. 그것도 여름내내 자신이 깔보며 함께 사냥을 하던 검은 가면의 작은 박쥐들이 아니었다. 자기와 어미처럼 북방의 큰 박쥐들이었다. 그것도 자신들보다 훨씬 몸집도 크고, 힘도 세며, 몸매도 당당한 박쥐들이었다. 분명 자신들과 같은 종류였다. 하지만 그들에 비하면 아탈라파는 아주 평범한 박쥐에 불과했다.

누구일까? 대체 어디서 온 것일까? 왜 지금까지 한 번도 들어 본 적이 없는 노래를 부르고 있는 걸까? 어찌나 아름답고 크고 강해 보이는지! 공중 회전은 또 얼마나 멋지던지! 아탈라파가 그들을 바라보고 있을 때, 박쥐 한 쌍이 급강하하는 모습이 눈에 들어왔다.

큰 쪽은 굉장히 멋진 박쥐였는데, 날개 길이가 40센티미터를 훨씬 넘었고 몸이 주황색으로 빛나는 것이 마치 불길이 바람을 가르며 타오르는 것 같았다. 그리고 작은 쪽은! 어떻게 이럴 수가! 어깨 쪽에 있는 흰 띠로 보아 잘못 보았을 리가 없었지만 그래도 아탈라파는 좀더 가까이 날아가 보았다. 그것은 분명 자신의 어미였다. 갑자기 왠지 알 수 없는 쓸쓸한 기분이 들었다. 어미 박쥐는 지금 그 크고 멋진 박쥐 옆에 꼭 붙어서 날고 있었다. 아탈라파는 어미가 왜 그렇게 날고 있는지 몰랐다. 하지만 사실은 아비 박쥐가 짝을 찾아 돌아온 것이었다.

남쪽으로의 대장정

박쥐들은 공중에서 아침 식사를 했다. 아침 해가 동쪽 하늘을 밝히기 시작하자 박쥐 무리는 태양을 피해 자신들의 집으로 돌아갔다. 새로 온 박쥐들은 대부분 자신이 전에 살던 둥지로 돌아갔다. 그리고 아내가 사는 둥지로 간 박쥐들도 있었다. 하지만 박쥐 나라의 이 대단한 신혼 여행에 자기 짝을 데리고 참석했던 박쥐들은 솔송나무 꼭대기로 떠났다. 그리고 게중에 혹 운이 좋은 박쥐들은 나무 구멍이나 바위틈을 찾아갈 수 있었다.

아탈라파는 벌써 집에 돌아와 있었다. 그리고 입구에 그림자가 드리워질 때쯤, 어미가 크고 잘생긴 짝과 함께 돌아왔다. 몸이 어찌나 건장하고, 또 털빛은 얼마나 윤기가 흐르던지! 하지만 아탈라파가 어미에게 가까이 가려고 하자 이빨을 드러내고 위협을 하는 것으로 보아, 어미와 함께 온 수컷은 아탈라파가 자기 새끼임을 모르는 모양이었다. 아탈라파는 어쩔 수 없이 둥지 한 구석으로 밀려났다.

수컷은 그 이상의 위협적인 행동은 하지 않았다. 그래도

대체 어디서 온 것일까? 아름다운 저 박쥐들은

무서웠다. 아탈라파는 자기가 왜 이런 대접을 받아야 하는지 알 수 없었다. 하지만 이 둥지가 더 이상 자기 집이 아니며, 가족의 유대에도 금이 갔다는 것만큼은 분명하게 알 수 있었다. 그래서 아탈라파는 그 둥지에 두 번 다시 오지 않았다. 대신 그는 스스로 새 둥지를 찾아 나섰다.

아탈라파는 지금껏 어미의 사랑을 받아 오던 어린아이가 갑자기 어미로부터 떨어졌을 때 느끼는 그런 슬픔을 느꼈다. 온통 자신을 위해 존재했던 세상에서 추방된 가련한 어린아이의 느낌 말이다. 이제 아탈라파는 아직 다 자라지 않은 어린 박쥐들로 구성된 풋내기 집단에나 낄 수 있었다. 고독한 독방에서 지내게 된 아탈라파는 아무런 즐거움도 느낄 수 없었다. 하지만 그에게는 그것이 새로운 삶의 시작이기도 했다. 아탈라파는 이제 자신이 그다지 중요하지 않은 존재라는 것도, 그리고 바닥에서부터 모든 것을 혼자 시작해야 한다는 것도 깨달았다. 이것은 심한 굴욕감을 안겨 주었지만 동시에 새로운 자각이기도 했다.

박쥐들의 사랑 춤은 8월의 첫 며칠 동안 최고조에 달했다. 처음의 환희는 사그라들었지만 그래도 "붉은 달" 내내 허니문이 이어졌다. 그리고 "사냥의 달"이 되자 날이 짧아지고 먹이감도 점점 줄어들었다. 박쥐들은 새로운 불안감에 사로잡혔다.

아탈라파의 부모는 장거리 여행을 나가곤 했다. 마시 산을 길게 선회하기도 하고 때로는 사이 좋은 다른 박쥐 쌍들과 함께 모여 일제히 하늘 높이 올라가 원을 그리며 돌기도 했다. 뭔가 새로운 비행에 대비해 자신들의 날개를 시험해 보고 있는 듯했다.

그리고 결정의 날이 찾아왔다. 이른 새벽이었다. 박쥐들은 이미 식사를 끝낸 상태였다. 아탈라파는 새롭게 알게 된 어린 친구들과 함께 날아다니고 있었다. 그때 "히이 우, 히이, 우우" 하는 부드러운 노랫소리가 들려 왔다. 그와 동시에 넓은 골짜기 여기저기서 날개가 긴 박쥐들이 일제히 몰려왔다. 그들은 먹구름같이 떼를 지어 산의 절벽을 돌며 모여들었다. 처음에는 하나의 떼를 지어 굉장한 속도로 날았다. 하지만 얼마 안 있어 전체가 큰 소용돌이처럼 하늘 높이 날아오르기 시작했다. 무리는 처음에는 소용돌이 구름처럼 보였지만 이내 두 개로 분리되었다. 박쥐를 잘 아는 사람이라면 높은 곳에 모여 있던 박쥐들은 전부 수컷이고 낮은 곳에 있는 쪽은 암컷들이라는 것을 알았을 것이다.

박쥐들의 울음소리가 가늘고 아름다운 음색을 울리며 퍼졌다. 그렇지만 상공의 공기가 차가웠기 때문에, 그들의 소리는 이내 사라지고 조용해졌다. 이윽고 새벽 빛이 한 줄기 번쩍이며 산을 붉게 물들이자 박쥐들은 남쪽으로 방향을 돌려 속도를 높였다.

이 무리에는 근처의 수컷이 전부 모여 있었다. 아탈라파도 수컷이었기 때문에 본능적으로 이 무리에 끼어들었다. 그 큰 무리는 기다랗게 열을 지어 일정한 속도로 하루 종일 계속 날았다. 해가 떠 있어도 배가 고파도 그들은 날고 또 날았다. 그리고 저녁이 되어 저 멀리 남쪽의 숲이 보이자 뿔뿔이 흩어져 내려가 나무에서 멈췄다. 저녁거리를 잡으러 나가기에 앞서 휴식을 취하기 위해서였다.

아탈라파의 어미와 다른 암컷 박쥐들은 마시 산에 남았다. 하지만 수컷 무리가 잘 날고 있다고 여겨지자 암컷들도 무리를 지어 날아올랐다. 이것이 북방의 커다란 박쥐들의 방식이었다.

수컷 박쥐 무리가 남쪽의 숲에 도착하고 나서 한참 있다가 암컷 박쥐의 무리가 같은 숲에 도착했다. 수컷처럼 모두들 뿔뿔이 흩어져 날아 내려왔다. 해가 지고 달이 떴는데도 계속해서 박쥐들이 따로따로 숲에 도착했다. 박쥐들 중에는 도중에 낙오해 두 번 다시 모습을 보이지 않은 녀석들도 있었다. 아탈라파는 피로를 그다지 느끼지 않고 빨리 숲에 도착한 축에 들었다. 아탈라파는 매우 큰 박쥐의 옆에서 날아왔다. 큰 박쥐라고 했지만 사실은 녀석의 아비였다. 아탈라파는 아비 박쥐 옆에 붙어 날면서 여러 가지 비행 지식을 얻었다. 경험이 많은 아비 박쥐는 기류를 타는 법을 알고 있었다. 아비 박쥐는 맞바람을 피하고 순풍을 택해 쉽게 날아갔다. 또 나는 데 방해가 되는 기류를 일으킬 수 있는 높은 산등성이는 피해 갔다. 아비 박쥐는 속도를 늦추거나 하지 않고 일정한 속도를 유지하면서 날갯짓만을 계속했다. 퍼덕, 퍼덕, 퍼덕, 아비 박쥐는 1킬로미터 1킬로미터씩 천천히 꾸준히 날았다. 덕분에 체력의 소모를 최대한 줄일 수 있었다. 이렇게 첫 장거리 여행의 하루가 저물었다. 아탈라파의 첫 여행이자 다양한 배움의 시작이었다.

이후의 여행에 대비해 충분한 휴식을 취하기 위해 박쥐들은 그곳에서 한두 밤을 보냈다. 이번에는 지금까지보다도 짧은 여행이 몇 번 계속되었다. 그곳에서는 북부에서처럼 서리가 내릴 우려가 없었기 때문이다. 그래서 때로는 밤에도 여행을 계속했다. 드디어 그들은 바다에 도착했다. 그들은 육지의 해안선을 따라 남쪽으로 날아갔다. 육지는 태양이 잠기는 서쪽에 펼쳐져 있었고 그 동쪽으로는 푸른 바다가 끝없이 계속 이어져 있었다.

이렇게 "사냥의 달"이 지나고 "낙엽의 달"이 될 무렵 박쥐 무리는 낙엽이 없는 땅에 도착했다. 그곳에서는 나뭇잎이 져서 나무가 알몸이 되는 일이 한 번도 없었다.

야자나무가 무성한 이 남쪽의 나라에서는 보랏빛 나방이나 반딧불이가 밤마다 주위를 아름답게 물들였다. 숲 속의 빈터에는 자연의 진수성찬이 널려 있었다. 아탈라파와 동료들은 제각기 흩어져서 먹이감을 찾아 나섰다. 몇몇이 서로 몰려다니기도 했지만 큰 무리를 이루지는 않았다. 왕들은 무턱대고 무리를 짓지 않는다. 그리고 왕자들도 그랬다. 그래서 커다란 박쥐가 혼자서 날아다니는 모습도 자주 눈에 띄었다.

암컷 박쥐의 무리도 남으로 남으로 여행을 계속하여, 드디어 겨울에도 따뜻하고, 먹이가 끊어지는 법이 없는 남쪽 나라에 도착했다. 그러나 그들은 수컷들과 똑같이, 자신들 마음대로 생활하고 있다. 이따금, 우연히, 야자나무 사이에서

남편을 만나고도 마치 동료 박쥐를 만난 것처럼 서로 그냥 지나치고 말았다.

북쪽으로, 다시 집으로

겨울이 없는 곳에는 멋진 봄도 없는 법이다. 혹독한 추위가 몰아치는 땅에서만이 매년 찾아오는 꿀벌과 제비꽃의 기적을 진정으로 즐길 수 있는 법이다. 불과 한 달 전만 해도 그곳에는 매서운 눈과 서리가 내리고 있었다. 하지만 야자나무가 무성하고 일 년 내내 따뜻한 땅일지라도 봄의 비밀스러운 힘은 나타났다. 눈에 보일 만큼 큰 변화는 아닐지라도 그 비밀스러운 힘은 생명이 있는 모든 것들에게 영향을 미친다. 북부 지방에서 온 노래하는 새들도 온갖 깃털 장식을 자랑하기 시작했다. 캐나다기러기와 두루미들은 자기들이 겨울의 땅에서 먹던 것과 똑같은 먹이를 먹고 똑같은 햇빛을 받고 있다고 여겼지만 몸 안에서는 어떤 변화가 생겨나고 있었다. 그와 마찬가지로 아탈라파의 가슴속에서도 눈에 보이지 않는 뭔가가 알 수 없는 노래를 끊임없이 되풀이해서 부르고 있었다. "멀리 날아가, 멀리, 하늘 높이 멀리!" 눈에 보이지 않는 바람을 맞고 초원의 풀이 일제히 한 방향으로 움직이기 시작하자 그 노랫소리는 아탈라파의 가슴속뿐만 아니라 모든 박쥐의 가슴속에서도 울렸다. 이윽고 "기러기 달"이 뜨고 풀이 녹색으로 움트는 달이 되자, 모든 박쥐들이 마치 지난 가을에 남쪽으로 날아오게 했던 것과 같은 충동에 사로잡혀 이번에는 계속해서 북쪽으로 날아가기 시작했다.

박쥐들은 서두르지도 속도를 내지도 않았다. 박쥐들은 이번에도 전처럼 무질서하게 무리 지어 날았다. 하지만 전보다는 무리의 크기가 좀더 커져 있었다. 이윽고 블루 산맥이 보였다. 그러자 파도가 하얀 포말을 일으키며 갈라지는 해안선을 따라 날고 있는 본대에서 떨어져 나와 다른 길을 택하는 박쥐들이 많이 생겨났다. 저 멀리 북서쪽에서 여름을 나는 박쥐들이었다.

아탈라파, 그리고 소나무 숲에 사는 아탈라파의 동료들은 계속해서 북쪽으로 날아갔다. 북쪽 지방에도 봄이 다시 찾아오고 있었기 때문에 박쥐들은 야간 여행 중에도 먹이를 충분히 먹을 수 있었다. 그러던 어느 날 밤, 날씨가 변하는 바람에 숨을 곳을 찾아들어가야 했다. 박쥐들은 모두 한곳에 모여 지냈다. 그럴 경우 대부분은 추위 때문에 감각이 마비되고 만다. 박쥐들은 사흘 동안이나 숨어서 지냈다. 겉으로 보기에는 죽은 것처럼 보였지만 다시 햇빛이 따뜻하게 빛나기 시작하자 기운을 회복하고 다시 모여서 북쪽으로 여행을 계속했다.

박쥐에게는 강한 귀소 본능이 있다. 가을에 남쪽으로 여행을 했을 때 이정표가 되어 주었던 강이나 산이 보일 때마다 한두 무리씩 차례로 본대에서 떨어지기 시작했다. 마침내 저 멀리 푸른 숲이 어렴풋이 보이기 시작하자 아탈라파는 "집에 다시 돌아왔다"는 기쁨에 들떴다. 하지만 기뻐하기에는 아직 일렀다. 아탈라파의 가슴속에 있는 안내자가 멈추지 말고 계속해서 더 빨리 날라고 말하는 것이었다. 물론 그 말을 꼭 들어야 할 필요는 없었다. 하지만 또 다른 충동이 생겨났다. 왜 그런지 꼭 집어서 설명할 수가 없었지만, 아무튼 아탈라파는 그 숲이 암컷들의 거처라는 느낌이 들었다. 그리고 아탈라파는 이미 늠름한 수컷이 되어 있었다.

그렇다면 어디로 가야 하는 걸까?

그 지역의 어떤 일정한 구역은 암컷 박쥐들이 새끼를 기르며 사는 곳이기 때문에 수컷이 그곳에 살아서는 안 된다는 것은 암암리에 형성된 박쥐들의 규칙이다. 그 규칙을 따르는 데는 그렇게 하는 것이 더 낫다는 것 말고는 별 다른 이유가 없었다. 수컷들은 훨씬 더 멀리 있는 높은 산지로 가서 일 년에 한 번씩 열리는 성대한 결혼식 때까지 머물러야만 했다.

그것이 바로 박쥐들의 규칙이다. 규칙을 깬다고 해서 채찍질을 당하거나 무거운 벌금을 내는 일은 없지만, 그곳에서 살려면 동족들의 따돌림과 멸시를 감수해야만 했다.

그래서 아탈라파도 마시 골짜기로 내려가려 하지 않았다. 아탈라파의 아비 박쥐가 이끄는 무리의 수는 점점 줄어들었다. 이윽고 날개 저 아래로 푸른 물결이 출렁이는 새러낵 호수가 보이기 시작했다.

날개와 우정

아탈라파는 겨울 동안에도 계속해서 자랐다. 그토록 크고 힘세 보였던 아비 박쥐도 이제 더 이상 그렇게 커 보이지 않았다. 사실 아탈라파는 전에는 그렇게 커다랗던 박쥐가 왜 갑자기 이렇게 작아졌는지 약간은 이상하게 여기고 있었다. 한편 아탈라파 자신은 날개 길이가 머리 두 개 정도 더 길어졌고 칙칙했던 노란색 모피도 어느새 짙은 황토 빛과 황갈색으로 변했으며 거기다 멋진 은빛까지 더해져 마치 금빛 제방에 은빛 눈이 내린 것처럼 보였다. 하지만 아탈라파는 그런 사실을 알지도 또 신경 쓰지도 않았다. 녀석이 스스로 자랑스럽게 여기는 것은 비단처럼 아름다운 날개에서 나오는 빠른 속도와 체력, 그리고 지칠 줄 모르는 힘이었다.

녀석이 사냥감을 잡을 수 있었던 것은 날개 덕분이었다.

올빼미, 그리고 해질녘에 날아다니는 매나 나무를 타는 짐승 같은 적들을 피할 수 있었던 것도 날개 덕분이었다.

자신의 날개로 동료들과 경주를 벌이기도 하고 수평 이동, 활공, 선회, 공중 파도 타기 등을 하면서 마치 그레이하운드가 곰 주위를 돌 듯이 올빼미나 아메리카쏙독새를 상대로 짓궂게 장난을 칠 수도 있었던 것도 날개 덕분이다.

식욕은 먹이를 먹고 나면 금방 사그라지지만, 속도의 쾌감은 그렇지 않은 법이다. 새벽의 싸한 바람이 유성처럼 귓가에 윙 소리를 내며 지나갔다. 번개처럼 빠른 속도로 날면서 아탈라파는 속도의 환희를 느꼈다. 아탈라파는 몸 구석구석의 모든 조직과 피막을 한순간에 통제할 수 있었다. 그리고 공기의 변화나 위험에도 놀라운 속도로 반응했다. 어머니 대자연이 장구한 세월에 걸쳐 천천히 만들어 낸 이 완전한 비행 생물을 보는 것보다 더 즐거운 일이 있을까?

오랫동안 인간은 하늘을 나는 곤충이나 새를 부러워했다. 곤충이나 새들의 삶은 천국을 되찾는 것이라고 생각했기 때문이다. 그렇지만 사람들은 곤충이나 새보다 더 고도로 발달한 비행 능력을 가진 생물이, 우리 자신과 가깝게 있다는 것을 알아차리지 못했다. 그 생물은 인간처럼 갓난아기를 낳고, 뇌는 어떠한 새보다도 우수하고, 놀랄 만큼 예민한 지각 능력을 가지고 있으며, 감각 기관은 인간이 결코 지각할 수 없는 소리나 감각을 훌륭하게 파악한다.

자연은 깃털이나 날개가 달린 것을 만들면서 여러 가지 실수를 했다. 그렇지만 그 실패의 결과로 배운 온갖 비행 지식을 박쥐라는 이 동굴 태생의 생물에게 쏟아 넣었다. 그들은 훌륭한 모피를 걸치고, 명주와 같은 피막으로 둘러싸여 있으며, 놀랄 만큼 예민한 오관을 갖추고, 우리 옆에서 오랫동안 살아왔다. 그런데도 우리들 인류는 그러한 사실을 거의 모르고 지내왔다.

튼튼한 육체와 용감한 마음을 가진 아탈라파는 황혼녘에 속이 텅 빈 나무나 잎이 무성한 솔송나무에서 날아올라 모든 박쥐 무리의 선두에서 날았다. 매일 밤 그들이 하는 일은 정해져 있었다. 해가 지면 먼저 작은 박쥐들이 큰 무리를 이루어 나타난다. 그리고 땅거미가 내리면, 북방의 커다란 박쥐가 작은 무리를 이루고 모습을 드러낸다. 둥지를 나오면 그들은 먼저 강으로 날아간다. 그리고 날아가면서 물을 마신다. 그리고 나서 반 시간 정도 벌레를 잡아 배를 채운다. 그 일이 끝나면 마지막으로 모두 놀이를 시작한다. 속도 경쟁을 하거나, 서로 뒤를 쫓아 날거나 그 밖의 더 위험천만한 장난도 친다.

더운 초저녁에 그들이 좋아하던 놀이는 급류를 타고 내려가는 위험한 것이었다. 새러낵 호수의 물이 바위턱을 넘어 급류가 되어 물보라를 일으키며 사라지는 곳이 있는데, 그곳에서 무모한 젊은 박쥐들은 화살처럼 빠르게 날다가 급류가 폭포로 변해 떨어져 내리기 직전에 스치듯이 물살 위로 내려간다. 급류에 휘말리면 박쥐들은 순식간에 깊은 물 속으로 빠진다. 그래서 박쥐는 그 전에 있는 힘을 다해 날개를 퍼덕이며 안개처럼 자욱한 물보라가 이는 심연에서 탈출한다. 그리고 또 같은 일을 반복한다. 이것은 매우 위험하기 짝이 없는 스포츠였다. 사실 그 여름, 격류에 뛰어들었다가 더 이상 모습을 보이지 않게 된 박쥐도 한두 마리가 아니었다.

그 밖에도, 또 하나 박쥐 동료들에게 인기가 있는 놀이가 있었다. 그것은 새러낵 호수에서 사는 커다란 송어를 상대로 하는 것이었다. 박쥐들은 날이 완전히 지기 전에 날기 시작해 호수 위로 낮게 날아갈 때가 있다. 그러다가 작은 박쥐들이 파리를 쫓고 있을 때 송어가 같은 파리를 향해 물에서 뛰어오를 때가 있다. 그러면 박쥐는 수면을 낮게 날아 괴물 같은 송어를 향해 돌진했다가 순간적으로 도망가는 위험한 장난을 친다.

아탈라파는 수면 위를 낮게 날아 송어가 물에서 튀어나오게 하는 무모한 짓을 벌이기도 했다. 아탈라파처럼 큰 박쥐에게 덤벼드는 것은 송어 중에서도 가장 큰 송어였다. 하지만 하늘의 왕 박쥐는 놀라울 정도로 빠른 속도를 냄으로써 호수의 왕으로부터 자신의 몸을 지켰다. 이것보다 더 흥분되는 게임은 아무것도 없었다.

하지만 결국 작은 박쥐 한 마리가 붙잡혔다. 송어가 마치 화살처럼 물 속에서 튀어올라 녀석을 덥썩 물어 버린 것이다. 얼마 안 있어 아탈라파도 비슷한 일을 당했다. 꼬리 앞부분의 껍질이 약간 물렸다. 그러자 아탈라파는 이 위험한 게임에 완전히 흥미를 잃어버리고 말았다.

아탈라파는 이때 떡갈나무의 옹이 구멍에서 살고 있었다. 그 구멍의 입구는 빈틈이 거의 없어서 나무 구멍에 살곳을 정하는 동물이라면 누구나 가지고 싶어할 만한 것이었다. 게다가 구멍 안도 넓어 지내기에 참 좋았다. 그런데 어느 날 전혀 예상치 못한 일이 일어났다.

안하무인인 딱따구리가 그 구멍을 보고는 욕심을 부린 것이다. 구멍을 넓히면 자기도 살 수 있겠다고 생각했는지 하루 종일 열심히 나무를 딱딱거리며 쪼아댔다. 결국 딱따구리는 구멍의 입구를 넓혔다. 아탈라파는 하루 종일 소음에 시달렸다. 게다가 구멍이 너무 커져 버린 것을 보고는 내키지 않지만, 그래도 다른 구멍을 찾아 나서야만 했다.

아탈라파가 새롭게 찾은 구멍은, 전의 것과 그다지 다르지는 않았지만 입구와 속이 모두 컸다. 전의 구멍은 붉은 다람쥐가 들어올 수 없을 정도로 작았다. 어쨌든 아탈라파는 그곳으로 집을 옮겼다.

다음 날 아침, 아탈라파는 식사를 일찍 식사를 마치고 돌아와 구멍으로 들어가 잠이 들었다. 그러다 갑자기 뭔가가 긁고 있는 소리에 놀라 잠에서 깼다. 구멍이 어두워지면서 크고 털이 많은 짐승 한 마리가 안으로 들어왔다. 반짝반짝

빛나는 크고 검은 눈을 가진 동물이었다.

처음에 아탈라파는 무척 무서웠다. 어디에도 도망칠 곳이 없었기 때문이다. 하지만 그것은 새끼를 기를 둥지를 찾던 온화한 어미 날다람쥐였다. 박쥐처럼 날카로운 감수성을 타고난 짐승은 귀에 들리는 소리나 눈에 보이는 것이 없어도 많은 것을 알 수 있다. 어떤 특별한 능력이 이렇게 속삭였다. "무서워할 것 없어. 털이 부드럽고 눈이 큰 이 짐승은 절대로 널 해치지 않을 거야."

이렇게 해서 아탈라파와 사슴눈의 날다람쥐는 한 둥지에서 함께 살게 되었다. 그러다 곧 이 날다람쥐가 새끼를 낳았다. 아탈라파와 새끼 날다람쥐들은 의형제처럼 지내게 되었다. 돌봐 주거나 먹이를 챙겨 준 것은 아니지만 아탈라파는 새끼 날다람쥐들과 한 둥지에서 사이좋게 생활했다. 날이 갈수록 그들의 우정은 점점 깊어졌다.

이상한 연기

"후우 - 후우 - 호 - 후우우우!" 깊고 커다란 소리가 골짜기 전체에 메아리쳐 들려왔다. 아탈라파는 그 소리를 듣고도 전혀 신경을 쓰지 않았다. 하지만 날다람쥐는 조금은 걱정스럽게 그 소리를 듣고 있었다. 숲의 무법자이자 박쥐나 날다람쥐의 가장 무서운 적인 아메리카수리부엉이가 우는 소리이기 때문이었다. 아탈라파와 날다람쥐 둘 다 전에도 그 소리를 여러 차례 들은 적이 있었다. 하지만 이번 소리는 너무 가까이서 들려 왔기 때문에, 어떻게든 그 날아다니는 죽음의 사신과 맞설 준비를 하거나 아니면 놈이 지나갈 때까지 배고픔을 참고 있는 수밖에는 없었다.

"후우-후우-호-후우우우!" 소리가 점점 가까워져 왔다. 불눈 영감과 그 짝은 지금 이 골짜기에서 사냥을 하고 있는 중이었다. 골짜기에 사는 작은 짐승들은 모두 그 소리에 신경을 곤두세우고 있었다. 소나무 숲의 무자비한 난폭자가 어느 순간에 자신들을 덮칠지 알 수 없었기 때문이다. 아탈라파의 바람은 평소처럼 하늘을 날았으면 하는 것뿐이었다. 날다람쥐는 온통 자기 새끼들 걱정뿐이었다. 자기 혼자라면 울창한 숲 속에 있는 나뭇가지로 몸을 피하면 그뿐이었다. 어둠이 떨어지자 둘은 밖으로 나가 보았다.

그런데 정말로 나쁜 일들이 연쇄적으로 일어났다! 날다람쥐는 다른 나뭇가지를 향해 단숨에 7미터 반이나 날았다. 그

때 거대하고 소리 없는 적이 눈치를 채고 번개처럼 몸을 돌려 먹이감을 향해 돌진했다. 하지만 날다람쥐는 목표로 했던 나무에 내려앉자마자 재빨리 기어올라가서 다음 번 나무로 날아서 내릴 준비를 했다. 나뭇가지가 많이 달린 좀더 안전한 나무로 가거나 그리 멀지 않은 곳에 있는 나무 구멍 속으로 피하기 위해서였다. 하지만 수리부엉이는 정말 빨랐다. 놈은 하늘을 선회하다가 갑자기 급강하하면서 전속력으로 돌진했다. 놈이 점점 더 가까워졌다. 그 위기일발의 모습이 아탈라파의 눈에 들어왔다. 엉겁결에 호기심이 발동한 아탈라파는 놈을 따라 날았다. 놈은 바로 자신의 적인 수리부엉이였고, 지금 놈이 쫓고 있는 것이 바로 같은 둥지에서 사는 친구 날다람쥐였다. 적의 얼굴을 덮치는 것은 박쥐에게는 별로 대단한 일이 아니었다. 심지어는 부딪히기 직전에 몸을 뒤집을 수도 있었다. 그리고 그 두 가지 동작을 한꺼번에 하자 수리부엉이의 머리를 마치 커다란 화살로 공격하는 것과 같은 효과가 났다.

수리부엉이가 머리를 숙이고 눈을 깜빡였다. 그 사이에 날다람쥐는 속이 텅 빈 나무로 가서 기어올라 아주 작은 틈 속에 몸을 숨겼다. 하지만 수리부엉이는 아주 가까이 추격해 왔다. 아탈라파가 다시 한 번 그 커다란 새의 머리를 향해 돌진했다. 수리부엉이가 머리를 숙였다. 아탈라파가 튕겨나왔을 때, 아뿔사! 바로 코앞에 또 다른 수리부엉이의 발톱이 있는 것이 아닌가. 자기 짝이 부리로 뭔가를 덥썩 무는 소리를 듣고 급히 날아온 암컷 부엉이였다. 암컷 부엉이가 아탈라파를 힘껏 내려쳤다! 만약 아탈라파의 몸집이 열 배만 컸어도 아마 곧바로 잡혀 찢겨졌을 것이다. 하지만 다행히도 아탈라파의 몸은 작고 유연했다. 발톱이 아니라 발뒤꿈치에 맞은 것이다. 속이 텅 빈 나무에 떨어진 아탈라파는 재빨리 기어올라 작은 틈 속으로 몸을 피했다.

이제 기묘한 포위전이 시작되었다. 커다란 수리부엉이 두 마리가 한 마리는 속이 텅 빈 나무 바로 옆에서, 그리고 다른 한 마리는 좀더 떨어진 곳에서 박쥐와 날다람쥐를 잡으려고 기다리고 있었다. 두 마리 다 먹이에서 한시도 눈을 떼지 않았다. 하지만 발톱은 구멍 안까지 닿지 않았다. 날카로운 발톱으로 계속해서 공격을 시도했지만 박쥐와 날다람쥐가 최대한 몸을 웅크리고 구멍 뒤쪽에 바짝 붙어 있었기 때문에 도저히 잡을 수가 없었던 것이다. 발톱으로는 잡을 수 없다는 것을 안 수리부엉이는 커다란 얼굴을 구멍 쪽으로 돌려

부리로 쪼아댔다. 그리고 눈을 부라리며 커다란 소리로 울어댔다. 수리부엉이들이 "후우－후우－후우－호!" 하고 우는 소리가 나무 구멍 안으로 울려 퍼졌다.

가끔씩 그 무시무시한 괴물들 중에 한 마리가 다른 사냥감을 잡으러 가기도 했지만 그럴 때도 한 마리는 항상 남아서 나무를 감시했다. 그렇게 밤이 다 지나갔다. 이윽고 해가 뜰 무렵이 되자 부엉이들은 새끼들에게 아무것도 주지 않고 둥지에 내버려두었다는 것을 떠올리고는 마침내 자리를 떴다. 더불어 한밤의 포위전도 끝을 맺었다.

아탈라파의 삶에는 이 밖에도 다양한 위기나 우정의 이야기가 있었다. 수컷 박쥐들은 대부분 좋은 동료였다. 야간 비행을 나섰다가 만나면 서로 친절하게 대했다. 아비 박쥐는 지금은 꽤 작아 보였다. 아탈라파는 아비 박쥐를 만나도 보통의 다른 박쥐들을 만난 것처럼 그저 길을 양보해 주는 정도로 지나쳤다. 그것은 박쥐들의 예절이었다. 아비 박쥐는 아탈라파에게 보통의 동료 그 이상이 아니었다.

박쥐들 중에는 두세 마리씩 작은 무리를 지어 사는 녀석들도 있지만 보통은 자기만의 둥지에서 혼자 생활했다. 얼굴이 검은 박쥐와 얼굴이 갈색인 박쥐들은 떼를 지어 살지만 북방의 커다란 박쥐들은 둥지에 혼자 사는 경우가 보통이다. 아탈라파 역시 그런 습성을 가지고 있었다. 여름 동안 잠시 날다람쥐와 함께 한 둥지에서 살기는 했지만 그것은 예외적인 일이었다.

아탈라파의 삶에는 많은 위험이 있었는데 그 중에서 가장 위험한 것은 맹금류였다. 조용히 날아다니는 올빼미, 밤늦게 혹은 이른 새벽에 하늘을 나는 매가 바로 그들이었다. 그리고 아탈라파가 자는 동안에 몰래 구멍 안으로 침입할지도 모르는 족제비나 붉은다람쥐도 위험했다.

물을 마시기 위해 날고 있을 때 갑자기 튀어올라 덮칠 수도 있는 송어 역시 위험한 상대였다. 그런데 무엇보다도 귀찮은 것은 아탈라파의 모피 깊숙한 곳에 사는 무시무시한 진드기였다. 함께 생활하는 동료들이 많은 박쥐들일수록 더욱 심하게 진드기에게 시달렸다. 하지만 대책은 있었다. 이럴 때 어떻게 해야 되는지는 본능과 경험을 터득했다. 아탈라파는 진드기가 자기 몸에 꼬여 몸이 근질거릴 때 어떻게 해야 하는지를 알고 있었다. 그럴 땐 단 하나의 방법 즉 모조리 잡아 버리는 수밖에 없었다. 한쪽 발로 매달린 채 다른 한 발로 진드기를 잡는 것이다. 동시에 턱, 입술, 혀, 그리고 날개에 달린 나긋나긋한 엄지손가락의 도움도 얻는다.

아탈라파에게는 입이나 발톱이 닿지 않는 몸 부위는 단 한 군데도 없었다. 청결은 녀석의 본능이었다. 그래서 녀석은 자기 몸에 해충이 사는 것을 절대로 용납하지 않았다. 어쩌다 자기 잘못이 아닌 이유로 둥지에 해충이 꼬이면 그때의 처방은 단 한 가지, 둥지를 옮겨야 했다.

하지만 새러낵 호수에서 사는 박쥐들에게는 전혀 다른 방식의 위협이 있었다. 물줄기를 멀리 거슬러 올라가면 날지 못하는 커다란 짐승이 만들어 놓은 것이 있었다. 그것은 강 건너편에도 있었는데, 마치 비버가 만들어 놓은 댐 같은 것을 만들었고 주변의 넓은 지역에 있는 나무를 베어 넘어뜨렸다. 여기까지는 아탈라파도 이해할 수 있는 것이었다. 하지만 아무리 해도 이해할 수 없는 이상한 일도 있었다.

발이 둘 달린 짐승은 돌로 커다랗고 둥근 둥지를 언덕 기슭에 만들었는데, 그곳에는 통나무들이 일렬로 줄지어 있었다. 그러다 밤이 되면 밝게 빛을 냈다. 수수께끼 같은 일이었다. 그리고 이상한 연기가 밖으로 뿜어져 나와 하늘 높이 올라갔는데 바람에 따라 이리저리 하늘로 퍼져 나갔다. 공기가 이상한 이 고지대 부근에는 묘한 매력이 있었다. 밤이 되

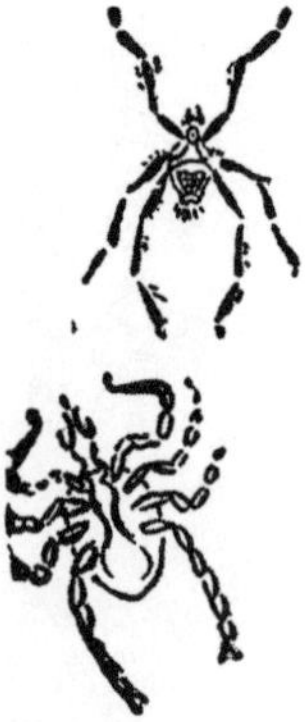

어 용광로가 붉은 빛을 내고 코를 찌르는 냄새가 바람에 실려 위로 퍼지면 박쥐들은 그곳으로 가곤 했다. 사실 벌레들이 빛에 이끌려 그곳에 몰려오긴 했지만 박쥐들이 그 때문에 그곳에 가는 것은 아니었다. 벌레는 거기 말고도 지천으로 널려 있었다.

아마도 박쥐들을 그곳으로 가게 만든 것은 얼얼하고 위험한 연기 때문인 것 같았다. 방울뱀을 괴롭히거나 줄에 묶여 있는 사나운 곰 주변을 얼쩡거리는 것에서 재미를 찾는 사람이 있는 것처럼 말이다. 그러나 박쥐들 중에는 자신들의 합법적인 먹이감을 찾으러 오는 박쥐들도 있었다. 그러다 자기도 모르게 무서운 가스의 구렁에 뛰어들게 되는 경우도 있었다. 이 가스는 형태도 색도 없었기 때문이다.

아탈라파도 이 석회석 용광로에 뛰어든 적이 한 번 있었다. 녀석은 숨이 막혀 기침을 해대다가 하마터면 추락할 뻔했지만, 간신히 숨을 되찾고 천천히 회복될 수 있었다. 다른 박쥐들은 운이 덜 좋았다. 그 위험한 용광로 옆에서 어슬렁거리던 맹금류에게 잡혀 먹힌 박쥐들도 있었던 것이다. 그곳에서는 박쥐 말고도 날개 달린 다른 짐승들도 연기에 마비되어 맹금류들의 손쉬운 먹이감이 되곤 했다.

만약 박쥐들이 이 위험한 장소에 나름대로 이름을 붙인다면 그 이름은 아마도 원인불명으로 죽은 자들의 무덤이 될 것이다.

포로가 된 아탈라파

박쥐를 평생을 걸고 연구할 만한 가치가 있다고 생각한 자연학자가 있었다. 그는 어느 시골집 지붕 밑에 살고 있는 박쥐들에 관해 엄청난 양의 기록을 남겼다. 그곳에는 만여 마리가 넘는 박쥐들이 군집을 이루고 있었다. 시골집이 있는 땅은 파리나 모기 말고도 온갖 성가신 해충들이 들끓었지만 집 주변은 벌레라고는 찾아볼 수 없는 낙원이었다. 박쥐 한 마리가 잡아먹는 벌레의 수는 하루 밤에만 수백 마리에 달한다. 그러므로 집 주위의 벌레가 완전히 소탕되었다고 해서 이상할 것은 하나도 없다.

과학은 비록 느리기는 하지만 끊임없이 발전해 왔다. 과학자들은 사실을 수집하고 그 속에 희미하게 담겨 있는 진실, 즉 생명의 법칙을 판독해 왔다.

오늘날 우리는 장티푸스나 말라리아, 황열병 혹은 그 밖의 무서운 전염병이 모기나 파리에 의해 전해진다는 사실을 알고 있다. 하지만 병원균을 운반하는 해충이 없다면 이런 무시무시한 질병도 사라질 것이다. 따라서 숲에 사는 짐승들 중에서 미끄러지듯이 하늘을 나는 모피 입은 박쥐보다 더 인간을 위해 고귀한 일을 하는 짐승도 없을 것이다. 박쥐 한 마리가 하루 밤에 죽이는 벌레는 아마도 천 마리에 달할 것이다. 모두 전염병을 옮기는 벌레들이다. 그렇다. 그 벌레들 중에는 병원균에 감염되어 그 작은 몸으로 병원균들을 실어 날라 한 집안을 풍비박산으로 만들 수 있는 놈도 분명 있을 것이다. 그렇다! 박쥐가 날아다니는 벌레 한 마리를 잡을 때마다 인간의 적에게 매서운 타격이 가해진다고 말할 수도 있는 것이다. 날개가 달린 짐승이건 혹은 걸어 다니는 짐승이건, 숲에 사는 짐승들 중에 아름답고 무해하고 유익한 이 박쥐보다도 더 칭찬받고 보호받고 복받아 마땅한 짐승은 없다.

그런데 어느 날 물레방앗간에 사는 해스킨스에게 삼촌이 생일 선물로 엽총을 사 주었다. 해스킨스는 인근의 언덕 아래로 해가 질 무렵이면 나타나서 물방아 둑 위를 스치듯이 날아다니는 박쥐를 연습 대상으로 삼았다.

여러 번 계속해서 쏴 보았지만 한 번도 제대로 맞지 않았다. 박쥐가 엄청나게 빠르게 나는데다 나는 방향도 어지러울 정도로 예측하기 어려웠기 때문이었다. 하지만 탄약은 얼마든지 있었다. 그는 쉴새없이 쏘아 댔다. 그러다 작은 박쥐 한두 마리가 숲에 떨어졌고, 몇 마리는 용케 피하기는 했지만 결국 총에 맞은 상처 때문에 죽었다. 이윽고 햇빛이 서쪽 하늘에서 거의 사라져갈 무렵 아탈라파도 골짜기로 내려와 맑은 못 근처에 모습을 드러냈다. 녀석은 물을 마시기 위해 길고 날카로운 날개를 활짝 펴고 수면에 내려앉았다. 그 엄청나게 큰 박쥐를 본 소년은 총을 겨냥해 쏘았다. 고통스러운 비명 소리를 내며 커다란 박쥐가 물에 추락했다. 그러자 이 몰인정한 인간은 승리의 환호성을 내지르고는 자기가 잡은 것을 보러 물가로 달려나갔다.

한쪽 날개가 말을 듣지 않았지만 그래도 아탈라파는 다른 쪽 날개로 용감하게 헤엄을 쳤다. 물가에 거의 도착한 순간, 소년이 와서 막대기를 써서 아탈라파를 물가 쪽으로 끌어당긴 후 건져 올리려고 몸을 숙였다. 하지만 아탈라파가 통증과 분노가 섞인 소리로 날카롭게 울부짖자 소년은 움찔해서 뒤로 물러섰다. 하지만 소년은 양철통을 들고 다시 왔다. 그는 다친 박쥐를 막대기로 들어올려 양철통 안에다 아무렇게

나 집어넣은 후, 집으로 가지고 와 우리 안에 가두었다.

소년이 일부러 그렇게 잔인하고 나쁜 짓을 한 것은 아니었다. 그저 무지하고 생각이 모자랐던 것뿐이다. 그는 박쥐가 예민하고 몹시 민감한 짐승이라는 것, 결백한 생활을 한다는 것, 어둠 속에서 호시탐탐 계략을 꾸리고 있는 나쁜 힘들로부터 인간을 지켜 주는 숨은 일꾼이라는 것, 그리고 그들이 숲의 진정한 요정이자 환상의 세계에 사는 친절하고 작은 종족들의 무관의 왕이라는 것을 몰랐을 뿐이었다. 즉 아탈라파를 쏘아 떨어뜨린 소년은 사실 그 자신을 해친 어리석은 짓을 한 것이었다. 생명의 구성하고 있는 자연의 사슬 속에 소년 역시 포함되어 있었던 것이다.

소년은 잔혹한 짓을 하려는 의도가 전혀 없었다. 박쥐를 쏜 것은 사냥 본능 때문이었다. 하지만 그 다음에는 소유욕이 생겼다. 그리고 선의의 호기심이 발동했다.

하지만 그 대상이 된 생명체에게는 정말로 가혹한 체험이었다. 소년은 아탈라파의 코를 가는 철사줄로 누르고 온몸이 젖은 채 떨고 있는 사냥감을 가만히 지켜보았다. 이윽고 소년의 여동생이 와서 약간 겁을 먹은 채 신기해하며 바라보았다.

"오빠, 뭔가 먹을 걸 줘야 하지 않아?" 소녀가 친절하게 말했다. 그렇게 말하고 소녀는 철망 사이로 빵을 넣어 주었다. 하지만 부상당한 박쥐는 아무런 식욕도 없었다.

다음 날 아침이 되었는데도 빵이 그대로 남아 있었다. "고기를 줘 보면 어떨까?" 그래서 고기 그 다음에는 생선, 야채 그리고 마지막으로 벌레가 동원되었다. 하지만 슬픈 표정을 짓고 있는 포로는 전혀 반응을 보이지 않았다.

그때 아이들의 엄마가 말했다. "너희들 물은 주었니?" 아이들은 미처 그 생각을 하지 못했다. 아이들은 접시에 물을 가득 담아서 우리 속에 넣어 주었다. 오랫동안 갈증에 시달렸던 아탈라파는 물을 마음껏 마시고 활력을 되찾은 후 우리 구석으로 가서 매달려 잠에 떨어졌다.

다음 날 아침 벌레와 신선한 고기가 전부 사라지고 없었다. 이제 소년과 그의 여동생은 자신들의 포로를 먹이는 일로 고생하지 않아도 되었다.

눈이 없어도 날개로 본다

아탈라파의 부상은 가슴 근육을 조금 다친 정도였다. 회복도 빨라서 일 주일 정도 지나자 다시 건강해졌다. 녀석이 평정을 잃은 것은 충격 때문이었다. 박쥐는 동물의 세계에서 가장 신경이 예민한 동물이다. 하지만 박쥐가 얼마나 예민한 동물인지는 그것을 입증하는 많은 증거들을 접해 본 적이 없는 사람들로서는 알기가 쉽지 않다. 먼 옛날에 무자비한 자연학자가 한 사람 있었다. 그는 박쥐가 놀라울 정도로 예민한 신경을 가지고 있어서 시력을 잃으면 날개로 물건을 감지할 수 있다는 말을 들은 적이 있었다. 그는 그 말을 듣자 마자 즉시 그것이 사실인지를 확인해 본 후, 마치 마법 이야기처럼 들리는 기록을 우리에게 남겨 주었다.

한 의사가 작은 개척촌으로 환자를 치료하러 갔다가 아이들이 박쥐를 잡아서 기르고 있다는 사실을 알게 되었다. 그 의사는 스팔란차니가 했던 실험에 대해서 알고 있었기 때문에 이 기회에 그것을 직접 시험해 보기로 마음먹었다. 하지만 그는 박쥐의 귀중한 시력을 빼앗고 싶지는 않았다. 그는 다른 방법을 생각해냈다.

그는 우리의 문을 열고 아탈라파를 꺼내 양쪽 눈꺼풀에 밀랍을 떨어뜨린 후, 반창고를 붙여 눈을 뜰 수 없게 만들었다. 눈을 완전히 밀봉한 것이다. 단 한 줄기의 빛도 눈에 들어갈 수 없었다. 그리고 나서 그는 녀석을 방안을 날아다닐 수 있도록 녀석을 놓아 주었다. 녀석은 힘차게 날개를 치며 공중으로 솟아올랐다. 처음에는 제대로 날지 못했지만 이내 제대로 날 수 있었다. 녀석은 잠시 공중에 떠 있다가 갑자기 천장을 향해 돌진했다. 하지만 천장에 부딪히려는 순간 방향을 틀어 천장 띠를 따라 날았다. 벽에 부딪히는 일도 없었고 불안한 기색도 전혀 찾아볼 수 없었다. 그가 잡으려고 손을 뻗자 녀석은 재빨리 몸을 피해 달아났다.

잠자리채를 손에 들고 녀석을 뒤쫓았지만, 눈먼 박쥐에게는 위험을 경고해 주는 어떤 또 다른 감각이 있었다. 녀석은 방을 가로지른 후, 벽에 걸려 있는 사슴 뿔 사이로 빠져나갔다. 뿔 사이를 통과할 때 날개를 약간 움츠려야 했지만, 뿔에 부딪히지는 않았다. 의사가 천장에서부터 아래쪽으로 잠자리채를 휘두르자 녀석은 낮게 날아 의자 다리의 가로대 사이로 빠져나갔다. 전속력으로 날았는데도 이번에도 전혀 부딪히지 않았다. 이윽고 바닥에 거의 붙다시피 해서 전속력으로 날다가 마치 벌새처럼 공중에 그대로 떠 있었다. 문 아래쪽에 난 조그마한 틈 앞이었다. 그곳을 통해서 도망칠 수 있다고 여긴 모양이었다.

날개를 퍼덕이며 문틈을 따라 가다가 구석에 이르자 녀석은 위로 날아올랐다. 그러다가 열쇠 구멍이 있는 곳에서 한동안 가만히 떠 있었다. 구멍을 통해 신선한 바람이 들어오고 있었기 때문에 그곳이 탈출구처럼 보였던 것이다. 하지만 더 이상 가까이 가지 않는 것으로 보아 녀석은 구멍이 너무 작다고 판단한 모양이었다. 분명 앞을 볼 수 없는데도 말이다. 그러다 갑자기 난로 쪽으로 돌진했다. 하지만 부딪히기 직전에 방향을 틀었다. 녀석은 요란한 소리를 내는 난로의 통풍 장치 앞에서 잠깐 멈췄다. 그리고는 난로 연통을 매달아 두는 철사줄을 피해 재빨리 날아올라 창가에 난 실처럼 가는 틈 앞에서 멈췄다.

의사는 이번에는 방 구석에 실을 매달고 또 좁은 통로에는 철사줄로 고리를 만들어 달았다. 바닥에서 위쪽으로 내몰자 장님 포로는 천장의 구석을 따라 전속력으로 날았다. 녀석은 실을 차례차례 피하고, 고리가 나올 때마다 날개를 움츠리고 전속력으로 빠져나갔다. 장애물이 나오면 녀석은 방향을 틀었다. 마치 완벽한 시력을 가지고 있어 위치와 형태를 정확히 인지할 수 있는 것처럼 보였다.

그리고 나서 의사는 좀더 어려운 실험을 했다. 접시에 물을 담아 방 한가운데 두고 파리 한 마리를 풀어놓은 것이다.

의사는 방안에 있는 사람들에게 절대로 움직이지 말라고 주의를 주었다. 아탈라파는 방의 한 구석에 뒷다리로 매달려 있었다. 녀석은 눈을 가리고 있는 것을 긁어서 떼어내려고 애를 쓰고 있었지만 헛일이었다. 그래서 다시 날개를 퍼덕여 날기 시작했다. 주위가 쥐죽은 듯 조용했기 때문에 녀석은 안심하고 다시 한 번 도망갈 방법을 찾기 시작했다. 녀석은 문의 가장자리를 샅샅이 조사했다. 녀석은 창틀을 가로질러 날기도 하고 창틀 양쪽을 왔다갔다 하며 가로대들이 만나는 곳을 조사했다. 쥐구멍 앞에서 잠시 멈춰 섰다가 곧 지나친 녀석은 벽에 난 아주 작은 옹이 구멍 앞에서 오랫동안 떠 있기도 했다. 녀석은 방안이 조용한 것에 다시 자신감을 얻고 미끄러지듯이 방안을 몇 차례 돈 후 접시 쪽으로 날아 내려가 공중을 날면서 물을 마셨다. 그때 벽에 붙어 있던 파리가 커다란 소리로 윙윙거리며 날아올랐다. 아탈라파는 즉시 방향을 바꿔 파리를 쫓기 시작했다. 파리는 사슴 뿔 사이를 지나 철사 고리를 빠져나간 후 여기저기 걸려 있는 실 사이로 이리저리 피해 달아났지만 그리 오래 가지는 못했다. 전속력으로 날아가는 아탈라파에게 방안을 반도 채 날아가기 전에 잡힌 것이다. 곧이어 파리의 날개가 팔랑거리며 바닥으로 떨어졌고 몸은 아탈라파의 입안으로 들어가 맛있는 먹이가 되었다.

더 이상 어떤 증거가 필요할까? 이보다 더 효과적인 실험을 고안해 낼 수 있을까? 멋진 날개가 달린 이 짐승은 장님이 다른 사람의 말을 듣고 더듬더듬 물건을 찾는 것 이상의 감각을 가지고 있었다. 그리고 아주 좁은 곳에서도 제대로 길을 찾는 능력을 가지고 있었다.

평소와는 다른 식의 비행 때문에 완전히 지쳐 버린 아탈라파는 벽에 매달려 있었다. 비단 같은 털이 빽빽하게 나 있는 녀석의 배가 긴장 탓인지 벌렁거렸다. 그때 의사가 잠자리채로 능숙하게 녀석을 잡았다. 그리고 나서 따뜻한 물로 반창고와 밀랍을 능숙하게 떼어 낸 후 녀석을 다시 우리 속에 가두었다. "눈이 없어도 날개로 볼 수 있는 박쥐"에 관한 이야기가 사람들 사이에 한동안 큰 화제가 되었다.

그 주 동안의 포로 생활이 지나자 아탈라파의 신변에 변화가 생겼다. 소년이 더 이상 먹이를 가지고 오지 않은 것이다. 소녀 혼자서 먹이를 주고 포로를 감시하는 역할을 했다. 소녀는 물을 갈아 주거나 먹이를 가져다 주긴 했지만 불안해하는 포로를 제대로 챙겨 주지도 않았고 우리를 청소해 주는 것도 소홀히 했다. 그러던 어느 날 드디어 소녀가 하루 종일 우리에 오지 않았다. 그리고 그 다음 날 급히 먹이를 주다가 우리 문을 잠그지도 않고 가 버렸다.

그날 밤 아탈라파는 여느 때처럼 도망갈 구멍을 찾으면서, 철망과 공기 구멍을 하나씩 누르면서 돌아다녔다. 그러다 문을 누르자 쑥 열렸다. 녀석은 즉시 방으로 나와 열려 있던 창을 통해 밖으로 날아갔다. 아탈라파는 이제 다시 자유를 얻었다. 자유! 자유! 아탈라파는 별이 초롱초롱 빛나는 신선한 밤의 대기 속으로 날아갔다. 노래를 부르며 밤하늘 멀리.

아탈라파를 우리에 가뒀던 소년은 어떻게 된 것일까? 그와 관련해서는 이것 말고는 밝혀진 것이 없었다. 파리 때문에 생긴 전염병이 집을 습격했고, 그 병마가 떠난 뒤 새롭게 생긴 작은 흙무더기가 두 개 생겼다. 옆에 나무 탑이 하나 있는 조용한 묘지였다.

때로는 작은 눈송이의 희미한 움직임이 무서운 눈사태를 일으키는 법이다. 또 아주 작은 불꽃 하나를 끔으로써 도시 전체를 화재로부터 막는 일도 있다. 소년의 집에서 벌어졌던 일도 바로 이것과 같은 일이라고 할 수 있을 것이다. 박쥐들은 그 집의 주변에서 살고 있는 벌레를 잡아먹고 있었다. 그리고 그 벌레들의 몸에는 병균이 살고 있었다. 그런데 총을

선물로 받은 소년이 집 주변의 박쥐를 마구 쏘아 떨어뜨렸고 병마가 그 집을 습격했던 것이다.

우리는 이 이상의 것을 알지 못한다. 많은 고리들 가운데 어딘가가 끊어진 것이다. 하지만 그 고리가 어떤 것인지는 우리도 모른다. 그리고 어둠으로 나아가는 데 늘 단서가 되어 주는 것은 아시시의 성인, 성 프란시스코의 자애로 가득 찬 가르침밖에는 없다. 성 프란시스코는 이승의 모든 동물을 인간과 똑같이 따뜻하게 대했다.

아탈라파, 실버 브라운을 만나다.

"천둥의 달"이 끝나 가고 있었다. 아탈라파는 이제 전에 없이 건강해지고 힘도 넘쳤다. 그랬다. 그 어느 때보다도 지금이야말로 생의 절정기였다. 넓은 날개는 동료들 중에서 가장 길었고 모피는 윤기가 가득했다. 아탈라파의 내부는 눈에 보이지 않는 욕망의 불길로 타오르고 있었고, 마음은 용기로 넘쳐났다. 그리고 이따금 정말로 알 수 없는 충동이 아탈라파를 엄습했다. 그러면 아탈라파는 산을 넘어 전속력으로 날아가 파챔플리언에서 플래시드의 푸른 호수까지 단숨에 장거리 비행을 시도했다.

아탈라파가 그런 비행을 시도한 것은 아마도 충동 때문이었을 것이다. 하지만 변화를 느껴 보거나 모험을 하고 싶다는 생각도 있었을 것이다.

어느 날 밤, 아탈라파는 마시 산까지 장거리 비행에 나섰다가 새벽에 돌아왔다. 그 때, 도중에 자신이 뭔가 위험한 곳에 가까이 가고 있다는 기분이 들었다.

골짜기 앞에 뭔가가 붉게 빛을 내고 있었다. 알 수 없는 원인으로 죽은 자들의 묘지였다. 아탈라파는 눈에 보이지 않는 독가스 기둥을 피하기 위해 서쪽으로 진로를 바꾸었다. 그 때, 저 멀리 동쪽에서 커다란 소리가 들려 왔다. 그쪽을 살펴보자 날이 밝으면서 생기는 밝은 빛의 띠가 동쪽 언덕 꼭대기로 퍼져 나가고 있었다. 그리고 뭔가가 큰 것에 쫓겨 전속력으로 도망치는 모습이 보였다.

아탈라파를 그곳으로 가까이 가게 만든 것은 분명 호기심이었을 것이다. 날아가 보니 그것은 박쥐였다. 자신과 같은 종류의 박쥐였지만 지금까지 단 한 번도 만난 적이 없었다. 게다가 그 박쥐는 새러낵 호수에 사는 동료들처럼 건장하지 않았다. 훨씬 작고 아름다웠다. 그 모습은 아탈라파에 어미를 떠올리게 했다. 그 박쥐가 매에게 쫓기고 있는 것을 보자 아탈라파의 마음속에는 동정 이상의 무언가가 생겨났다. 아직 이른 시간인데도 탐욕스러운 매가 나와 사냥을 하고 있었던 것이다. 이 지역은 전에 맛있는 먹이가 많았던 곳이었다.

하지만 박쥐가 매를 꼭 무서워해야만 한다는 법이라도 있는가? 하늘의 무대에서 북방의 커다란 박쥐를 따라잡을 수 있는 짐승은 없다. 그런데 지금, 그 매는 지금 분명 아탈라파의 동료를 뒤쫓고 있다. 쫓기고 있는 박쥐는 정말로 괴로운 것 같았다. 북방의 커다란 박쥐라면 화살처럼 일직선으로 도망을 치든지, 이리저리 피하든지, 적을 따돌리는 여러 가지 방법을 알고 있을 터였다. 그런데 그것을 모르는 모양이었다. 매가 점점 따라잡고 있었다. 왜? 뭔가가 그 암컷 박쥐의 힘을 빼앗아가고 있었던 것이다. 하지만 왜 그렇게 되었는지는 암컷 박쥐 자신도 몰랐다. 아마 앞으로도 그 이유는 알 수 없을 것이다. 하지만 어쨌든 지금, 암컷 박쥐는 머리가 어질어질하고, 가슴이 꽉 막히는 것 같았다. 그 암컷 박쥐는 자기도 모르는 사이에 죽음의 가스 속을 가로질러 가고 있었던 것이다. 매는 눈앞에 가까워진 사냥감을 보고 커다랗게 승리의 환호성을 질렀다.

매는 사나운 눈을 번쩍번쩍 빛내며, 잔인한 부리를 크게 벌리고, 날카로운 발톱을 한껏 뻗어 암컷 박쥐를 습격했다. 암컷 박쥐는 이제 감각이 무뎌지고 있었다. 그러나 가까워져 오는 죽음의 그림자를 필사적으로 피했다. 그리고 다시 몸을 피했지만 그때마다 당장이라도 매의 발톱에 잡힐 것 같은 생각이 들었다. 암컷 박쥐는 어떻게 해서든 덤불로 뛰어들어야겠다고 생각했다. 하지만 매도 꽤 영리해서 항상 박쥐의 앞길을 차단해 덤불에 접근하지 못하도록 했다. 다시 매가 돌격했고, 암컷 박쥐의 입에서는 절망적인 신음이 작게 흘러나왔다.

그때 갑자기 매의 눈앞을 쌩하고 지나가는 것이 있었다. 매는 깜짝 놀라 뒤로 물러났다. 다른 박쥐였다. 그 박쥐는 계속해서 매의 눈앞을 번개처럼 가로질렀다. 힘차게, 마치 멍청한 매를 비웃기라도 하듯 멋진 선회를 반복했다. 눈앞에까지 다가왔지만 그래도 매는 박쥐를 잡을 수가 없었다. 한편 그 사이에 은갈색의 암컷 박쥐는 비틀거리며 수풀 속으로 들어가 버렸다.

매는 마침내 화가 났다. 그리고 엄청난 속도로 박쥐를 쫓아갔다. 하지만 박쥐는 매의 머리 위를 빙빙 돌기도 하고 얼

굴 앞에서 푸드득거리며 비웃듯이 작은 소리를 냈다. 그밖에도 여러 가지 행동을 하며 박쥐는 매를 굻려 주었다. 그러다가 매를 그냥 내버려두고 멀리 날아가 버렸다. 그것은 마치 선박 주위를 얼정거리던 갈매기가 흥미를 잃고 멀리 날아가 버리는 것과 같았다.

아탈라파가 그렇게 한 것은 상대가 암컷이니까 도와야 한다는 생각 때문은 아니었다. 단지 자신의 동료가 그런 일을 당하고 있었기 때문에 도와주려고 한 것뿐이었다. 그리고 나서 날아가다가 아탈라파는 그 암컷의 부드러운 모피가 떠올랐다. 그 생각은 둥지에 매달려 있을 때도 머리를 떠나지 않았다.

사랑의 불길

새러낵 호수의 위에 "붉은 달"이 떠오르는 계절이 되었다. 그리고 붉은 달이 찾아옴 동시에, 지금까지 늘어만 가던 온갖 충동이 최고조에 달했다.

아탈라파는 지금 한창 절정에 달한 수컷이었고 몸 속을 흐르는 피도 뜨겁게 끓어오르고 있었다. 아무것도 보이지 않는데도 마법에라도 걸린 듯이 날개나 다리를 힘차게 움직이기도 했다. 격렬하게 맥박치는 생명의 고동에 휩싸인 것이다. 아탈라파의 체력은 지금 한창이었다.

그것은 모피의 색에도 나타났다. 진한 황갈색의 모피는 목 부분이 금빛으로 변하고, 어깨 부분은 밤색을 띤 붉은 기가 돌았다. 한편 등은 아름다운 자줏빛을 띤 밤색으로 변했고 게다가 몸 전체에 서리가 내린 것처럼, 은색이 빛나고 있다. 그것은 마치 바다 얕은 곳에 노란 해초가 흔들거리며 수면에 별이 빛나고 있는 것처럼 보였다. 또 어깨에 부분에는 흰 띠가 목을 둘러싸고 있었다.

그것은 마치 먼 옛날, 로마를 부들부들 떨게 한 유목민의 왕족이 목에 걸고 있던 목걸이 같았다. 말하자면 그것은 아탈라파가 선천적으로 물려받은 튼튼한 체력과 명성의 상징이기도 했다.

아탈라파의 옷은 박쥐의 풍부함 그 자체였다. 그렇지만 녀석이 스스로 가장 자랑스럽게 여기고 있는 것은 크고 멋진 날개였다. 그것을 힘껏 펼치면 청록색으로 빛나는 하늘을 크게 둘러싸고, 크게 울리는 가슴의 아픔에 응답해, 힘차게 날개를 치기 시작했다.

아탈라파는 큰 날개로 별이 총총한 밤하늘로 솟구쳐 오르거나 방향을 틀어 도시에 있는 지상의 목표를 향해 날아가기도 했다. 그리고 장애물은 날카로운 안테나와 같은 감각으로 감지했다. 그뿐만 아니라, 온도의 변화나 공기가 흐름까지도 그리고 저 멀리 아래에 있는 강이나 언덕까지도 확실히 알 수 있었다.

게다가 아탈라파는, 날아가면서 금빛의 목구멍에서 은빛 음색을 울리면서 기쁨의 노래를 불렀다. 생명체라면 누구나 생명의 즐거움과 힘이 넘쳐날 때는 노래를 부른다. 마찬가지로 지금 아탈라파도 활력에 넘쳐 노래를 계속 부르고 있는 것이다.

아탈라파는 여러 번 돌다가 날카롭게 큰 외침 소리를 냈다. 그것은 내부의 격한 즐거움이 둑을 터뜨리고 쏟아져 나오고 있는 것 같았다.

아탈라파에는 지금, 자신에게 무엇이 필요한지를 잘 알고 있었다.

아탈라파의 마음 깊은 곳에서는 자기 자신도 잘 이해할 수 없는 강한 갈망이 끓어오르고 있었다. 녀석의 삶은 활력에 넘쳤다. 그렇지만 그것은 아탈라파의 삶의 반일 뿐이었다.

아탈라파는 엄청난 속도로 하늘로 날아갔다가, 유성처럼 급강하하면서 죽음의 직전까지라도 갈 것처럼 비행을 했다. 그것은 자신의 힘을 자랑하기 위한 행동이었다. 그리고 예전에 전투곡으로 부르던 것과 비슷한 노래를 불렀다. 하지만 지금 그 소리에는 증오는 섞여 있지 않았다. 그것은 누군가 다른 동료에 대한 그리움이 노래가 되어 분출되는 것이었다.

아탈라파는 번개처럼 빠른 속도로 연이어 돌다가 여름에 만났던 동료들과 마주쳤다. 그 동료들도 모두 아탈라파와 똑같이, 젊음의 활기가 넘쳐 멈추기 힘든 생명의 아픔으로 내몰리고 있었던 것이다. 모두 격렬하게 타오르는 생명의 절정에 달해 뭔가 심한 자극에 숨이 막힐 것 같이 시달리고 있었던 것이다. 그들은 서로 선두를 다투며 날아갔다. 마치 심한 배고픔에 시달리는 것처럼.

지금까지의 삶에서 얻을 수 없었던 뭔가를 찾기 위해 날아다니고 있었던 것이다. 어떤 상대를 찾고 있는 것이 분명했다. 하지만 서로 만나면 즉시 떨어졌다. 그리고 원을 그리면서 하늘을 날아갔다. 그들은 무리를 짓고 있었지만 서로를 관여치 않고 자기 마음대로 날아가고 있었다.

정열에 불타 번개처럼 날아가는 무리들 중에서도 아탈라

파는 가장 심한 정열에 시달리고 있었고 속도도 번개처럼 빨랐다. 그리고 지금 아탈라파는 새로운 환희에 차 있었다.

아탈라파는 채워지지 않는 이상한 기분이 도대체 무엇인지 알지 못했다. 하지만 그 마음을 충족시켜 줄 모습이 자꾸 마음속에 떠오르고 있었다. 그것은 동료의 모습이었다. 하지만 평소 함께 생활하던 동료는 아니었다. 그것은 은갈색으로 빛나는 모피를 하고 몸집이 작고 상냥해 보이는 박쥐의 모습이었다.

아탈라파의 생각은 점점 격해지고, 충동은 점점 더 억제하기 힘들게 되었다. 아탈라파는 드디어 아득히 먼 골짜기를 목표로, 별이 반짝이는 하늘을 엄청난 속도로 날아갔다. 그 골짜기는 열흘 전 새벽에, 무서운 매의 발톱을 피해 그 약한 박쥐가 간 곳이었다.

별! 붉은 달의 밤하늘에 빛나는 붉은 별이었다!

캄캄한 밤의 풀숲에 빛나는 반딧불이처럼, 등대의 빛과 같이 밤하늘에 빛나는 붉은 별이었다!

오! 오늘 밤 떠돌이별이 이정표가 되어 아탈라파를 발삼나무로 인도하고 있다!

오! 불타는 입술을 식혀 줄 차가운 술 한 모금이 기다리고 있는 곳은 도대체 어디란 말인가!

강한 날개로 세찬 바람을 밀어 헤치며, 아탈라파의 아름다운 몸은 솟구쳐 올랐다. 아탈라파는 고도를 떨어뜨리지 않도록 하면서, 전속력으로 새러낵 호수 위를 날아, 앞으로 나아갔다. 이윽고 아탈라파는 더욱 더 속도를 내어, 어깨를 서로 맞대고 우뚝 솟아 있는 피초프 산 정상을 넘었다. 그리고 나서 넓고 푸른 호수를 지나 다시 울창한 숲으로 향했다.

어디로 가고 있을까? 녀석은 알고 있는 것일까? 분명 알고 있었다. 강을 따라 저 알려지지 않은 죽음의 장소로, 그리고 나서는 다시 숲을 향해, 그리고 마지막으로 저 몸집이 작은 귀여운 갈색의 박쥐가 떨어졌던 울창한 덤불 속으로 갔다.

배고픔 때문이 아니었다. 그곳에는 아무런 먹이도 없었기 때문이다. 먹이가 없다면 배고픔 때문에 온 것이 아닐 것이다. 아탈라파는 계속해서 뭔가를 찾고 또 찾았다. 아탈라파는 저녁 하늘에 원을 그리면서 날았다. 아탈라파는 그때의 솔송나무 주위를 빙글빙글 날아가고 있었다. 마치 그곳에 자석이라도 붙어 있는 것 같았다. 아탈라파는 지금까지 제대로 깨닫지 못하고 있었지만, 그 자석은 며칠 동안이나 아탈라파를 끌어당기고 있었던 것이다. 아탈라파의 많은 동료들이 공중에 신비로운 무늬를 그리면서 바로 옆을 스쳐 지나갔다. 아탈라파는 물론 그들을 알고 있었지만 아는 체 하지 않았다. 자석은 각자 맞는 것이 따로 있었던 것이다. 이윽고 어떤 예민한 영감이 아탈라파를 아득히 멀리로 내몰았다. 그것은 눈에 보이지도 않고, 민감한 날개도 느끼지 못하는 것이었다. 아탈라파는 오랫동안 간절히 바라고 있던 것이 저 멀리에 있기라도 한 것처럼 열심히 계속 날아갔다.

그곳이었다! 그랬다! 머지않아 새로운 박쥐가 보였다. 크기도 모피도 달랐다. 하지만 아탈라파에게는 그런 것은 아무래도 좋았다. 그것은 다른 모습을 하고 있지만, 무엇인가 압도적인 매력을 갖고 있었고, 말로 표현할 수는 없지만 거스르기 어려운 강제력을 갖고 있었다. 그것은 사막을 여행하는 사람의 눈에 저 멀리 비치는 샘과 같은 것이었다.

이제 아탈라파는 하늘을 나는 도적처럼 속도를 높였다. 그러자 암컷 박쥐는 마치 황금을 싣고 가는 범선처럼 엄청난 속도로 멀리멀리 달아나기 시작했다. 따뜻한 바람을 뒤에 남긴 채. 하지만 포획물을 차지한 것이 아니라면 도적에게는 완전한 승리가 아니었다. 눈 아래에는 시내가 구불구불 흐르고 있었다. 그 시내를 완전히 지나기도 전에 그리고 날갯짓을 몇 번 하기도 전에 어느새 아탈라파는 실버 브라운과 나란히 날고 있었다. 실버 브라운의 모피는 너무도 부드럽고 따뜻했다. 상냥하고 매력에 넘치는 자태에다, 아름다운 몸매를 보면 아무 말 없이도 왜 그동안 아탈라파가 그토록 갈망에 시달렸는지 알 수 있었다.

"히 - 우우, 히 - 우우, 히 - 우우!" 아탈라파는 사랑의 환희에 취해 큰 소리로 노래 불렀다.

"히 - 우우, 히 - 우우, 히 - 우우!" 실버 브라운은 아탈라파의 옆에서 날아가고 있었다. 둘은 날아가면서 입술을 맞추기도 하고, 귀를 만지기도 하고 날개 끝을 서로 맞추기도 했다. 그것이 그들의 사랑의 인사였던 것이다. 그러다 한쪽이 떨어졌다고 생각되면 다시 한 번 바싹 다가가 날며, 따뜻한 가슴을 맞추면서 서로의 심장이 똑같이 고동치고 있는 것을 느꼈다. 눈이 없이도 볼 수 있는 날개들이 그들의 몸 속에 흐르는 온갖 종류의 흥분감, 자력, 전류를 알 수 있게 해 주었다. 그들은 푸른 하늘을 헤치며 신혼 비행을 계속했다. 미칠 듯한 갈증이 그들의 축제에 가세했다. 열병으로 뜨겁게 불타는 그 갈증은 수정처럼 맑은 샘에서 물을 먹는 것으로 거두어졌다. 그 달은 붉은 사랑의 달이 충만한 달이었다. 그리고

지금 그 달이 떠들썩한 강 위를 붉게 물들이고 있었다.

제비와의 경쟁

불은 거셀수록 빨리 사그라드는 법이다. 마시 골짜기에 해가 일곱 번 잠겼을 때, 아탈라파 부부는 세찬 바람을 헤치며 이리저리 날기 시작했다. 그날 밤 그곳에는 사이가 좋은 다른 신혼 부부도 새러낵 호수에서 날아왔다. 두 부부 모두 이제는 꽤 안정을 찾은 상태였다. 밤의 방랑자들은 이제 혼자서 밖으로 나서는 일이 잦아졌다. 신혼의 열정은 그렇게 끝이 났다. 좀 이상하게 들릴지도 모르지만 아무튼 사그라지는 불의 색깔처럼 그들의 털색도 바래져 갔다.

"붉은 달"이 뜨는 8월이 지나자, 박쥐들은 자신들의 관습에 따라 오랜 옛날의 순례자처럼 두 개의 대장정을 준비했다. 수컷들이 먼저 떠나고 이어서 그들의 배우자들이 무리를 지어 다른 곳으로 떠났다.

아탈라파는 지난 주에 실버 브라운을 한 번도 보지 못했다. 아내뿐만 아니라 다른 암컷 박쥐들도 보이지 않았다. 모두들 자연의 법칙에 순종한 것이다. 이제 암컷은 암컷끼리

수컷은 수컷끼리 생활을 하고 있었다.

이윽고 밤이 추워지면서 왠지 모르게 흥분되는 시기가 다시 찾아왔다. 그리고 마침내 서리가 내리자 박쥐들은 엄청난 불안감에 사로잡혔다. 다음 날 아침, 아탈라파는 식사를 끝내고 은신처로 가지 않고 탁 트인 곳으로 날아갔다. 그러자 다른 박쥐들도 아탈라파의 뒤를 따라 날개를 퍼덕이며 하늘 높이 날아올랐다. 하지만 지난달에 그랬던 것처럼 흥분된 열기에 휩싸여 나는 것이 아니라 어떤 공통의 목적을 가지고 나는 것이었다. 마치 솟구치는 연기처럼 무리를 지어 하늘 높이 날아오르는 박쥐 무리의 모습이 저 아래쪽 강에 비쳤다. 대장이 가장 알맞은 기류를 선택해 방향을 틀자 다른 박쥐들도 모두 대장을 따라 방향을 틀었다. 박쥐들의 대장정이 시작된 것이다. 그때 북쪽에서 한 무리의 제비 군단이 날개를 펄럭이며 나타나 박쥐들과 함께 날기 시작했다.

비행 속도만큼은 누구에게도 뒤지지 않는 그 두 무리가 아무런 경쟁 의식 없이 함께 먼 길을 날아가는 것은 불가능해 보였다.

제비가 처음 가까이 올 때만 해도 박쥐들은 그저 자기가 뒤처지지 않는 데만 신경을 썼다. 이윽고 골짜기가 나타났고

그 골짜기를 반도 넘기 전에 경쟁심에 불이 붙기 시작했다. 처음에는 이웃한 박쥐와 제비 사이의 개별적인 경쟁이던 것이 이내 제비 군단 전체와 박쥐 군단 전체 사이의 경쟁으로 번졌다. 아탈라파의 상대는 멋진 녀석이었다. 차가운 기운이 도는 푸른빛의 그 제비가 날개를 퍼덕이며 바람을 가를 때면 피리를 부는 듯한 소리가 났다.

두 무리 모두 엄청난 속도로 계속 날았다. 일정한 고도를 유지한 채 한 마리 한 마리가 제각기 자신의 능력을 과시하며 경쟁했다. 쏜살같이 하늘을 가르며 나는 제비의 속도가 얼마나 빠른지를 아는 사람이라면 누구도 제비의 승리를 의심하지 못할 것이다. 하지만 북방 박쥐가 나는 모습을 본 적이 있는 사람이라면 그 역시 마찬가지다. 하지만 그들의 경주는 막상막하였다. 상대 제비를 따라가지 못하는 박쥐도 있었고 상대 박쥐를 제대로 따라가기 힘겨워 하는 제비도 있었다. 하지만 어찌 되었건 그들은 자신들이 낼 수 있는 최고의 속도로 계속 날았다. 두번째 골짜기를 지나자 나지막한 언덕 지대가 나타났다. 이제 양쪽 군단 모두 대열을 한 줄로 길게 이루고 있었다. 하지만 여전히 승부는 가려지지 않았다. 하지만 제비들에게는 한번 해 보지 않으면 참을 수 없는 기술이 하나 있었다. 그것은 마치 파도를 타는 것처럼 공중에서 도약을 하는 것이다. 이리저리 방향을 바꾸어 가며 나는 것은 그들의 타고난 습성이었다. 박쥐들 역시 가끔 그런 식으로 난다. 하지만 지금 그들은 단 하나의 목표인 속도에만 몰두해 있었다. 이런저런 장난도 쳐가면서 하는 즐거운 비행은 포기한 지 오래였다. 그들은 기러기처럼 목을 수평으로 곧게 뻗고 날개짓을 하며 계속해서 날았다. 펄럭, 펄럭, 펄럭. 기류가 변할 때마다 그에 따라 위아래로 고도를 조절하면서 나는 모습은 그들이 얼마나 예민한지를 잘 보여주고 있었다. 그들은 계속해서 날개를 펄럭이며 날았다. 다음 골짜기를 지날 무렵 아탈라파는 상대보다 좋은 기류를 차지해 상대를 뒤로 떨어뜨려 놓았다. 다른 박쥐들도 아탈라파를 따라했다. 제비들이 조금 뒤로 처지기 시작했다. 조금뿐이었지만 그래도 일단 밀리기 시작하자 제비들은 의욕을 상실했다. 그리고 다음 번 강에 도착할 때쯤 해서는 제비 무리의 선두가 박쥐 무리의 후미보다도 더 처져 버렸다. 비단 같은 날개를 가진 박쥐들이 피리 소리를 내는 깃털을 가진 제비들을 이긴 것이다.

바다 위에서 길을 잃다

대부분의 철새는 자신들이 이동 경로 근처에 바다가 있으면 그곳으로 난다. 그것은 해안선이 좋은 이정표 구실을 하기 때문일 것이다. 박쥐 무리는 코네티컷 계곡을 전속력으로 날았다. 그리고 얼마 안 있어 파도 소리가 들리는 해안 근처에 도착했다. 그러자 박쥐 무리의 대장은 오늘은 여기에서 묵고 간다고 부하들에게 알렸다.

박쥐들은 모두들 지쳐 있었는데, 이번이 첫 장거리 비행인 어린 박쥐들은 특히 더했다. 그들은 저녁 식사 때가 되었는데도 먹이를 찾아 밖으로 나가지 않고 계속 잠을 잤다. 밤이 가고 아침이 오자, 대장은 무리를 모두 깨워 사냥을 나서게 했다. 사냥감이 많은 철이 이미 지났기 때문에 먹이감이 매우 드물었다. 심지어는 태양이 이미 환하게 떴는데도 사냥을 계속하고 있는 박쥐들이 많을 정도였다. 하지만 지금은 남쪽으로 긴 행군을 떠나야 할 시간이었다. 아탈라파는 황금빛 가슴을 남쪽으로 돌렸다. 그리고 뒤쪽으로 무리를 길게 거느리고 출발했다. 그들은 큰 원을 그리듯 방향을 바꾸어 계곡에서 바다를 향해 날아 내려갔다. 이윽고 바람의 변화가 감지되었다. 북쪽에서 차가운 돌풍이 불어온 것이다. 대장은 평안한 고도를 찾기 위해 즉시 하늘 높이 날아올랐지만 위쪽은 상황이 더 안 좋았다. 그래서 다시 훨씬 더 아래쪽으로 내려가 보았지만 이번에는 언덕의 형태 때문에 생기는 기류의 소용돌이에 시달렸다. 그래서 다시 또 아래로 내려가자 이번에는 눈보라가 날렸다. 깜짝 놀란 박쥐들은 몸을 피할 수 있는 장소를 허둥지둥 찾아가 와들와들 떨며 매달려 있었다. 그날은 꾸물거리며 잠시 먹이를 찾아 나선 것 말고는 낮에도 밤에도 계속해서 꼼짝 않고 그곳에서 지냈다.

이윽고 날이 밝았다. 박쥐들은 모두 잠에서 깼다. 불안한 기분이 들었기 때문이다. 하지만 눈은 사라지고 날씨도 온화해져 있었다. 박쥐들은 다시 행군을 계속했다. 그들은 저 멀리 아래쪽에 넘실거리는 바다가 보일 때까지 계속해서 날았다. 해변의 모래사장에 파도가 밀려들면서 생기는 하얀 물거품은 아탈라파 군단이 나갈 방향을 잡아 주는 길잡이 역할을 했다.

그들이 출발했을 무렵만 해도 날씨가 좋았다. 하지만 채 한 시간도 가기 전에, 하늘은 아주 캄캄해지고 거센 바람이 윙윙거리며 어지럽게 방향을 바꾸면서 불었고 살을 에는 듯한 차가운 상층 기류가 불어왔다.

박쥐들은 영리해서 지상이 추울 때는 높이 올라가면 공기가 따뜻하다는 것을 알고 있었다. 아탈라파는 힘세게 날개치면서 위로 올라갔다. 정말로 따뜻한 공기가 나왔고 아탈라파는 계속해서 앞으로 날았다. 그런데 얼마 안 있어 이번에는 세상이 짙은 안개로 막혀 버렸다. 안개는 점점 짙어졌고 나중에는 옆에 있는 박쥐가 보이지 않을 정도였다. 고작해야 날개가 튼튼한 몇몇 동료의 모습만이 보일 뿐이었다. 그래도 아탈라파는 계속 속도를 냈다. 지상에는 어떤 이정표도 보이지 않았다. 하지만 아탈라파는 나침반과 같은 독특한 날개를 가지고 있었다. 그래서 아탈라파는 아무것도 보이지 않는 세계를 아무런 두려움도 없이 더 높이 올라 계속 날아갔다.

아탈라파는 분명 남쪽으로 가고 있었다. 그대로 가면 결국 폭풍우도 사라질 것 같았다. 그런데 불행하게도 아탈라파는 예전의 그 적을 다시 만나게 되었다.

이슬비 같은 안개와 심하게 몰아치는 싸리눈은 얼마 후 사라졌기 때문에 이제는 주변을 꽤 멀리까지 볼 수 있었다. 그런데 평소에 보아 왔던 전우 두셋이 거기에 있었다. 하지만 그 중에는 갈색의 커다란 매도 끼여 있었다. 매는 하늘을 미끄러지듯이 날기도 하고 날개를 치기도 하며 남쪽으로 선회하고 있었다. 곧바로 나는 것이 아니었다. 그러다 박쥐가 가까이 날고 있는 것을 알아차리고 잔인하게 생긴 머리를 돌리고 허기에 굶주린 누런 눈으로 흘끗 박쥐를 노려보고 곧바로 박쥐를 향해 돌진했다. 매는 너무도 손쉬운 먹이감을 만났다고 생각하고 있었다.

아탈라파는 잠깐 한기를 느꼈다. 하지만 그것도 순간이었다. 아탈라파는 매의 공격을 쉽게 피했다. 그렇지만 매 역시 힘이 넘쳤다. 매는 곧바로 방향을 바꾸어 다시 습격했다. 하지만 아탈라파는 그때마다 매의 공격을 요리조리 잘 피했다. 얼마 안 있어 아탈라파와 매는 또다시 안개와 눈 속으로 뛰어들었다.

매가 다시 한 번 습격해 왔다. 하지만 아탈라파는 급상승을 해서 가볍게 상대의 공격을 피했다. 하지만 적을 단숨에 떼어놓는 데는 성공했지만, 지금까지보다 훨씬 두꺼운 구름 속으로 들어가 버리고 말았다. 그걸 알아차렸을 때는 동료들의 모습은 이미 어디에도 보이지 않았다. 구름 속에 홀로 남겨진 것이다. 아탈라파의 다른 감각, 즉 눈 없이도 볼 수 있는 날개는 추위 때문에 무뎌졌다. 적의 위치가 그리 멀지 않다는 것은 알 수 있었지만 그 이상은 알 수 없었다. 어쨌든 아탈라파는 가능한 한 빨리 안개 속을 날아갔다. 위험한 적으로부터 되도록 빨리 도망가기 위해서였다.

아탈라파는 일정한 속도로 꾸준히 계속 날아갔다. 매의 모습은 이제 더 이상 보이지 않았다. 대신 안개와 구름이 전보다 더욱 짙어졌다. 이윽고 바람이 불었다. 아탈라파는 바람을 거슬러 날 수 없었기 때문에 계속 바람 부는 방향으로 날아갔다. 보통 때라면 이미 날이 밝았을 텐데 하늘 위는 구름이 짙게 끼어 있었다. 그래서 아탈라파는 계속해서 앞으로 나아갔다. 얼마 안 있어, 이쯤이라면 안전한 것 같다는 생각이 들자, 아탈라파는 휴식을 취하기 위해 고도를 낮추기 시작했다. 아탈라파는 눈과 바람을 뚫고 계속해서 아래로 내려갔다. 하지만 눈에 보이는 것은 바다 말고는 아무것도 없었다. 어쩔 수 없이 아탈라파는 또다시 높이 날아올랐다. 아주 오랫동안 날고 나서 또 다시 내려가 보았다. 그렇지만 이번에도 무서운 바다뿐이었다. 아탈라파는 다시 한 번 날아올라 계속해서 앞으로 앞으로 날아갔다. 그러다 다시 내려가 보았지만 이번에도 역시 보이는 것이라고는 끝없이 이어지는 바다뿐이었다.

얼마 안 있어 해가 뜨면서 눈보라가 그치고 하늘이 개었다. 아탈라파는 주변을 둘러보았다. 그렇지만 육지나 나무의 그림자는 어디에도 없고, 눈에 들어오는 것은, 오직 끊임없이 이어지는 바다뿐이었다. 아탈라파는 계속 날아갔지만, 자신이 왜 날아가고 있는 것인지, 어디로 날아가고 있는지 전혀 알지 못했다. 유일한 안내자는 바람이었지만, 그것도 지금은 약해지기 시작했다. 추위는 느껴지지 않았다. 하지만 뼛속까지 지쳐서 이미 녹초가 되었다.

하지만 할 수 있는 일이라고는 위로 날거나 아래로 날거나 하는 것이 다였다. 그래서 아탈라파는 날개를 치기도 하고 활공을 하기도 하면서 계속해서 날았다. 지금까지 아탈라파를 살려주고 있던 산들바람도, 어느새 멎어 버렸다. 아탈라파는 다시 한 번쯤은 바람이 불지 않을까 하고 바랐다. 하지만 너무 피곤했다. 그래도 아탈라파는 자신이 어디로 가고 있는지도 모른 채 그저 날개 치는 것을 계속하고 있었다.

만약 아탈라파의 마음이 박쥐가 아닌 다른 짐승 같았다면, 이미 포기하고 말았을지도 모른다. 하지만 다행히 아탈라파는 몸도 강인하고 두려움도 거의 느끼지 않았다. 아탈라파는 앞으로 계속해서 날고 또 날았다.

매정한 바다

한 시간, 또 한 시간, 시간은 느릿느릿 흘러갔다. 해가 지고 아탈라파가 아주 좋아하는 부드러운 빛이 주위를 감싸기 시작했다. 그런데도 아탈라파는 조금도 기운이 나지 않았다.

녀석은 지금 자기가 어디로 가고 있는지도 어디서 바꾸어야 할지도 모른 채 그저 태양을 따라 날고 있었다. 녀석은 추락하고 있었다. 그러다 이게 아니다 싶은 생각이 들면 날개를 힘없이 퍼덕여 약간 방향을 바꾸었다. 이제 바다가 분명 녀석을 삼켜 버릴 것이다. 이미 수많은 박쥐들을 삼켰던 것처럼 말이다. 지금까지 이토록 용기를 잃었던 적은 단 한 번도 없었다. 녀석은 아래로 아래로 떨어지기 시작했다. 그때 저 뒤쪽에서 크고 이상한 소리가 들려왔다. 그것은 여럿이 내는 소리였다. 힐끗 뒤를 돌아보자 날개가 긴 새들이 실처럼 길게 줄을 지어 수면 위를 낮게 날아가고 있는 모습이 보였다. 매보다는 몸집이 작고 검은 색과 흰색이 섞여 있는 새들이 피리를 불 때 나는 소리를 내며 날고 있었다. 아탈라파는 몸을 지키려는 본능이 발동해 좀더 높이 날아올랐다. 하지만 속도는 느렸다. 얼마 안 있어 대양의 방랑자들이 날개 소리를 요란하게 내며 아탈라파를 추월해 어두운 남쪽 하늘로 사라졌다.

그 새들은 녀석을 거들떠보지도 않았다. 그래도 그들이 사라지고 난 뒤에 녀석은 힘을 얻었다. 녀석은 그들이 검은가슴물떼새라는 것을 알지 못했다. 녀석은 그 새들이 지금 겨울이 없는 남쪽의 섬을 향해 날아가고 있다는 것도 알지 못했다. 하지만 그 새들이 날아가던 모습을 직접 본 것은 커다란 자극이 되었다. 야생동물들에게 실제 예만큼 커다란 힘을 발휘하는 것은 없다. 떠들썩한 악단의 격려를 받은 아탈라파는 새로운 용기를 얻어 그들이 날아간 방향으로 날아갔다.

지치고 허기지고 느렸지만 그래도 날갯짓을 계속하며 녀석은 계속해서 날아갔다. 해가 완전히 지자 밤바람이 불기 시작했다. 녀석은 이미 약해질 대로 약해진 힘이나마 쥐어짜서 고도를 높였다. 그러자 위쪽에서 불어오는 따뜻한 바람 덕분에 나는 것이 좀 편해졌다.

아탈라파는 새벽부터 하루 종일 날았고, 게다가 먹이를 단 한 입도 먹지 못했기 때문에 생명의 위험에 노출되어 있었다.

그래도 녀석은 계속해서 날았다. 새러낵 호수에 어둠이 떨어지면 박쥐들은 힘차게 날기 시작한다. 하지만 아탈라파는 지금 마치 왜가리처럼 천천히 날개를 퍼덕이며 힘겹고 고통스럽게 날고 있었다. 공중 파도타기 같은 것은 엄두도 내지 못했다. 그저 꾸준히 한 방향으로만 날고 또 날 뿐이었다.

이미 천 킬로미터를 넘게 날았다. 작은 가슴은 헐떡거리고 있었고, 윤기 나던 검은 털은 물보라 때문에 칙칙해졌고, 입술에는 소금이 붙어 타들어가듯 쓰라렸지만 그래도 아탈라파는 쉬지 않고 계속해서 날았다.

펄럭. 펄럭, 펄럭. 매정한 바다 말고는 아무것도 없었다. 작지만 용감한 정신도 점점 사그라들고 있었다. 하지만 계속해서 날았다.

펄럭, 펄럭, 펄럭, 들리는 것이라고는 파도 소리뿐이었다. 쉴 만한 곳은 어디에도 보이지 않았다. 게다가 피난처를 찾을 만한 단서는 마법의 힘을 가진 날개에도 전혀 잡히지 않았다. 하지만 아탈라파는 힘겹게 날개를 퍼덕이며 계속 날았다.

펄럭, 펄럭, 펄럭. 아탈라파의 눈은 이미 오래 전부터 흐려져 있었다. 튼튼한 날개도 이제는 주인의 말을 잘 듣지 않았다. 하지만 물떼새의 흔적을 쫓아 아탈라파는 날고 또 날

있다.

만물의 어머니인 대자연은 더할 나위 없이 냉혹한 처사를 하기도 한다. 하지만 가끔은 근심으로부터 구해 주기도 한다. 아탈라파는 곧 감각을 완전히 잃을 뻔했다. 느릿느릿 날갯짓을 하다가 이내 최후의 순간이 가까워 오고 있음을 느끼기 시작했다. 그런데 그때 어둠 속에서 휘파람을 부는 듯한 소리가 들려 왔다. 아탈라파를 앞서 나가던 물떼새가 내던 소리와 같은 소리였다.

그 소리는 마치 먹이나 마실 것이 몸에 들어온 것처럼 몸 구석구석에 흥분을 불러일으켰다. 아탈라파는 다시 목표를 정하고 속도를 냈다. 당장이라도 멈출 것 같이 약해진 날개를 다시 또 펄럭였다. 그때 소리가 점점 더 커졌다. 그리고 곧 해변이 보이고 그곳에서 물떼새들이 뛰어다니며 휘파람 같은 소리를 내고 있었다. 오! 낙원이었다! 드디어 낙원에 도착한 것이다! 오! 이제 쉴 수 있다! 아탈라파는 해변의 모래사장을 건너 육지로 날아갔다. 그리고 날개를 펴고 날아 내려가 몸을 약간 떨면서 꼼짝도 하지 못한 채 그대로 있었다.

무정한 만물의 어머니이자 동시에 만물을 사랑하는 어머니는 자신의 자식들 중에 가장 강한 아이를 영원히 사랑한다. 그 위대한 어머니가 지금 아탈라파에게 다가왔다. 그녀는 아탈라파의 눈을 감겨 주고 죽은 듯이 곤하게 자게 해 주었다. 그리고는 바람을 일으켜 사초로 아탈라파의 몸을 덮어서 그 어떤 해변갈매기도 그리고 그 어떤 나쁜 바다 짐승도 그를 해치지 못하게 했다. 아탈라파는 잠에 빠져들었고, 따뜻한 바람이 노래를 불러 주었다.

날개 달린 요정들

잠들어 있는 아탈라파의 위로 나방파리가 윙윙거리며 날고 해변에서는 물떼새가 휘파람 같은 소리를 내며 울고 있었다. 이윽고 태양이 떠올랐다. 하지만 대자연의 어머니가 아탈라파의 몸에 풀을 모아 덮어 준 덕분에 한낮의 햇빛을 막을 수 있었고 또 굶주린 갈매기에게도 들키지 않을 수 있었다.

바닷물이 밀려오기는 했지만 아탈라파가 죽은 듯이 자고 있는 곳까지는 미치지 못했다. 두번째 밀물이 몰려왔다가 나갔다. 태양은 어두운 서쪽 바다 쪽으로 떨어지고 나서야 아탈라파는 잠에서 깨었다. 녀석은 몸을 부들부들 떨면서 천천히 기운을 차렸다. 선장은 이제 확실히 잠에서 깨어 다시 배

를 지휘하기 시작했다. 다시 한 번 아탈라파의 자신의 본모습을 찾은 것이다. 아탈라파는 의식은 있었지만 아직은 허약했다. 게다가 타는 듯이 심한 갈증이 느껴졌다.

아탈라파의 날개는 튼튼했지만 지금은 뼛속까지 지쳐 굳어 있었다. 아탈라파는 날개를 펴고 간신히 날아올랐다. 물이 있었다. 아탈라파는 즉시 그 위로 날아가 수면에 입술을 대고 허겁지겁 물을 마셨다. 바닷물은 마시면 안 된다는 것을 잊어버린 것일까? 아니면 배운 적이 없었던 걸까?

아탈라파는 마르고 탈 것 같은 혀를 하고는 내륙으로 날아갔다. 바위에 둘러싸인 넓은 못이 보였다. 수면에 밝은 하늘의 색이 비쳐 칙칙한 땅과 대조가 되었다. 아탈라파는 확실히 알 수 있었다. 아탈라파는 그곳을 날아가 물을 마셨다. 오! 이런 꿀맛이! 달디단 맛이었다! 오, 멋진 향기에다 이런 상쾌함까지! 내린 지 얼마 되지 않은 빗물은 너무도 달콤하고 시원했다! 아탈라파는 타는 듯한 입술에서 소금기가 완전히 가실 때까지 물을 마셨다. 몸의 열이 가시고, 몸에 난 털구멍에까지 수분이 들어갈 때까지, 날개가 차가와지고 촉촉해질 때까지 계속해서 물을 마셨다. 이윽고 머리가 맑아지면서 새로운 힘이 생겨났다. 아탈라파는 공중으로 날아올라 못 근처로 가 그곳에 무진장 널려 있는 먹이를 맛있게 먹었다.

영원히 여름만 계속되는 섬에서 겨울을 보내는 박쥐가 있을까? 언덕에 아무런 봄꽃도 피지 않는다고 봄을 불안하게 여기는 이가 있을까? 아탈라파는 예전처럼 또 다시 북쪽으로 여행하고픈 충동에 사로잡혀 무자비하게 이어지는 광대한 바다를 향해 다시 한 번 날개를 펴고 시끄러운 울음소리를 내는 새들과 함께 여행을 할까? 날개가 부러져서가 아니라 너무 지쳐서 해변의 모래사장에 있는 소나무 숲에 내려왔다가 동료들과 함께 다시 한 번 남동풍을 받으며 북서쪽으로 비행할까? 계절이 바뀔 때 새러낵 호수로 되돌아와 통통한 밤나방을 쫓고 녹색의 나방을 잡거나 혹은 도저히 상대할 수 없을 것처럼 크고 힘세 보이던 오렌지 색 불나방을 잡아 찢는 생활을 다시 시작할까?

만약 아탈라파의 모습을 보고 싶다면 해스킨스네 물레방앗간 위쪽 못으로 가 보라. 그러면 커다란 몸과 멋진 비행 솜씨를 보고 녀석을 금방 알아차릴 수 있을 것이다. 또 녀석의 모습을 보고 싶다면 버뮤다 제도로 가서 겨울을 보내면 된다. 왜냐하면 힘에 넘치는 독수리가 높은 하늘을 홀로 날아 올라 여행의 기쁨을 느끼는 것처럼 녀석도 영웅적인 장거리 비행을 좋아하기 때문이다.

하지만 반드시 알아야 할 것이 또 하나 있다. 마시 산 동쪽에 있는 비버의 연못 근처에 있는 시원한 녹색 숲의 회랑을 찾아간다면 당신은 날개 달린 요정들이 오는 것을 보고 깜짝 놀랄 것이다. 그들은 그곳에서 즐겁게 왁자지껄 떠들고 있을 것이므로. 만약 긴 날개에 은빛이 도는 갈색의 벨벳 모피를 걸치고 어깨에는 은빛 띠무늬가 있는 박쥐를 보려거든 밤 늦게 그곳에 가면 된다. 또 만약 당신이 훌륭한 관찰력을 가지고 있다면 계절이 깊어갈 때 날개 달린 요정이 오렌지 빛 모피에 어깨는 은색인 왕자를 둘 데리고 함께 나는 것을 볼 수 있을 것이다. 은빛 띠야말로 그들의 신분을 완벽하게 보여주는 것이다. 아탈라파와 똑같은 바로 그 띠 말이다.

캐나다기러기 이야기

호수에 울려퍼지는 나팔 소리

캐나다 북방의 야생 지대를 알고 있는 사람이라면, 푸른빛과 녹색으로 물든 황야를 떠올릴 때 캐나다기러기가 "끼룩끼룩" 우는 소리가 가장 먼저 생각날 것이다. 온통 푸른 숲으로 둘러싸인 푸른 호수에서 울리는 그 소리를 태어나서 처음으로 듣는 사람이라면 누구든 큰 흥분을 맛보게 마련이다. 그리고 그런 흥분은 그 소리를 들을 때마다 그의 마음속에 다시 살아난다. 기러기의 그 날카로운 울음소리에서 흥분을 느끼는 것은 우리뿐이 아니다. 우리의 선조들 역시 그랬을 것이다. 우리의 먼 선조들에게 기러기 소리는 배고픔으로 고생하던 겨울이 끝나고 봄이 왔음을 알리는 희소식이었음이 틀림없다. 기러기가 오면 산에 쌓여 있던 눈이 녹고 갈색의 맨땅이 드러나면서 사냥감이 다시 돌아온다. 모든 것이 얼어붙어 있던 지옥 같은 겨울이 종말을 고하는 것이다. 푸른빛으로 충만한 땅, 따뜻하고 찬란한 천국의 땅이 바로 이곳이다. 이것이 바로 기러기 소리가 전해 주는 소식이다. 그래서 나는 기러기들이 마치 쐐기 같은 대열을 이루고 하늘을 날며

끼룩끼룩 우는 소리를 들으면, 언제나 갑작스럽게 눈물이 어리고 목이 메인다. 만약 옆에 있는 사람이 나처럼 기러기 소리에 감동할 수 있는 사람이 아니라면 나는 얼른 고개를 돌린다.

나는 숲 속에 집을 지었다. 진한 푸른빛으로 가득 찬 호수 주위로 숲이 펼쳐져 있었고 물에서는 사향뒤쥐들이 헤엄을 치고, 그 위로는 나뭇가지들이 뻗어 있었다. 그 풍경을 바라보고 있을 때, 내 머리, 아니 그보다 더 오래된 내 기억이 뭔가 있어야 할 소리가 들리지 않는다는 것을 일깨워 주었다. 처음엔 그것이 무엇인지 몰랐다. 그것이 무엇인지 알아내려고 애를 써 보았지만 소용이 없었다. 내가 그것을 알게 된 것은 우연한 그것도 전혀 뜻밖의 장소에서였다. 나는 기러기 울음소리를 듣고 싶었던 것이다. 나는 아득한 옛날 쐐기 대형으로 하늘을 날던 그 기러기들의 울음소리를 갈망했다.

그래서 나는 다른 호수에서 목이 검은색인 기러기 한 쌍을 잡아와서 날개의 칼깃을 잘랐다. 방랑의 계절이 돌아와도 날아갈 수 없게 하기 위해서였다. 그 두 마리 기러기는 작은 섬에 둥지를 틀었다. 둥지는 노출되어 있어서 어디서든지 보였다. 암컷 기러기는 부드러운 잿빛 솜털깃으로 바닥을 깐 멋진 둥지에 큼지막한 상아색 알 여섯 개를 낳았다. 참을성 많은 어미는 매일 오후, 반 시간 정도 자리를 뜨는 것 말고는 4주 내내 꼼짝 않고 알을 품었다.

한편 수컷은 섬 주위를 끊임없이 빙빙 헤엄쳐 돌며 꼭 붙어 있었다. 마치 정찰 임무 중인 군함 같았다. 수컷은 알을 한 번도 품지 않았고, 암컷 역시 결코 보초를 서지 않았다. 어느 날 나는 둥지가 어떻게 생겼는지 알아보기 위해 섬에 올라가 보려 했다. 위험을 알리는 경보를 발령한 쪽은 알을 품고 있던 기러기였다. 짧고 커다란 울음소리를 내기도 하고 쉭쉭 소리를 내며 날카롭게 공격하기도 했다. 꽥꽥 하는 짧고 커다란 울음소리 그리고 쉿 하는 긴 소리가 들리더니 내 배가 물가에 닿기도 전에 물가와 배 사이로 물을 튀기며 수컷이 정면으로 공격해 왔다. 그들의 섬에 올라가기 위해서는 수컷의 시체를 밟고 가지 않고서는 달리 길이 없었다. 결국 내가 단념하는 수밖에는 없었다.

드디어 새끼들이 태어났다. 알 여섯 개의 껍질이 갈라지면서 금빛 솜털에 둘러싸인 귀여운 새끼들이 "삑삑" 소리를 내면서 얼굴을 살짝 내비쳤다. 다음 날, 녀석들은 차례로 둥지에서 나왔다. 어미 기러기가 가장 앞에, 새끼들이 그 바로 뒤쪽에, 그리고 힘센 아빠 기러기가 맨 뒤에 섰다. 내가 아는 한, 그날 이후로 그 기러기 가족은 언제나 이런 순서로 열을 지어 돌아다녔다. 그 모습은 내게 여러 가지를 생각하게 했다. 엄마 기러기가 항상 맨 앞에 서고 타고난 전사인 아빠 기러기가 묵묵히 뒤를 따른다. 아빠 기러기는 정말로 용기있는 호위병이었다. 늑대거북, 매, 검은채찍뱀, 미국너구리, 떠돌이 개들이 기러기나 닭의 새끼를 노리곤 했지만, 아빠 기러기는 자기 새끼들을 공격하는 적은 절대로 가만두지 않았다. 그래서 몸집이 비슷한 짐승들 중에 아빠 기러기와 맞서려는 녀석들은 거의 없었다.

덕분에 새끼들은 무럭무럭 자랐다. 석 달도 되기 전에, 녀석들은 거의 부모 만큼이나 몸집이 커졌고 깃털도 꽤 났다. 넉 달이 되자 날개도 완전히 자랐다. 소리는 아직 작고 가늘어서 나팔처럼 높고 강한 울음소리는 낼 수 없었지만 그밖의 다른 면에서는 어미를 꼭 빼어닮았다. 곧 녀석들은 날갯짓하는 법을 알게 되었고 호수 위로 짧은 거리나마 비행을 하기 시작했다. 날개의 힘이 강해지면서 목소리도 점점 더 굵어졌다. 그리고 마침내 녀석들 역시 나팔처럼 높고 강한 소리를 낼 수 있게 되었다. 내가 꿈꾸어 왔던 것이 실현되었다. 기

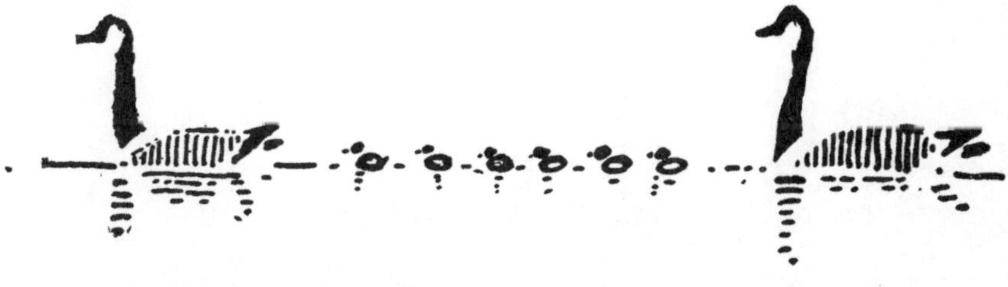

러기 음악대가 나팔을 불며 하늘을 날다가 자기들의 집이자 나의 집이기도 한 호수로 돌아오는 것이었다. 새끼들은 몸에 힘이 붙으면서 더욱 더 멀리 그리고 높이 날았다. 낙엽이 떨어지는 달이 끝나갈 무렵, 작은 새들이 무리를 지어 하늘을 날았다. 하늘 높은 곳에서 예전의 그 커다란 울음소리가 들려왔다. 북쪽 하늘에서 들려온 그 소리의 주인공들은 머리 부분이 화살처럼 생긴 기러기 네 마리였다. 모든 기러기 일가들이 그러하듯 이 대열의 맨 앞에 선 것 역시 어미임이 틀림없었다.

떠날 수 없는 집

내 호수에서 사는 기러기들은 하늘을 바라보며 큰 소리로 응답한 후 호수 위에 정렬했다. 어미가 맨 앞에 섰고, 모두들 뭔가 속삭이면서 한 줄이 되어 움직이기 시작했다.

어미가 뭐라고 신호를 주자, 기러기들은 더욱 더 빨리 헤엄을 치기 시작했다. 그러다가 갑작스럽게 날카로운 소리가 났다. "끼룩" 그들은 넓은 날개를 조금 편 후 거울 같은 호수면 위를 퍼득이며 날아오르기 시작했다. "끼룩, 끼룩" 그들의 몸이 수면 위로 떠올랐다. 기러기들은 일렬로 날아올라, 남쪽 하늘을 향해 날아가는 다른 동료들에게로 갔다.

"끼룩, 끼룩, 끼룩" 그들은 속도를 내며 외쳤다. "이리 와! 이리 와!" 모두가 행진곡을 부르며 서로 힘을 북돋았다. 절대로 길들여지지 않는 야생의 피가 그들의 가슴속에서 빠르게 솟구쳤다. 그것은 마치 장엄한 트럼펫 소리 같았다. 그런데, 어찌된 일일까!

대열 속에 어미 기러기가 보이지 않았다. 어미 기러기는 여전히 수면 위에서 물보라를 일으키며 날개를 파닥거리고 있었던 것이다. 아빠 기러기도 마찬가지였다. 이제 어미 기러기는 새끼들이 "이리 와!"라고 외치는 소리보다 더 큰 소리로 "돌아와!"라고 외치고 있었다. 아빠 기러기도 옆에서 외쳤다. "돌아와!"

그 소리를 들은 새끼들이 방향을 돌려 숲 위를 높게 선회하면서 급히 돌아왔다. 녀석들은 물보라를 튀기며 어미 옆에 내려 앉아 불안한 듯 헤엄치면서 나지막한 소리로 물었다.

"무슨 일이에요? 무슨 일이 있나요?" "왜 가면 안 되는 거에요?" "엄마, 왜 그래요?"

하지만 어미 기러기는 설명해 줄 수 없었다. 어미 기러기가 아는 것이라고는 새끼들에게 날아가라는 말을 한 다음 자신도 새끼들처럼 날개를 쳤지만 아무리해도 몸이 뜨지 않았다는 것 뿐이었다. 아무튼 실패였다. 새끼들은 날아올랐지만, 힘센 대장인 엄마와 아빠는 이상하게도 실패한 것이다. 하지만 이런 일은 누구에게나 있는 법이다. 어쩌면 도움닫기가 부족했을 수도 있다. 그래서 어미는 새끼들을 호수의 북쪽 끝으로 데리고 갔다. 그곳은 호수면이 눈앞에 쭉 펼쳐져 있어 도움닫기를 할 수 있는 거리가 긴 곳이었다. 그들은 여기서 다시 한 번 정렬했다. 선두에 선 엄마가 "끼륵"하고 낮고 짧게 두 번 신호를 주자 옆에 흩어져 있던 새끼들이 줄지어 섰다.

어미가 "자, 이제 시작한다"라고 말하고 머리를 몇 차례 끄덕끄덕한 후 남쪽을 향해 헤엄치기 시작했다. 그러자 새끼들도 "자, 우리도 시작해요"라고 말하며 목을 끄덕끄덕 한 후 헤엄치기 시작했고, 이어서 맨 뒤에 있던 아빠도 굵직하고 강한 소리로 "나도 시작한다"고 말한 후 헤엄을 쳤다. 헤엄치면서 날개를 펴고 다리로 물을 차며 속도를 내자 모두 몸이 공중으로 떠올랐다. 그들은 더욱 더 크게 울기 시작했고 그 소리는 이내 합창으로 부르는 행진곡으로 변했다. 위

로 위로, 숲에 있는 나무보다 더 높이. 하지만 왠일인지 이번에도 엄마는 보이지 않았고, 아빠도 호수 뒤쪽에 그대로 남아 있었다. 보이지 않았다. 이번에도 또 퇴각을 알리는 소리가 들려왔다. "돌아 와! 돌아 와."

그러자 말 잘 듣는 새끼들이 날개 소리를 내며 선회한 후 미끄러지듯이 호수에 착륙했다. 한편 엄마 기러기와 아빠 기러기는 모두 낮고 짧게 단속하는 소리를 내며 당혹감을 표시하고 있었다.

똑같은 광경이 몇 차례 더 반복되었다. 하늘에서 동료들이 쐐기 대형으로 날며 가을을 알리는 소리를 내면, 호수 위의 기러기들은 멈추기 힘든 충동에 사로잡혀 다시 정렬을 했다. 의식에 필요한 모든 법도는 하나도 빠짐없이 지켰는데도 결정적인 순간에 꼭 문제가 생기는 것이었다.

"미친 달"이 되자 기러기들의 충동은 최고조에 달했다. 녀석들이 정렬했다가 날아오르는 모습을 하루에도 스무 번이나 볼 수 있을 정도였다. 하지만 그때마다 엄마의 소리가 들리면 어김없이 되돌아왔다. 사랑과 의무의 결속력이 매해 찾아오는 종족의 관습보다도 더 강력했던 것이다. 그것은 사실상 자기들의 법칙들 사이에 생겨난 심한 충돌이었지만 가장

강한 것은 사랑에 의해 절대화된 "복종"이었다.

얼마 후, 충동은 사라지고 기러기들은 호수에서 겨울을 나게 되었다. 새끼들은 여러 번 장거리 비행에 나섰지만, 부모에 대한 공경심이 강하게 일어나는 바람에 되돌아오곤 했다. 그렇게 겨울이 지나갔다.

다시 봄이 찾아오자 이번에는 남쪽에서 북쪽으로 날아가는 기러기들이 새끼들을 충동질했다. 그러나 전만큼 강한 충동은 아니었다.

여름에 또 다른 새끼들이 태어났다. 부모들은 지난 해에 태어난 새끼들이 곁에 오지 못하도록 물리쳤다. 아빠 기러기는 이번에도 늑대거북, 너구리, 떠돌이 개들을 쫓아냈다. 9월이 되자 새로 태어난 새끼들이 작년에 태어난 새끼들과 함께 호수 위에 있는 모습이 보였다.

날개를 가진 동족이 남쪽으로 여행을 떠나는 달인 10월이 되었다. 기러기들이 호수 위에 정렬해 "날아!"라고 소리높여 외치는 일이 반복되었다. 작년과 똑같은 광경이었다. 하지만 하늘로 날아올랐다가 어미가 "돌아와!"라고 외치면 다시 돌아오는 기러기들의 수가 십여 마리로 늘어 있었다.

이별과 재회

그렇게 10월이 지나갔다. 나뭇잎이 전부 떨어질 무렵, 예상치도 못했던 일이 일어났다. 만물의 어머니인 선량한 대자연이 가장 이례적인 경우에 대해 아주 이례적인 대책을 내놓은 것이다. 엄마 기러기의 잘린 칼깃을 돌려 주었지만 아빠 기러기의 날개는 그대로 내버려 둔 것이다. 그 일은 아주 느리게 진행되었다. 엄마 기러기의 날개가 제대로 돌아온 것은 10월이 거의 끝나갈 무렵이었다. 드디어 어느 날 나팔이 울렸고 기러기들이 일제히 날아올랐다. 그들은 이미 그 주에만 백여 차례는 날아오르는 시도를 했었다. 그렇다! 어미 기러기도 있었다. 나팔 소리는 합창이 되어 점점 더 크게 울려퍼졌다. 그들은 나무 위로 솟구쳐 올랐다. 어미 기러기는 새끼들을 커다란 화살 대형으로 정렬시켰다. 그들은 요란한 소리를 내며 점점 더 멀리 날아가 마침내 남쪽 하늘로 사라져 버렸고, 조용한 호수 위에 남겨진 아빠 기러기는 슬픔에 북받쳐 큰 소리로 울어 댔다. "돌아 와!" 날개가 말을 듣지 않았던 것이다. 새끼들의 복종심은 그들의 어미, 그리고 남쪽 고향으로 가고자 하는 충동에 매어져 있었다는 것이 드러났다.

그해 겨울 내내 수컷은 홀로 얼음 위에 앉아 있었다. 눈이 내리는 때가 되자 매나 까마귀 같은 것들이 이따금 머리 위를 지나가곤 했고 그러면 수컷은 언제나 경계를 늦추지 않던 눈으로 잠시 위를 올려다 보았다. 하지만 이내 경계를 풀었다. 고독한 파수꾼으로 하여금 소집 나팔 신호를 울리게 하는 소리가 한두 차례 들려오기도 했다. 하지만 그 소리는 곧 사라졌다. 녀석의 그런 모습을 보는 것은 슬픈 일이었다. 우리가 녀석의 가족들이 결코 돌아오지 않는다는 것을 알고 있다는 사실은 더욱 더 우리를 슬프게 했다. 그 기러기 가족은 사람을 믿고 있었다. 여기서는 사람들이 친절하게 행동했기 때문이다. 그런데 이제 그들은 교활하고 무자비한 총잡이들이 드글거리는 땅으로 가 버린 것이다. 그들이 여행의 위험을 깨닫게 될 때는 이미 늦을 것이다. 게다가 수컷은 결코 다른 짝을 구하지 않을 것이다. 왜냐하면 캐나다기러기는 일생 동안 단 한 번만 짝을 선택하기 때문이다. 혼자 남겨진 수컷 기러기는 평생을 홀로 살다가 죽는 것 말고는 다른 선택의 여지가 없다.

그 가련한 수컷 기러기를 끝없는 고독으로 내몬 것은 타고

난 성실함이었다.

눈이 녹으면서 화창한 날들이 찾아왔다. 눈 녹은 물이 얼음을 깨고 흐르자, 하늘에서 다시 나팔소리가 들려왔다. 수컷 기러기는 얼음이 녹은 호수의 수면으로 헤엄쳐 가서 그 소리에 응답했다.

"끼룩, 끼룩, 돌아와, 돌아와, 돌아와."

하지만 하늘을 나는 기러기 무리는 "끼룩" 소리만 내고는 그대로 지나가 버렸다.

날이 점점 화창해지자 수컷 기러기도 조금 기분이 나아졌는지 얼음이 녹은 호수 위를 헤엄쳐 다녔다. 하지만 정말로 불쌍한 일이었다. 그 수컷 기러기는 앞으로도 오랫동안 혼자 고독한 삶을 살아가도록 운명 지워졌는데도 자기 자신을 속이고 충실하게 가족을 기다리고 있었다.

향기로운 4월로 접어들면서 숲은 일제히 초록빛으로 옷을 갈아입었다. 호수는 맑은 물로 넘쳐났다. 아빠 기러기는 변함없이 호수를 헤엄쳐 다니며 가족들이 돌아오는지를 살펴보는 일을 멈추지 않았다. 녀석은 하늘에서 무슨 소리라도 들릴라치면 항상 응답을 했다. 오! 너무도 충실한 나머지 그 충실함이 오히려 부담으로 다가오는 것을 보는 것은 정말로 슬픈 일이다.

하지만 청개구리와 딱따구리가 노래를 부르던 어느 날, 정말로 엄청난 사건이 일어났다!

아빠 기러기는 여느 때처럼 가족을 기다리고 있었지만 그날은 보통 때보다 분주하게 헤엄쳐 돌아다니고 있었다. 기다리던 소식이 언제 어디서 올지 누가 알겠는가? 아빠 기러기는 고개를 들고 호수 위를 헤엄쳐 다니며 짧고 강하게 끼룩 소리를 내고 있었다. 슬퍼 보였다. 하지만 곧 뭔가 흥분할 일이 생겼는지 녀석의 목에 난 깃털이 곤두섰다.

녀석은 종소리처럼 요란한 울음소리를 여러 번 냈다. 그리고 나서 녀석은 우리가 오래 전에 들었던 그 행진곡을 불렀다. 그러자 녀석의 나팔 소리에 응답하는 소리가 하늘 저 편에서 들려왔다. 소리는 점점 더 크게 들려왔다. 동시에 기러기 열세 마리로 이루어진 편대가 푸른 하늘에서 순식간에 내려와 호수 위에 내려앉았다. 하늘의 편대가 내던 그 커다란 소리는 이제 부드러운 재잘거림으로 바뀌었다. 그들은 수컷 기러기 주위로 일제히 모여들어 마치 애정 어린 인사라도 하듯이 목을 내밀었다.

의심의 여지가 없었다. 물론 새끼들은 완전히 자라서 낯설어 보였다. 하지만 짝은 확실했다. 어미 기러기가 돌아온 것이다. 이렇게 해서 충실한 부부는 다시 함께 살게 되었고 지금도 예전처럼 살고 있다.

매년 가을이 되면 기러기 무리는 일제히 먼 곳으로 여행을 떠나고, 그러면 아빠 기러기는 어쩔 수 없이 남아야 했다. 하지만 가족 모두를 묶어 주고 또 떠났다가도 다시 돌아오게 만드는 그 결속력은 죽음의 공포보다도 더 강한 것이다. 그래서 나는 기러기를 사랑하고 존경하게 되었다. 어머니인 대자연은 이 새에게 결코 사라지지 않는 사랑을 주고 동시에 대자연 자신의 훌륭한 목적을 실현하기 위해 평생 변치 않는 충실함을 주었다. 이런 약속을 부여받은 기러기들은 온갖 전염병과 야수들로 가득한 험한 세상에 살면서도 무사히 살아갈 것이다.

내가 생각하기에 그 비밀의 대부분은 어미 기러기의 현명함과 인내심에 있는 것 같다. 그러나 오랜 시간에 걸친 시련은 두려움을 모르고 용감하게 싸우는 수컷 기러기에게 가장 미미한 자리를 주었다. 가족의 맨 끝에 서서 용감하게 싸우는 수컷은 최후의 비상 수단일 뿐이다. 새끼들이 어미에게 복종하는 것은 불가사의하고 냉혹한 자연의 법칙이다. 힘이

아닌 지혜가 그들을 인도한다. 다른 동물들이 사라져 갈지라도 그들은 지상에서 자기들 종족의 영역을 넓히며 오랫동안 계속해서 번성해 갈 것이다.

못된 원숭이 지니

위험한 짐승

워드맨 이동 동물원에 도착한 동물 운반용 상자는 모서리가 철로 튼튼하게 덧대어져 있었고 "위험"이라는 표시가 되어 있었다. 수석 사육사 존 보너미가 우리 속을 들여다보려고 가까이 가는 순간 안에서 뭔가가 "꽥 꽥" 하는 쉰 목소리를 내며 창살을 심하게 두드려댔다. 경고문이 괜한 소리는 아닌 모양이었다. 우리 안이 어두워서 잘 보이지는 않았지만 동물을 많이 보아온 존은 녀석이 인도산 원숭이 중에서 가장 크고 힘이 센 종류인 하누만이나 랑구르원숭이라는 사실을 알 수 있었다. 녀석은 암컷인데도 서 있을 때 키가 90센티미터를 넘는 덩치여서 사람에게도 위험할 정도였다.

다른 사육사들도 우리 주위로 몰려왔다. 하지만 누구라도 손이 닿을 정도로 접근하면 그 못된 원숭이는 상자의 창살로 달려들어 미친 듯이 날뛰었다. 조금이나마 깨끗하게 치워 주려고 상자 안으로 막대기를 넣어 긁으려고 하자 녀석은 곧바로 막대기를 손에 잡고 이빨로 물어 엉망으로 만들었다. 원숭이 우리 담당 사육사인 키프는 자신이 나서서 어떻게든 해야 할 것 같은 책임감을 느끼며 우리 안을 들여다보고 있었다. 그때 갑자기 털북숭이의 가늘고 긴 팔 하나가 불쑥 튀어나오더니 키프가 쓰고 있던 보안경을 낚아챘다. 그뿐만 아니라 얼굴도 할퀴어 키프를 엄청나게 화가 나게 만들었다. 하지만 다른 사육사들은 그저 재미있어 할 뿐 달리 어떻게 할 수는 없었다.

몇 가지 지시만 내린 후 어디론가 가 버렸던 존이 이 시끄러운 야단법석 때문에 다시 돌아왔다. 경험이 많은 그는 이내 상황을 파악했다.

"동물들도 인간과 똑같다는 걸 모르다니." 그는 사육사들을 자리에서 떠나게 한 후, 그 미치광이 원숭이 옆에 쪼그리고 앉아 말을 걸었다. 그는 문득 떠오른 이름을 붙여 우리 안의 원숭이에게 말했다. "지니야. 지니야. 나랑 친구 하자. 우린 금방 친해질 수 있을 거야." 그는 온화한 목소리로 계속 말을 걸었다. 손이나 발은 절대로 움직이지 않았고 다만 녀석을 부드럽게 구슬리기만 했다.

녀석은 처음에는 아주 험악한 표정이었지만 이내 인격이라는 강력하고 신비로운 힘에 반응해 점차 누그러졌다. 녀석은 콧김을 거칠게 내뱉는 동작을 그만두고 상자 뒤쪽의 오물

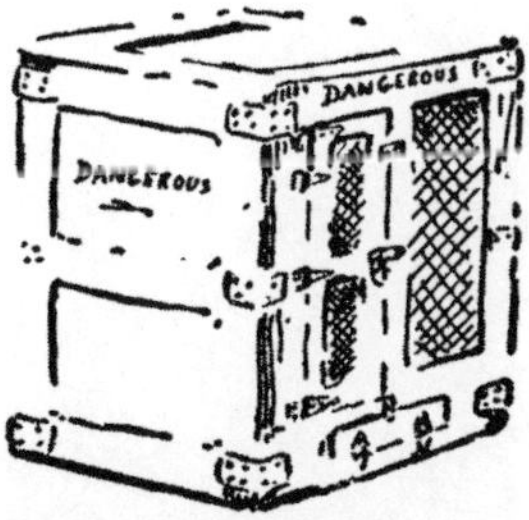

쪽으로 가서 웅크리고 앉았다. 사나움이 다소 가신 표정으로 그를 노려보며 피골이 상접한 양손은 신경질적으로 팔짱을 끼고 있었다. 보너미는 한동안 몸을 까딱도 하지 않을 생각이었는데, 갑자기 바람이 불어 모자가 날아가려고 하는 바람에 손을 들어 모자를 눌렀다. 그러자 원숭이는 움찔하며 눈을 깜빡이더니 다시 심한 증오의 울음소리를 내기 시작했다.

"오라! 그동안 누군가가 널 때렸던 모양이구나" 그는 그렇게 말하고 원숭이의 몸을 살펴보았다. 흉터와 가벼운 상처가 몇 군데 보였다. 그는 녀석이 배에 실려 바다를 건너왔다는 것을 떠올렸다. 녀석의 여행이 어땠을지 대충 짐작이 갔다. 끊임없이 요동치는 배와 무시무시한 뱃멀미, 상상을 초월할 정도로 잔인한 대우, 지독한 먹이는 많은 원숭이들을 고통스럽게 했을 것이다. 게다가 지금 그의 눈앞에 있는 좁고 더러운 상자는 그 긴 항해의 비참함을 상상할 수 있게 해 주고 있었다. 이 원숭이가 인간에게 얼마나 무시무시한 고통을 당했는지는 쉽게 추측할 수 있는 일이었다.

존은 천성적으로 동물을 사랑하는 사람이었다. 그는 동물들 사이에서 일하는 것을 좋아했다. 그는 어떤 위험한 동물이라도 길들일 수 있었다. 그는 다루기 어려우면 어려운 상대일수록 더 큰 즐거움을 느꼈다. 그는 하루 정도면 그 원숭이를 길들일 수 있었을 것이다. 그러나 그것 말고도 해야 할 일들이 많았기 때문에 그는 원숭이 사육사에게 그 더러운 수송용 상자를 캔버스 천으로 덮어 치료실로 운반하라고만 했다. 사육사는 지시대로 상자를 더 큰 우리로 옮겼다. 그러다가 상자 문이 조금 열리게 되었다. 그래서 사육사가 쇠망치로 상자 문을 두들겨 닫았는데, 상자문을 두드릴 때마다 원숭이는 무시무시한 소리를 질러댔다. 조치가 다 끝나자 사육사는 안전한 곳으로 물러나서 상자의 문을 끌어당겨 열어 주었다.

우리 문이 열리면 금방 튀어나오는 동물들도 있지만, 지니는 그렇게 하지 않았다. 녀석은 상자 뒤쪽으로 물러나 웅크리고 앉아 털이 많은 눈썹을 실룩거리며 반항심이 그득한 눈길로 밖을 노려보며 조금도 나올 생각을 하지 않았다. 못으로 박은 상자 안에 갇혀 있을 때와 똑같았다.

존은 녀석을 그대로 내버려두었다. 서둘러 봐야 소용없다는 것을 알고 있었기 때문이다. 체스필드 경은 서두르면 예의를 갖출 수 없다고 했는데 그 말대로 동물을 길들이려면 우선 예의를 다해야 한다. 게다가 원숭이의 몸에 난 상처를

보고 그는 인간 때문에 생긴 녀석의 가한 아픈 기억을 잊게 하려면 상당한 시간이 필요하다는 것을 알고 있었다.

녀석은 상자 안에서 하루 종일 나오지 않았다. 하지만 해가 지고 저녁이 되자 존은 녀석이 큰 우리로 나와 물통에 든 물로 얼굴과 손을 씻고 있는 것을 볼 수 있었다. 아마도 인도를 떠나 처음으로 몸을 씻을 기회를 얻은 것 같았다. 녀석은 틀림없이 물도 실컷 마셨을 것이다. 지금 녀석은 신경질적으로 주변을 둘러보고 있었다. 먹이에 코를 대고 냄새를 맡아 보긴 했지만 입에 대지는 않았다. 녀석은 강철 우리 주위를 조심스럽게 걷다가 우리의 창살에 칠해진 타르를 손가락으로 문질러 냄새를 맡아 보기도 하고 그러다 다시 돌아와 물을 마시기도 하고 사타구니에 있는 벼룩을 잡다가 다시 창살을 조사하는 일을 계속했다. 그러나 먹이에는 손을 대지 않았다. 원숭이 역시 인간과 마찬가지로 지독하게 놀라 당황하면 식욕이 안 생기는 법이다. 그저 물만 마시며 조용히 있었다.

다음 날 지니는 우리 안 높은 곳에 웅크리고 앉아 있었다. 그래서 담당 사육사는 기다란 긁개를 집어넣어 운송용 상자를 끄집어내려고 했다. 그러자 녀석이 사육사를 향해 튀어올라 철창을 잡고 사납게 날뛰었다. 사육사는 긁개로 녀석을 뒤로 밀쳐내려 했지만 그것은 상황을 더욱 나쁘게 만들 뿐이었다.

존은 사육사들에게 동물과 싸우지 말라고 이미 여러 차례 주의를 주었다. "그래 봐야 좋을 건 하나도 없다네. 공연만 망칠 뿐이지." 키프는 존에게 와서 투덜거렸다. "저 미치광이 원숭이한테는 두손 두발 다 들었어요." 두 사람이 건물에 들어서자마자 지니는 그들에게 달려들며 미친 듯이 난폭하게 굴기 시작했다. 키프가 자기에게 말했던 것보다 훨씬 더 심한 짓을 지니에게 했다는 것을 존은 알았다. 존은 키프를 내보내고 가만히 그 자리에 서서 그 원숭이에게 말을 걸기 시작했다. "자, 지니야, 너 창피하지도 않니? 우린 네 좋은 친구가 되길 바란단다. 널 돕고 싶구. 그런데 네 태도는 그게 뭐니?" 그는 거의 십 분 동안이나 다정한 말을 계속했다. 그리고 그의 믿음직스럽고 자애로운 인격은 결국 녀석으로 하여금 귀를 기울이게 하고 진정시켰다. 녀석은 높은 선반 위에 올라가 앉아 눈썹을 치켜올리고 이 커다란 사람을 응시했다. 그는 지금까지 만났던 사람들과는 많이 달랐다.

존은 사육사 키프가 녀석을 화나게 한 것을 알았기 때문에 감옥 안의 더러운 상자는 혼자서 꺼내기로 했다. 그가 상자

를 꺼내려고 하자 녀석이 또 험악해졌다. 하지만 그때마다 그는 동물을 놀라게 하거나 다치게 하면 안 되고 언제나 아주 부드럽게 말을 걸어야 한다는 자신의 신조를 지켰고 덕분에 가까스로 상자를 아무 탈 없이 꺼낼 수 있었다. 사실 그는 자신의 말을 동물들이 알아듣는다고는 생각하지 않았다. 하지만 자신이 친절하게 대하고 있다는 것은 동물들도 이해할 것이라고는 느꼈고 그것이면 충분했다.

그는 이 원숭이를 키프에게 맡기는 것이 좋은 일이 아니라는 것을 곧 알았다. 원숭이는 키프의 모습이 보이기만 해도 미친 듯이 난폭해졌다. 그러니 키프가 이 원숭이를 길들이는 것은 상당히 어려울 듯했다. 그래서 그는 자기가 직접 이 원숭이를 돌보기로 했다.

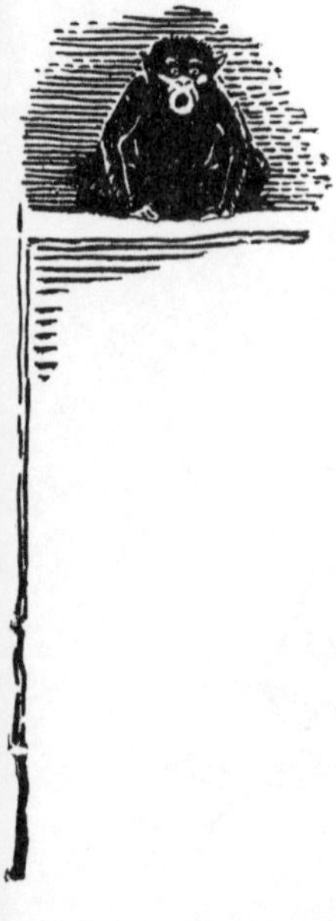

새로운 생활의 발견

전염병 예방을 위한 2주 동안의 격리 생활이 끝나자 지니는 놀랄 정도로 몸 상태가 좋아졌다. 털에도 윤기가 났고 생채기들도 다 나았다. 그리고 어떤 소리가 들려와도 이제는 덜 무서워하는 것 같았다. 존은 이제 녀석을 공연용 대형 우리로 옮겨도 괜찮다고 생각했다. 그는 포획용 소형 우리를 녀석의 우리 안 가장 높은 곳에 넣은 후 녀석이 그 우리 안으로 들어가는 것을 지켜보고 있다가 줄을 잡아당겼다. 포획용 우리 안에 갇힌 녀석은 다른 원숭이 십여 마리가 들어 있는 야외의 대형 우리로 옮겨졌다.

물론 그곳으로 옮겨지는 동안 녀석은 사람들에게 난폭하게 굴었다. 하지만 그들은 녀석을 안전하게 옮겼다. 사람들은 녀석이 관객의 인기를 한몸에 받을 것이라는 것을 알았다. 대중은 떠들썩한 싸움꾼을 더 좋아하기 마련이다.

새로운 곳에 조금 적응이 되자마자 녀석은 다른 원숭이들을 공격하기 시작했다. 다른 원숭이들은 요란한 소리를 내며 허둥지둥 가장 높은 횃대로 피했다. 그러면 녀석은 콧김을 내뿜기도 하고 털이 많은 눈썹을 씰룩거리며 위아래로 걸어 다니며 밖에 있는 사람들 모두를 쏘아보았다.

원숭이 담당 사육사가 먹이를 가지고 왔다. 녀석은 여전히 불같이 화를 냈지만 그래도 그는 평소처럼 우리 안으로 들어갔다. 그런데 그가 등을 보이자마자 지니가 그에게 달려들어 발을 물었다. 사육사도 심하게 물리긴 했지만 지니 역시 내팽겨쳐지는 바람에 상처를 입었다. 하지만 사람들은 이제 녀석이 허풍이 아니라 진짜로 "망나니 원숭이"라는 것을 알았다.

똑같은 망나니짓을 해도 철저하게 망나니짓을 하면 되려 매력이 있어 보이는 법이다. 지니도 너무 망나니짓을 했기 때문에 모두가 흥미를 느꼈다. 존은 그 일이 자기 관할인데다 마음씨도 따뜻했기 때문에 녀석을 자기가 직접 "말 잘 듣도록 길들이기로" 했다. 충동적인 결정이었다.

먹이를 주러 가자, 녀석은 높은 횃대로 올라가 코를 벌렁거리며 노려보며, 못마땅하다는 듯이 네 발로 연신 위아래로 정신없이 뛰어다녔다. 들어올 테면 들어와 보라는 태도였다. 그는 굳이 문제를 일으킬 생각이 없었다. 그래서 들어가지 않고 녀석을 뚫어지게 쳐다보았다. 한 가지만은 분명했다. 지니는 겁쟁이가 아니었고, 그것은 아주 중요한 일이었다. 용감한 동물은 겁이 많은 동물보다 훨씬 길들이기 쉬운 법이다. 그건 동물원에서 일하는 사람이라면 누구나 아는 사실이다.

존은 우리 안에 있는 원숭이들에게 먹이와 물을 주었다. 물론 우리 밖에서였는데 그것은 지니를 자극하지 않기 위해서였다. 그러나 녀석은 우리 가장자리를 돌아다니며 협박이라도 하듯이 낮게 으르렁거리며 작은 손가락으로 가슴을 긁어대다가 갑자기 위아래로 뛰기도 하고 때로는 창살을 향해 돌진하기도 했다. 녀석은 우리 안의 다른 원숭이들 모두를 괴롭혔지만, 그는 지니가 결코 어느 원숭이에게도 실제로 상처를 입히지는 않는다는 것을 눈치챘다. 녀석은 상처를 입힐 기회가 있더라도 도중에 그만두었다.

어느 날 아침, 관객들이 입장하기 전에 그는 아주 드문 광경을 목격했다. 지니를 아주 무서워하는 작은 원숭이가 한 마리 있었는데, 그 녀석은 평소에는 늘 지니를 경계했다. 그런데 그 날은 무슨 일인지 철창 앞쪽까지 나와 있었다. 녀석은 옆 우리에 있는 바나나를 훔치는 일에 온통 정신이 팔려 있었다. 녀석은 그 일에 집중하느라 한동안 주위를 돌아볼 틈이 없었다. 한편 지니는 슬그머니 녀석의 뒤로 다가와 손을 녀석의 등 위로 15센티미터쯤 들어올린 채로 서 있었다. 작은 원숭이는 지니가 다가온 것을 전혀 눈치채지 못했다. 손을 최대한 멀리 뻗어 보긴 했지만 겨우 손가락 하나가 닿을 뿐이었다. 녀석은 바나나에 손가락을 찔러 넣었다가 빼서 손가락을 빨았다. 그러다가 뒤를 돌아본 녀석은 기절초풍했다. 지니에게 포위되어 있었던 것이다.

순간 녀석의 몸은 공포로 얼어붙었다. 녀석은 비명을 지르며 우리 구석에 주저앉았다. 그러자 지니는 가만히 서 있다

가 손을 더 올려 작은 원숭이가 가도록 내버려 두었다. 존이 보기에는 지니가 그 상황을 즐기고 있는 것 같았다.

존이 말했다. "아, 이제야 알겠어. 녀석은 겁쟁이도 아니고 잔인하지도 않아. 망나니 원숭이가 절대로 아니라구. 사람들에게 학대를 받아왔기 때문이야. 하지만 이젠 문제없어. 내가 한 달 안에 말 잘 들도록 만들어 놓겠어."

그리고 나서 그는 지금까지 해 왔던 확실한 방법으로 지니를 길들이기 시작했다. 녀석이 겁을 먹지 않도록 조용히 움직이며, 되도록 자주 가서 항상 친절하게 말을 걸었다. 처음에는 그가 오면 녀석은 철창을 향해 위협적으로 돌진하곤 했지만, 그렇게 해 봐야 좋을 게 없다는 것을 알게 되자 일 주일도 안 되어 포기해 버렸다. 그러나 녀석은 횃대 높이 올라가 갈빗대를 긁기도 하고, 콧김을 내뿜기도 하고, 눈썹을 찌푸리면서 그를 노려보았다. 그러면 그는 그것을 보고 농담을 걸며 지니를 안심시켜 주었다. 두 주 만에 그는 자신이 싸움에서 이겼다는 것을 알게 되었다.

그러나 그 동안 그는 한 번도 우리 안 청소를 제대로 하지 못했다. 그저 "긴 긁개"로 오물을 긁어낸 것이 전부였다. 어느 날 아침, 그는 말했다. "들어가서 깨끗이 청소를 해야겠어요." 동물원 원장은 들어가지 말라고 말리며 말했다. "녀석은 위험한 원숭이라네. 목을 물리기라도 하면 자넨 끝장이라구."

존은 그래도 우리 안으로 들어갔다. 지니는 횃대 높이 뛰어올라가서는 여느 때처럼 콧김을 내뿜으며 갈빗대를 긁어댔다. 그는 녀석을 감시하면서 우리 안에서 작업을 했는데, 작업을 하는 내내 녀석에게 말을 걸었다. 아무런 일도 일어나지 않았다. 하지만 원장은 그에게 다시 한 번 경고했다. "조심하게나. 그렇지 않으면 물릴 걸세. 자네가 다시 한번 우리에 들어갔다가 무슨 일이 생기면 그땐 내 책임이 아니란 걸 명심하게."

이제는 시간을 두고 끈기있게 기다리기만 하면 된다는 것을 존은 알았다. 그는 자주 우리로 가서 변함없이 친절하게 대하고 다정하게 말을 걸었다. 그리고 갈 때마다 매번 녀석이 좋아하는 먹이를 선물로 주는 것도 잊지 않았다. 그러자 점차 존에 대한 녀석의 분노가 관용으로, 관용이 흥미로, 흥미가 다시 끌림으로 바뀌었다.

존은 말했다. "처음으로 내가 막대기로 녀석의 머리를 긁을 수 있었던 감격을 결코 잊지 못할 겁니다. 그건 마치 우승을 결정하는 홈런타를 날린 타자가 느끼는 자랑스러움 같은 느낌이었지요."

이제 지니는 오히려 그가 오기를 기다리는 처지가 되었고 한 달도 못 되어 지니와 존은 꽤 좋은 친구가 되었다. 지니에 대한 그의 판단은 옳았다. 녀석은 좋은 성격을 가지고 있었고 게다가 아주 영리하기까지 했다. 지금까지는 그런 것을 보여 줄 기회가 제대로 없었던 것뿐이다. 아무리 거칠게 굴 때라도 녀석은 다른 작은 원숭이들에게 상처를 준 적은 단 한 번도 없었다. 녀석은 여자나 아이들은 미워하지 않는 것 같았다. 그가 미워했던 것은 남자뿐이다. 그러나 지금은 남자들한테도 꽤 익숙해져 가고 있었다. 하지만 키프만은 여전히 싫어해서 그의 모습만 보여도 분노를 터뜨리곤 했다.

그러나 녀석과 존의 우정은 하루가 다르게 깊어 갔다. 그가 모습을 보이면 서둘러 달려올 정도였다. 존이 모른 척 하고 우리를 지나가기라도 하면, 녀석은 네 발로 몇 번 뛰어오르기도 하고 마치 투정을 부리듯 작은 손가락으로 갈빗대를 긁으며 "어얼, 어얼" 하는 소리를 냈다. 녀석은 몸도 완전히 건강해지고 정신도 훨씬 섬세하고 민감해졌다. 존은 그런 지니를 가리켜 자신이 "알고 있는 몇몇 사람들"보다 낫다고 말하기까지 했다. 기운도 되찾고, 끊임없는 공포와 학대의 기억으로부터 자유로워지자 녀석의 활달한 성격이 나오기 시작했다. 녀석은 장난을 아주 좋아했는데, 그것은 녀석이 머리가 좋은 데다 힘이 넘쳤기 때문이다. 녀석은 정도 아주 깊었다. 존이 말한 것처럼 녀석은 그가 다뤄 본 원숭이들 중에 최고의 원숭이였다. 녀석은 사자보다도 더 관객들의 인기를 끌었다. 녀석은 코끼리보다 더 많은 인기를 얻었고 또 그 인기를 유지할 줄 알았다. 게다가 그것에 자부심을 가진 것처럼 보였다. 거의 사람이나 마찬가지였다. 사육사들이 녀석만큼 생각하는 동물은 동물원 안에는 단 한 마리도 없었다. 어린 학생들을 위한 특별한 날이라도 되면 녀석이 "알아서 모든 걸 하도록" 맡겨둘 정도였다.

원숭이의 영혼

지니가 이 동물원에 온 지 이제 고작 석 달이 지났을 뿐이었다. 더구나 동물상들의 카탈로그에 따르면 지니는 특별히 중요한 동물로 여겨질 이유도 없었다. 하지만 존이 우리 안의 동물들 중에 녀석이 가장 아끼는 동물이 되었다는 것은 의심

의 여지가 없었다. 그것은 난폭하게 굴던 녀석을 "자신이 알고 있는 가장 사랑스러운 원숭이"로 바꾸어 놓는 데 성공했기 때문이 아니라, 녀석의 저 빛나는 검은 눈 뒤에 거의 인간과 마찬가지의 개성이 숨어 있는 것 같았기 때문이었다. 지니는 매우 영리한데다 정도 깊었다. 그래서 그는 아침에 사무실로 출근하면 늘 지니를 맨 먼저 찾곤 했다.

어느 날 아침 그가 지각을 했는데, 우리 주위에 사람들이 구름처럼 모여서 이삼 분에 한 번씩 웃음을 터뜨리거나 박수를 치고 있었다. 동물들이 사람들에게 웃음을 선사한 것이다. 지니가 여느 때처럼 익살스러운 짓을 하는 모습이 얼핏 보였지만 그는 놀라지 않았다. 우리에 관객이 모여 있다면 그들이 지니의 관객이라는 것은 금방 알 수 있었다. 왜냐하면 녀석은 다른 원숭이들이 전부 달라붙어도 당해낼 수 없을 정도로 대단한 익살꾼이었기 때문이다. 녀석은 발에 분필을 칠한 후 팽팽한 로프 위를 건곤 했다. 분필은 원래는 장난감으로 받은 것이었다. 그런데 사용법을 배우고 나서는 발가락만 아니라 코끝까지 분필로 칠해 관객을 더욱 더 즐겁게 해주었다. 녀석의 다른 장기는 철봉에 뒷다리를 걸고 거꾸로 매달려 몸을 흔들다가 뛰어올라 앞발로 더 높은 곳에 있는

철봉을 잡는 것이었다. 녀석은 같은 동작을 몇 번이고 계속 해서 우리의 꼭대기까지 올라갔다가 다시 반대로 돌아 내려 왔다.

우리 앞에 분명 경고문이 적혀 있었는데도 어떤 여성 관객 하나가 철창 아래로 들어가, 관객에게 등을 보이고 웅크리고 있던 한 원숭이의 꼬리를 잡아당기려고 했다. 그런데 지니가 가까이 다가오더니 손을 뻗쳐 모자를 낚아채 자기 머리에 쓰고 예의 그 회전 묘기를 하기 시작했다. 그러자 관객들은 더욱 더 큰 소리로 환호를 보냈다. 관객이 기뻐하고 있다는 것을 녀석도 알고 있는 게 분명했다. 왜냐하면 관객을 위해 녀석이 언제나 최선을 다하고 있다는 것이 보였기 때문이다. 대부분의 원숭이들이 인간과 비슷한 면을 가지고 있지만, 지니는 그런 면에서 특별한 재능을 타고났다. 그래서 존은 녀석에게 특별한 흥미를 느끼고 있었다. 그래서 그는 이날도 자부심을 느끼며 사무실로 향했다.

한편 지니는 관객들을 상대로 여러 가지 익살스러운 묘기를 계속 부렸다. 어린아이들이 땅콩을 던져 주었지만 지니는 거기에 관심이 없었다. 왜냐하면 볼 안에 이미 땅콩이 가득했기 때문이다. 한편 어른들이 던져주는 봉봉 과자는 다

른 원숭이들이 갖지 못하도록 냉큼 집어들었다. 그래도 다른 원숭이들은 토를 달지 못했다. 왜냐하면 지니가 우리에서 몸집도 가장 크고 사나운 싸움꾼이라는 명성이 자자했기 때문이다.

지니가 이빨로 한입 한입 물어뜯어 포장지를 벗겨낸 다음 포장지를 뱉어내자 모자의 주인을 뺀 모든 사람들이 즐거워하며 웃음을 터뜨렸다. 지니는 열번째 앙코르 요청에 응답하여 철봉에서 거꾸로 재주넘기 묘기를 다시 시작했다. 그런데 몸을 쭉 펴다가 녀석이 가슴이 철창 가까이 붙었을 때, 옷은 잘 차려입었는데도 왠지 천해 보이는 한 남자가 갑자기 이해할 수 없는 악마적 충동에 사로잡혀 손에 들고 있던 칼이 든 긴 지팡이로 지니의 사타구니를 찔렀다. 지니는 고통스러운 비명을 지르며 바닥으로 떨어졌고, 우리 주변의 정경은 갑자기 돌변했다. 공포와 당혹감의 파도가 다른 작은 원숭이들 사이로 퍼져나갔다. 녀석들은 높은 횃대로 올라가 끽끽거렸다. 우리 가까이에서 구경하고 있던 사람들도 충격을 받고 "무슨 짓이요!"라고 큰 소리로 외쳐댔다. 한편 뒤쪽에 있던 구경꾼들은 무슨 일이 벌어졌는지 알아보려고 애를 써댔다.

왜 인간들은 이렇게 잔인한 짓을 하는 걸까? 야수처럼 무

시무시한 그 남자는 단지 고통스러워하는 것을 보는 것이 재미있다는 이유만으로 이 작은 원숭이를 찔렀던 것이다.

비명을 지르며 아래로 떨어진 원숭이는 몸을 질질 끌며 우리의 안쪽 끝으로 가서 상처를 손으로 누른 채 신음 소리를 내며 앉았다. 뒤로 움찔 물러났던 관객들이 다시 우리 주위로 모여들었다. 여기저기서 소리가 터져나왔다. "사육사는 어딨는 거지?" "경찰을 불러!" "저 짐승 같은 녀석을 체포해야 해!"

존도 이 소란스러운 소리를 듣고 급히 달려왔다. 분노가 치밀어 올랐다. 그가 "어떻게 된 일이죠?"라고 큰 소리로 묻자 무수한 대답이 여기저기서 터져나왔다. 확실한 것은 "지니가 다쳤다"는 것뿐이었다. 한 작은 소년이 "저 사람이 한 걸 보았어요. 커다란 사람이 찔렀어요. 그 사람이 원숭이를 칼 지팡이로 찔렀어요."

하지만 그 큰 남자는 이미 모습을 감춰 버린 뒤였다. 사실은 그편이 오히려 나았다. 왜냐하면 다친 동물이 자기가 가장 아끼는 지니라는 말을 들었을 때 존은 화가 머리끝까지 나 있었기 때문에, 만약 그 야수 같은 남자가 잡혔다면 또 다른 참상이 벌어졌을지 몰랐기 때문이다. 그것 역시 그다지

바람직한 일은 아니었다.

지니는 우리 뒤쪽에서 신음하고 있었다. 담당 사육사가 도우려고 했다. 하지만 녀석은 다시 예전처럼 사나와진 것처럼 보였다. 사육사는 감히 접근하지 못했다. 존이 급히 문으로 들어가려고 하자 원장이 와서 막았다. "지금은 들어가지 않는 게 좋겠네. 녀석은 위험한 놈이야. 저 녀석 기분이 지금 어떨지는 알고 있겠지?" 그렇다. 그것은 존이 그 누구보다도 잘 알고 있었다. 그래도 그는 우리 안으로 들어갔다.

저쪽 한 구석에서 지니가 한쪽 손으로 상처를 누른 채 나즈막하게 신음소리를 내며 동물원에 온 지 얼마 안 되었을 무렵에 했던 것처럼 사납게 쏘아보고 있었다. 존이 다가가자 녀석은 콧김을 거칠게 뿜어댔다. 하지만 그는 허리를 굽히고 말을 걸었다. "자, 지니야, 지니야! 난 널 도와 주려고 한단다! 내가 누군지 알지, 지니?"

드디어 그는 지니가 팔을 들어올리도록 설득해 상처를 조사할 수 있었다. 상처는 크지는 않았지만 깊었고 무척 아파 보였다. 그는 상처를 소독약으로 닦은 다음에 반창고를 붙여 주었다. 녀석을 상처를 치료하는 동안 끙끙거리기는 했지만 곧 얌전해졌다. 치료가 다 끝나고 나오려고 하자 녀석은 "에르, 에르" 하는 원숭이식 소리를 내며 그를 붙잡았다. 하지만 그는 볼일이 있어 사무실로 돌아가야 했다.

다음 날 아침에도 녀석의 상태는 조금도 나아지지 않았고 게다가 반창고마저 벗겨져 있었다. 그는 녀석을 꾸짖었다. "너 나쁜 애로구나." 그는 같은 소리를 여러 번 했다. 그러자 녀석은 손으로 눈을 가리고 다른 반창고를 붙일 수 있도록 해 주었다. 그렇지만 그가 돌아서면 곧바로 또 벗기기 시작했다. 그는 몇 번이고 계속해서 다시 꾸짖었다. 그제서야 녀석은 부끄러워하는 기색을 보였다. 아니 어쩌면 무서워서 그랬을지도 모른다. 하지만 다음 날 우리로 가 보면 반창고는 여전히 벗겨져 있었다.

존은 매일 두 번씩 지니를 보러 갔다. 그렇지만 상태는 언제나 똑같았다. 녀석은 늘 우리 뒤쪽에 웅크리고 앉아 손으로 상처를 부여잡고 있었다. 그가 우리로 들어가면 녀석의 얼굴은 언제나 밝아졌다. 몸을 어루만져 주면 녀석은 "에르르, 에르르" 하고 나즈막한 소리를 냈다. 하지만 상처는 전혀 낫지 않았다. 상처는 부풀어 오른 채 아물지 않았고 게다가 염증까지 생겨 있었다. 그가 다녀갈 때마다 녀석은 더욱더 심하게 보챘다. 참으로 애처로운 일이었다. 녀석은 그에

게 매달려 가지 말라며 끽끽거리며 애원했다. 하지만 녀석은 존 말고는 그 누구도 자기 가까이 오는 것을 허락하지 않았다. 존은 지니를 돌보는 것 말고도 다른 할 일이 많이 있었기 때문에 어찌해야 할지 막막했다. 그래서 어느 날 비상 수단을 동원했다.

원장이 "미쳤다"고 했지만 그는 개의치 않았다. 팔에 안고 사무실로 데리고 오는 동안 녀석은 마치 어린아이처럼 그의 목에 매달렸다. 의자 위에 앉히자 녀석의 표정이 꽤 밝아 보였다. 그는 모포를 들어서 녀석의 몸에 둘러 주고 책상에서 일을 했다. 녀석은 그런 그에게서 눈을 떼지 않았다. 녀석은 이따금 "에르르 에르르" 하면서 어리광을 부렸다. 그러면 그는 손을 뻗어 머리를 쓰다듬어 주곤 했다. 녀석은 그게 좋은지 잠시 보채다가 이내 얌전해졌다.

그렇지만 존이 일을 처리하러 사무실을 나갈 때마다 마음 아픈 일이 벌어졌다. 어쩐지 자신이 죄를 짓고 있는 것 같은 생각이 든 그는 밖에서 처리해야 할 일을 가능하면 다른 사람에게 맡겼다. 아주 성가신 일이었지만 그는 이제 지니가 살 날도 얼마 남지 않았다는 것을 알고 있었다. 게다가 지니를 진정으로 좋아했기 때문에 새삼스럽게 녀석의 기대를 속

이는 것도 싫었다.

하지만 하루에 세 번은 어떻게든 방을 비워야 했다. 식사를 하러 가야 했기 때문이다. 그런데 그때마다 녀석이 너무도 보채는 바람에 어쩔 수 없이 식사마저 방으로 가져오도록 해야 했다.

이삼 일이 지나자 지니가 죽어가고 있다는 것이 확실해졌다. 이제 녀석은 의자에 똑바로 앉아 있지도 못했다. 녀석의 갈색 눈은 더 이상 살아 움직이는 것 같은 탁상시계를 보려고 들지도 않았고, 존이 말을 걸어도 반짝거리지 않았다. 그래서 그는 자신의 책상 옆에 작은 그물침대를 달아 녀석을 눕히고 흔들어 주었다. 그러자 녀석은 몸을 옆으로 돌리고 뭔가 쓸쓸한 표정으로 그의 얼굴을 쳐다보다가 그가 자신의 존재를 잊은 것 같으면 그를 불렀다. 그러면 그는 그물침대를 조금 흔들어 녀석을 달래 주었다. 그는 장부를 써야 했다. 하지만 녀석은 그가 그 일을 하는 것을 싫어했다. 그 일을 하면 그가 자신을 보지 못하기 때문이었다. 그래서 그는 왼손은 녀석의 몸 위에 올려놓고 오른손으로 일을 했다. 한편 녀석은 한 손으로는 자신의 상처를 누르고 다른 한 손으로는 그의 손을 꽉 잡고 있었다.

어느 날 밤, 존이 녀석에게 수프를 조금 먹여 주고 여느 때처럼 그물침대에 재워 주었다. 그리고 방을 나오려고 하자 지니가 끙끙거렸다. 그가 자기 곁을 떠나는 것을 무척이나 무서워하는 것처럼 보였다. 녀석은 몇 번이고 계속해서 "에르 에르" 하고 구슬피 울어댔다. 그래서 그는 할 수 없이 방으로 모포를 가지고 오라고 한 후 녀석과 함께 잠자기로 했다. 하지만 녀석은 잠을 못 이뤘다. 9시쯤, 녀석은 그의 한 손을 힘없이 잡고 있었다. 존의 다른 한 손은 장부의 숫자를 대조하고 있었다. 그때 녀석이 보채는 소리를 내기 시작했다. 하지만 이번에는 그저 작은 소리가 아니라 약하디 약한 소리였다. 너무도 쇠약해져 있었던 것이다.

그는 지니에게 말을 걸었다. 녀석은 그의 손을 잡고 있었지만 그것만으로는 충분치 않은 모양이었다. 뭔가 바라는 게 있는 것 같았다. 그래서 녀석 쪽으로 몸을 구부리고 말했다. "지니야, 왜?" 그러면서 그는 녀석의 몸을 부드럽게 어루만져 주었다. 그러자 지니는 그의 양손을 꽉 잡아 자신의 가슴 쪽으로 끌어당겼다. 갑자기 녀석의 온몸이 심하게 흔들렸다. 그리고 팔다리가 경련을 일으키더니 움직이지 않았다. 그는 지니가 죽었다는 것을 알았다.

존은 몸집이 크고 힘도 센 남자였다. 사람들은 그를 "거친 사내"라고 불렀다. 하지만 내게 이 이야기를 해 줄 때 그는 얼굴에 굵은 눈물을 흘리고 있었다. 그는 이런 말을 덧붙였다.

"난 녀석을 한 구석에다 묻어 주었죠. 그곳은 우리가 진짜 애완 동물들을 묻는 곳이랍니다. 그리고 머리가 있는 쪽에 말뚝을 박고 평평한 나무판을 망치로 박았답니다. 그리고 거기다 이렇게 썼습니다. '지니, 내가 알고 있는 최고의 원숭이'라고 말이에요. 그런데 말이죠. 그걸 다 쓰고 나니 그 나무판때기가 전에 녀석이 우리 동물원에 처음 왔을 때 상자에 붙어 있던 거더군요. 그 판때기 뒷면에 큰 글자로 쓰여 있던 "위험"이란 글자가 그때까지도 그대로 있었던 겁니다."

옮기고 나서

이 책의 저자인 시튼은 평생을 야생동물과 함께 한 사람이다. 그는 캐나다와 미국의 대자연에서 경험한 것들을 바탕으로 동물과 관련된 이야기를 썼다. 한때 화가를 꿈꾸기도 했던 그는 자신의 글에 직접 그림을 그렸다. 그는 타고난 이야기꾼인 동시에 뛰어난 화가였다.

이 책에 실린 일곱 편의 이야기 역시 그의 다양한 재주를 어김없이 보여 주고 있다. 하지만 어찌 재주만으로 이런 이야기와 그림이 나올 수 있을까? 그는 뛰어난 관찰력을 갖춘 자연학자이기도 했다. 아니 그것만으로는 부족하다. 그가 따뜻한 마음의 소유자라는 것도 언급해 두어야 할 것 같다.

"검은 늑대" 시튼, 그가 들려주는 이번 이야기들 역시 동물에 대한 따뜻한 애정이 배어난다. 이번 책에서 그는 말, 너구리, 기러기, 원숭이, 박쥐 같은 야생동물들의 삶에 대해 이야기한다. 그는 야생동물들의 삶에 감탄하기도 하고 슬퍼하기도 하고 기뻐하기도 한다. 그는 야생마의 불굴의 정신,

야생 멧돼지의 의리와 용기, 기러기의 가족 사랑, 박쥐의 놀라운 능력과 정신력에 대해서도 이야기한다.

자유가 아니면 죽음을 달라! 패트릭 헨리라는 사람이 한 말이다. 그런데 자유가 정말로 목숨보다 더 중요한 것일까? 그럴 수도 있을 것이다. 아니 그렇다고 믿고 싶다. 그런데 자유라는 것은 인간만이 느낄 수 있고 인간만이 추구할 수 있는 어떤 고귀한 가치일까? 아니다. 동물들도 때론 자유를 잃느니 기꺼이 목숨을 버리는 일을 선택한다.

자유를 잃은 야생동물들 역시 절대로 행복할 수 없다. 삼시 세끼 맛있는 먹이를 마음껏 먹을 수 있고 안락한 잠자리를 제공받는다고 해도 동물들은 행복해하지 않는다. 특히나 야생에서 마음껏 뛰어다니던 동물들은 말이다. 야생마 콜리베이 역시 그랬다. 콜리베이는 폭풍우가 심한 밤에도 마구간에 갇혀 있기보다는 아무런 구속도 없는 밖에서 밤새 서 있는 쪽을 좋아했다. 주인을 가끔씩 등에 태워 주기만 한다면 안락한 삶을 살 수 있었을 터인데도 말이다. 녀석에게는 맛있는 건초나 편안한 잠자리보다는 넓은 벌판을 마음껏 뛰어다닐 수 있는 자유가 더 중요했던 것이다.

인간이 주는 먹이와 환경에 길들여진 야생동물이 다시 자연으로 돌아가는 데는 오랜 시간이 걸린다고 한다. 조금 이상하긴 하지만 사실이다. 우리가 보기에는 간단할 것 같은데도 말이다. 야생에서 살아가기 위해서는 많은 것들을 익혀야 한다. 그런 것들은 부모로부터 배우기도 하고 스스로 익히기도 한다. 이 책에서도 부모 주로 어미가 새끼들에게 훈련을 시키는 과정이 잘 나타나 있다.

시튼은 앞선 여러 책들에서와 마찬가지로 이번 책에서도 우리에게 하나의 메시지를 전해 준다. 모든 살아있는 것들은 소중한 존재들인데 인간은 그것을 잘 모르고 있다는 것이다. 하지만 그는 안타까워하기는 하지만 우리에게 강요하지는 않는다. 단지 우리가 동물들에 대해 조금 더 애정을 갖기를 희망할 뿐이다. "생명을 구성하고 있는 자연의 사슬" 속에 우리 인간들도 포함되어 있다는 사실을 상기시켜 주면서.

시튼 연보

1860년 8월 14일 잉글랜드 더럼에서 명문가의 후손으로 태어나다.

1866년 아버지의 파산으로 온 가족이 캐나다 온테리오 주 린드세이로 이주하다.

1870년 토론토로 이주해 그곳에서 초등 교육을 받았다.
미술에 두각을 나타내다.

1879년 화가가 되기를 원하는 아버지의 뜻에 따라 본격적으로 미술 교육을 받기 위해 런던으로 가다.

1881년 건강 악화로 다시 캐나다로 돌아와 형들이 사는 매니토바 주로 가다.
이곳에서 이후 작품들의 무대가 된 캐버리의 샌드힐 등을 쏘다니며 자연에 대한 이해의 폭을 넓히다. 이 시기에 아메리카 인디언들과 교류를 시작하다.

1883년 미국으로 가서 저명한 자연학자들을 많이 만나다.

1884년 파리로 가서 미술 공부를 하다.

1885년 《센추리 백과사전》에 들어갈 동물들의 그림을 그리다.

1892년 매니토바 주 정부의 자연학자로 임명되다.

1893년 뉴멕시코 지역으로 사냥을 나감. 이때의 경험이 후에 "로보 이야기"로 태어나다.

1894년 "로보 이야기"가 미국 잡지에 실림. 이 이후 42권의 책과 수많은 글들이 발표되다.

1896년 뉴욕 출신의 그레이스 갤러틴과 결혼하다.

1898년 야생동물 이야기를 다룬 첫번째 책인 《내가 아는 야생동물들》을 발표해 세계적인 명성을 얻다.

1901년 《쫓기는 동물들의 생애》를 출판하다.

1902년 자연친화적인 단체 "우드크래프트 인디언 연맹"을 창설하다.

1904년 딸 앤 시튼 태어나다.

1905년 《동물 영웅들》 출판하다.

1906년 보이스카웃 운동에 본격적으로 참여하다.

1907년 캐나다 북부 지역을 카누로 여행하다.

1910년 첫 보이스카웃 매뉴얼을 쓰다.

1913년 《길들인 야생동물들》을 출판하다.

1927년 수 인디언, 푸에블로 인디언들과 함께 생활하다.

1930년 미국 뉴멕시코 주 산타페로 이주하여 미국 시민권자가 되다.

1934년 갤러틴과 이혼하고, 줄리어 모지즈 버트리와 결혼하다.

1940년 자서전을 발표하다.

1946년 10월 23일 미국 뉴멕시코 자택에서 생을 마치다.